Verlag: BoD · Books on Demand GmbH, In de Tarpen 42,
22848 Norderstedt, bod@bod.de
Druck: Libri Plureos GmbH, Friedensallee 273, 22763 Hamburg

Coverdesign: Sophia Paeslack
Lektorat: Claudia Grundschock

ISBN:
978-3-7693-1810-4

Für Tom

TOM

Auf der Suche nach einem Zuhause

Marion Bergmann

Vorwort

Auf einer Zugfahrt nach Basel kam es zu einer unerwarteten Begegnung, die mein Herz tief berührt hat. In einem kleinen Abteil mit sechs Plätzen saß ich einem jungen Mann gegenüber, der abwesend aus dem Fenster schaute, während draußen die Landschaft an uns vorbeiflog. Wir waren zu zweit und doch war jeder für sich. Irgendwann trafen sich unsere Blicke, lächelnd schauten wir uns in die Augen. Und dieser kurze Moment genügte, um eine Atmosphäre der Vertrautheit zu schaffen. Als würden diese Sekunden ein unsichtbares Band zwischen uns weben.

Später erzählte mir Tom, dass es meine Ausstrahlung war, in der er Verständnis, Offenheit und Empathie spüren konnte und die ihn dazu bewog, mir von seinem Leben zu erzählen.

Seine Worte offenbarten eine Welt voller Herausforderungen, durchdrungen von einer traurigen Realität, die ich kaum fassen konnte. In den Stunden, die wir gemeinsam in dem Abteil verbrachten, gewährte er mir Einblick in seine Seele, indem er mir von seiner Mutter erzählte. Von einer Frau, die dem Alkohol verfallen war, und von seinem Leben, das von der Last der frühen Verantwortung geprägt war. Von einem Vater schließlich, der sich seinem Sohn einfach entzog. Ich nahm nichts mehr um mich herum wahr, nur noch seine Worte.

Am Ende unserer gemeinsamen Reise tauschten wir unsere Telefonnummern, um in Kontakt zu bleiben. Und wir trafen uns wieder, in Berlin.

Dort wagte ich ihn zu fragen, ob ich seine Geschichte niederschreiben dürfe, um sie später zu veröffentlichen.

»Sicher, warum nicht?«, sagte er. »Ich bin da ganz offen und bereit, meine Erfahrungen mit anderen zu teilen.«

Wir begannen damit, uns regelmäßig zu treffen, um uns auszutauschen und über das Geschriebene zu sprechen. Bei jedem dieser Treffen wurde ich von Emotionen überwältigt, war oft zu Tränen gerührt. Diese innigen Momente formten eine tiefe Freundschaft, die weit über die folgende Geschichte hinausreicht.

1. Kapitel

2003

Ostberlin, Stadtbezirk Marzahn. Apathisch, nahe dem Gefrierpunkt, sitzt er auf der Brüstung eines Balkons im 21. Stockwerk. Seine Beine baumeln über dem Abgrund- Das war's. Kurz, schwer, nicht mehr zu ertragen. Sein Leben.

Wie oft hat er sich nichts weiter als Gedankenflüge gewünscht. Sich in der Helligkeit bewegen. Auch mal Luftschlösser bauen. Einer Illusion entgegenfiebern, irgendeiner. Nur in Gedanken. Selbst das klappt nicht mehr. Sein Kopf ist leer, sein Inneres eisig, als wäre sein Körper mit kaltem Fischblut gefüllt. Wie betäubt umklammert er das Geländer des Balkons. Zentimeter für Zentimeter neigt er seinen Oberkörper nach vorn. Noch hat er an der hellblauen Wellblechverkleidung Halt mit den Füßen. So sitzt er teilnahmslos, fernab von allem, was da unten auf der belebten Straße passiert, eine Ewigkeit nun schon, unbemerkt, dem Himmel ein Stück näher.

Die Schwärze der Nacht lastet wie ein gallertartiger Klumpen auf seiner verzweifelten Seele.

Tom ist am Ende, an der kältesten, dunkelsten Stelle seines Lebens. Nicht zum ersten Mal sieht er seine Lebenssituation als ausweglos. Es ist niemand da, der ihm Halt geben kann, niemand, der ein halbwegs normales Leben führt. Er hat nur seinen Freund Alex und der kommt mit seinem Dasein selbst nicht klar.

Warum spielt Liebe keine Rolle in meinem Leben und warum ist meine Mutter meine Mutter?

Er kann nicht mehr. Er will nicht mehr.

Den ganzen Nachmittag war Alex bei Tom, obwohl Tom ihn zunächst gar nicht reinlassen wollte. Durch die jahrelange Freundschaft spürte Alex allerdings, dass er seinen Freund besser nicht mit sich allein lassen sollte.

»Mensch, Tommy, jetzt rede endlich«, forderte Alex ihn auf, nachdem sie lange schweigend in Toms Zimmer gesessen hatten.

»Es gibt nichts zu reden, kapier das doch endlich. Es wird sich nichts ändern, tagein, tagaus der gleiche Wahnsinn. Ich hab da keinen Bock mehr drauf«, gab Tom genervt zurück.

Alex überlegte krampfhaft, wie er seinen Freund auf eine andere Spur bringen könnte, doch Tom machte die Schotten irgendwann komplett dicht und starrte nur noch ausdruckslos auf seine Füße. Er schien Alex gar nicht mehr wahrzunehmen, forderte ihn schließlich nach endlosen Minuten zum Gehen auf.

»Ich kann doch hier pennen, ich hole uns ein paar Filme und wir machen uns einen gemütlichen Abend«, schlug Alex noch vor.

»Nee, geh jetzt, ich bin müde«, murmelte Tom.

Und Alex ging, obwohl er noch bleiben wollte.

Unruhig sitzt er nun in der Straßenbahn. Plötzlich verspürt er ein mulmiges Gefühl, das sich wie Feuer in seinem Bauch ausbreitet. Wie ein Blitz trifft ihn der Gedanke, dass Tom sich etwas antun könnte. An der nächsten Haltestelle springt er raus auf den Bahnsteig und nimmt die nächste Bahn zurück, die schon am Gleis steht.

Es wäre nicht das erste Mal, dass er so'n Scheiß baut. Allein kriegt der nie die Kurve. Mann, wie konnte es nur so weit kommen?

Zwei Haltestellen weiter springt er aus der Bahn und rennt wie ein Irrer die Straße entlang. Vorbei an den Garagen, über den Spielplatz. Noch ein paar Meter bis zur Haustür. Keuchend schließt er die Tür auf, zum Glück hat er den Schlüssel dabei, den Tom ihm mal für alle Fälle gegeben hat. Doch bevor er den Hausflur betritt, schaut er wie ferngesteuert nach oben und da sieht er ihn sitzen. Auf der Brüstung im 21. Stock. Er kann ihn nicht genau erkennen, aber er weiß, dass es Tom ist. Auf den Fahrstuhl ist kein Verlass, auf ihn zu warten, unmöglich.

»Nein, nein, nein!«, schreit Alex immer wieder und rennt wie ein gehetztes Tier durch das Treppenhaus. Er spürt sein Herz, spürt, wie es zu platzen droht. *Tommy, lass mich nicht allein. Ich kann nicht ohne dich sein.*

Fast besinnungslos vor Angst erreicht Alex endlich den 21. Stock. Ohne nachzudenken, reißt er die Tür zum Balkon auf, noch zwei Schritte, dann packt er Tom an der Jacke. Mit letzter Kraft zieht er ihn runter auf den Boden.

»Sag mal, Alter, was machst du da für eine Scheiße! Ich bin fast verrückt geworden vor Angst! Mensch, wir haben doch noch was vor und denkst du vielleicht auch mal an mich? Willst dich einfach aus dem Staub machen! Ich fasse es nicht!«, schreit Alex wie aufgezogen in die Nacht und den Schreien folgen Tränen. Tränen der Erleichterung.

Geschüttelt von Angst und Entsetzen fallen sie sich in die Arme und Alex lässt seine Tränen auf Toms Jacke tropfen. Ganz langsam bekommt Tommy einen anderen Gesichtsausdruck, einen, mit dem Alex klarkommt. Tom klammert sich an seinen Freund, der ihm gerade das Leben gerettet hat.

»Jetzt reiß dich zusammen«, sagt Alex schließlich. »Wir gehen runter ins Colore und reden.«

*

Die beiden sind in Berlin-Marzahn aufgewachsen, in einem eher verrufenen Bezirk der Stadt. Für viele Berliner ein Synonym für Ghetto und sozialen Abstieg. Dort leben die, die es woanders nicht hinbekommen, so die gängige Meinung. Viel zu viele Drogenabhängige, Obdachlose und überhaupt Menschen, mit denen eigentlich niemand etwas zu tun haben will. Ein Teil der Großstadt, in dem Trostlosigkeit und Melancholie unter einer Wolke von Tristesse herrschen. Dabei ist Marzahn ein durchaus idyllischer Teil der Stadt. Es ist grün, es gibt ein Wäldchen und einen See. Viele Straßen sind von Sträuchern und Bäumen gesäumt, auch viele Innenhöfe sind liebevoll bepflanzt. Die Bevölkerung ist vielfältig. Hier treffen die unterschiedlichsten Menschen aufeinander, es gibt alle Altersgruppen und verschiedenste soziale und kulturelle Hintergründe. Nicht immer allerdings verlief das bunte Zusammenleben friedlich. An manchen Ecken gab es Krawalle unter den Bewohnern. So wurde der Kiez schnell zu einem harten Pflaster.

Alex wohnt in derselben Straße wie Tom. Sie lernten sich im Kindergarten kennen und wurden bald beste Freunde. Fast jeden Nachmittag trafen sie sich in einem begrünten Innenhof, der als Treffpunkt für Groß und Klein bekannt war. Dort standen Tische und Bänke aus Beton und es gab Spielgeräte. Wie fast alle Kinder der Gegend verbrachten Tom und Alex die meiste Zeit des Tages draußen im Hof, mehr oder weniger sich selbst überlassen. Tom erinnert sich noch gut daran, wie er dort nachmittags mit seinem Bruder Ronny Fußball spielte oder stundenlang auf der Schaukel saß. Die Kinder genossen absolute Freiheit, sie konnten tun, was sie wollten. Niemand hatte ein Auge auf sie. Später hing er dann mit Alex ab. Und noch später bemerkte er die Spritzen und die anderen Dinge, die dort nicht hingehörten.

Aus dem Spielen am Nachmittag wurde irgendwann ein Treffen am Abend. Bald hielten sie nicht mehr Kaubonbons, Lutscher und Fußbälle in den Händen, sondern Alkopops, Bierdosen und Zigaretten. Und es dauerte nicht lange, bis sie irgendwelche Tabletten mit Bier runterspülten, Tabletten, die sie von den Älteren bekamen. Irgendwas zur Beruhigung, verschreibungspflichtige Medikamente, die ein Junge, dessen Vater in einem Krankenhaus arbeitete, besorgte. Schnell gehörte Bier zum Alltag. Die Älteren beschafften alles. Ab und zu schnüffelten sie an Klebstoffen, was Schwindel und dann einen leichten Rausch auslöste.

Träge lungerten sie herum. So kam es, dass Tom im Alter von zwölf Jahren seinen ersten Vollrausch hatte. Alex, der mit Alkohol schon etwas vertrauter war, half ihm damals hoch in die Wohnung, wo Tom mitsamt seiner Kleidung und Schuhen aufs Bett fiel und auf der Stelle einschlief. Währenddessen lag seine Mutter wie bewusstlos nebenan im Wohnzimmer auf dem Sofa. Sie war so stark betrunken, dass sie von alldem nichts mitbekam.

Der Kater, der sich am nächsten Morgen bei Tom einstellte, war unerbittlich, erst drei Tage später war er wieder der Alte. Seiner Mutter machte er etwas vor, damit sie ihm eine Entschuldigung für die Schule schrieb. Er täuschte eine normale Magenverstimmung vor, obwohl es die durch den Alkoholkonsum hervorgerufene Übelkeit war, die ihn im Bett festhielt.

Entschuldigungen, wenn Tom nicht zur Schule gehen konnte oder wollte, schrieb sie immer und problemlos für ihn. Dann saß sie jedes Mal am Küchentisch und überlegte, wie sie den Lehrern die Abwesenheit ihres Sohnes erklären könnte, aber es fiel ihr stets leicht, eine passende Begründung zu finden.

Jedes Mal, wenn sie ihm die Entschuldigung gab – und das kam öfter vor –, huschte ein Lächeln über ihr Gesicht.

»Aber nicht übertreiben, mein Junge«, sagte sie dann meistens.

*

In ihrer Stammkneipe Colore, ein paar Straßen weiter, werden zwei Flaschen *Berliner Kindl* auf den klobigen schwarzen Tisch gestellt.

Die vertraute Atmosphäre in der Kneipe beruhigt Tom ein wenig. Der Geruch nach Zigarettenrauch, Bier und Whisky stört ihn hier überhaupt nicht, zu Hause widert er ihn an. Das Colore ist für Tom und auch für Alex längst ein zweites Zuhause geworden. In geselliger Runde treffen sich hier immer wieder Leute, die sich einen ganzen Abend lang unterhalten können, ohne sich wirklich zu kennen. Hier entstehen Kneipenfreundschaften im Stimmengewirr, zwischen klirrenden Gläsern und bunt blinkenden Spielautomaten. Hier wird montags das vergangene Wochenende noch einmal durchlebt, werden tiefgründige und alltägliche Gespräche geführt, wird gelacht und geweint. Hier mischt sich niemand in das Leben des anderen ein, hier hört man zu.

Benommen sitzt Tom da und schaut auf seine zitternden Hände, die vor ihm auf dem Tisch liegen. Vor ein paar Minuten wollte er durch einen Sprung in die Tiefe dem emotionalen Schmerz entkommen. Noch spürt er deutlich die Gefühle von Isolation und Einsamkeit, die ihn dort oben fest im Griff hatten.

»Danke für vorhin«, sind die ersten Worte, die er schließlich etwas entspannter von sich gibt.

Alex nickt nur, doch sein Blick spricht Bände. Seine Augen spiegeln Schock und Erleichterung wider und es scheint, als würde er jetzt erst begreifen, was geschehen ist. Vor ein paar Minuten hat er das Leben seines besten Freundes gerettet. Hätte er nicht gehandelt, wäre Tom jetzt ...

»Wo ist eigentlich Felie?« Suchend blickt Tom sich um. Felie, die rot-weiß getigerte Schmusekatze, die ebenfalls im Colore ein Zuhause gefunden hat, ist ihm auf Anhieb ans Herz gewachsen und auch Felie fühlt sich zu ihm hingezogen. So profitieren beide voneinander und wärmen sich gegenseitig. Sobald Toms Stimme durch die Kneipe schwebt, hält sie Ausschau nach ihm, sowie sie ihn erspäht hat, begrüßt sie ihn mit einem zarten Miauen. Wenn sie auf seinen Schoß springt, glaubt er manchmal, ein Lächeln um ihre Fellnase zu sehen.

Er atmet tief durch. »Morgen werde ich Ronny anrufen, ich hoffe, er hat endlich mal Zeit zum Quatschen. Wir müssen unbedingt eine Lösung für Mutter finden. Immer nur sie, sie, sie, die ganze Welt soll sich nur um sie drehen. Die kapiert einfach nicht, dass ich ebenfalls Bedürfnisse habe und dass es gar nicht meine Aufgabe ist, mich um meine versoffene Mutter zu kümmern. Ich will mein eigenes Leben leben. Warum versteht sie das nicht? Auch sie muss Kompromisse machen. Ist das zu viel verlangt?«

Seit Jahren versucht Tom, das Familiengeheimnis zu wahren und alles dafür zu tun, dass es in den eigenen vier Wänden bleibt. Die ständige Sorge um das, was ihn erwarten könnte, wenn er nach der Schule nach Hause kommt, war eine große Belastung für ihn. Eine, die mitunter kaum auszuhalten war. Nun geht er zwar nicht mehr zur Schule, aber die Belastung ist geblieben.

Unter dem Tisch streift etwas um seine Beine.

»Da bist du ja.« Er hebt Felie hoch und legt sie auf seinen Schoß. Verlegen wischt er sich eine Träne aus dem Gesicht. *Felie, ich würde dir so gerne zu verstehen geben, wie viel du mir bedeutest. Entschuldige, dass ich dich einfach verlassen wollte.*

Alex mustert seinen Freund, er sieht besorgt aus. »Wir gehen hier erst wieder raus, wenn du komplett runtergefahren bist. So, wie du im Moment drauf bist, bleibe ich an dir kleben. Sag jetzt nichts, ich lasse mich nicht umstimmen.«

Tom fährt sanft mit der Hand über Felies Köpfchen, was sie sichtlich genießt. Sie schnurrt wohlig und streckt sich genüsslich auf seinem Schoß. Tom empfindet die vertraute Nähe als tröstend, besonders in diesem Moment. Mit seiner leeren Bierflasche winkt er dem Wirt zu. Theodoris versteht sofort und sorgt für Nachschub.

Der Wirt des Colore ist Grieche, immer gut gelaunt und glücklich, wenn seine Gäste zufrieden sind. Theodoris, von allen Theo genannt, ist außerordentlich beliebt und an Gastfreundschaft kaum zu übertreffen. Er kümmert sich um seine Gäste, als gehörten sie zur Familie. Den Frauen macht er Komplimente, ohne aufdringlich zu sein, die Kinder überhäuft er mit Lutschern und für die männlichen Gäste ist er wie ein Bruder.

Die rechte Seite des Lokals ist dunkel gehalten, dort herrschen die Farben Schwarz und Dunkelbraun, die Lampen leuchten nur mit halber Kraft und große Yuccapalmen in schwarzen Kübeln trennen den Bereich von der übrigen Fläche ab. In der gedämpften Atmosphäre fühlt sich Tom wohl, hier verliert der Druck, der auf seinen Schultern lastet, an Gewicht. Ein in die Jahre gekommenes dunkelbraunes Ledersofa, das in der hintersten Ecke auf einem Podest steht und somit einen Ehrenplatz im Colore hat, ist als Kuschelsofa bekannt. Dort lümmeln sich an manchen Abenden knutschende Pärchen jeden Alters. Der Wirt hat diesen Bereich seines Lokals sogar zur Kuschelecke erklärt und ein Schild mit der Aufschrift *Knutschsofa* aufgehängt, das von einer bunt blinkenden Lichterkette eingerahmt ist. Ebenfalls auf dem Podest steht ein altes schwarzes Klavier, das weniger dem Musizieren als vielmehr der dekorativen Gestaltung des Raumes dient. Es ist nicht gestimmt, was für Theodoris allerdings völlig unerheblich ist.

Der deutlich heller gestaltete Thekenbereich strahlt eine wohlige Wärme aus. Diese Wand lebt. Sie ist mit unzähligen Bildern geschmückt, die die Geschichte der Kneipe erzählen. Bilder von Billardturnieren. Bilder von Geselligkeit und Fröhlichkeit. Eine große Fensterfront bietet einen Blick auf eine Reihe von Birken, die sich im stürmischen Herbstwind biegen. In einem hinteren Raum der Gaststätte befinden sich ein paar Spielautomaten, ein Kicker und mehrere Billardtische. Hier hat Tom schon als Jugendlicher viele Stunden verbracht. Jeden Freitag kam er zum Billardspielen und jeden Freitag kam auch sein Geschichtslehrer, um sich an der Theke zu betrinken.

Zigarettenqualm wabert durch die Lichtkegel. Noch sind die beiden Freunde nicht richtig ins Gespräch gekommen. Das Wetter spielt jetzt verrückt, es schüttet wie aus Kübeln. Der Regen klatscht gegen die Fensterscheiben, die den Eindruck erwecken, als könnten sie gleich zerbrechen. Tom ist froh, dass Felie bei ihm ist und jetzt nicht draußen herumstromert. Es sind kaum noch Menschen unterwegs. Plötzlich wird die Tür des Colores aufgerissen und eine junge Familie stürzt herein.

»Ich bin klitschenass!«, kreischt eines der zwei Mädchen.

»Oh, ist das schön warm hier«, sagt das andere.

Die Mutter der beiden stellt den Regenschirm, den sie bei dem Unwetter gar nicht aufspannen konnten, in einen Schirmständer und der Vater schaut sich um. Schon ist Theodoris zur Stelle.

»Kommt erst mal rein, es ist ja ein scheußliches Wetter. Hier könnt ihr euch aufwärmen, bis eure Sachen wieder trocken sind. Schaut«, er deutet auf einen Tisch, der direkt am Fenster steht, »da könnt ihr euch hinsetzen und warten, bis es vorbei ist. Und wenn ihr Hunger oder Durst habt, sagt mir Bescheid. Aber ihr könnt auch einfach so hier sitzen bleiben und schauen, wie das Wetter wird.«

Tom und Alex beobachten das Geschehen und sehen der Familie hinterher, die zum Tisch am Fenster geht. Ein Vater, eine Mutter, zwei kleine Kinder, so wie man sich eine Familie vorstellt. Der Vater winkt dem Wirt zu und gibt ihm zu verstehen, dass sie etwas essen möchten. Theodoris bringt ihnen die Speisekarte, dazu zwei Malbücher und einen Becher mit Buntstiften für die Mädchen.

»Damit ihr euch beim Warten nicht langweilt.«

Das ältere Mädchen scheint schon zur Schule zu gehen, es versucht die Speisekarte zu lesen. Mit dem Zeigefinger zieht es unsichtbare Linien und liest die Empfehlung des Hauses vor: »Pizza mit Käse und Tomaten. Papa, ich will eine Pizza mit Käse und Tomaten.«

»Ich auch«, sagt die Kleinere.

»Na klar, ihr Süßen.« Der Vater lächelt seine Töchter an und bestellt Pizza mit Käse und Tomaten für alle. Alex und Tom beobachten schweigend das Geschehen am Fenstertisch. Die unausgesprochene Sehnsucht nach einer solchen Welt ist in beiden tief verwurzelt.

Wie in den meisten Berliner Kneipen läuft hier der Radiosender *rbb*, der in diesem Jahr aus dem *Sender Freies Berlin* und dem *Ostdeutschen Rundfunk Brandenburg* entstanden ist. Täglich werden die Hits der Charts rauf und runter gespielt. Wenn *Aicha* von Outlandish läuft, flippt der Wirt fast aus und singt laut mit.

Tom kann den Blick nicht von den vieren wenden. In diesem Moment kündigt der Radiomoderator *In Time* von R.E.M. an. Mit diesem Song bohrt sich sein innigster Wunsch einmal mehr spitz in sein Herz, wieder etwas tiefer. Mit gesenktem Kopf sitzt er da. Wie gern würde er jetzt weinen, die Gedanken und den Schmerz in Form von Tränen rauslaufen lassen. Jedes Mal versetzt ihn dieses Lied in melancholische Stimmung und er geht dann gedanklich immer wieder auf die Suche nach dem Sinn des Lebens und nach seinem Platz in diesem Leben. Das Zittern hört nicht auf und sein Kopf wird nicht frei.

»Hey.« Alex stößt ihn in die Seite, dabei deutet er mit dem Kinn rüber zu der Bilderbuchfamilie am Fenster. »Ich hatte ganz vergessen, dass es so etwas auch gibt.«

Noch einmal schaut Tom zu der Familie, die schon beim Essen ist. Wie die Mutter ihren Kindern über den Kopf streichelt, wie sie sie ansieht. Es ist, als ob die Liebe, die von dieser Frau ausgeht, den ganzen Raum erwärmt.

Toms Gefühlswelt wird dominiert von Verlustangst und Misstrauen. Eine liebevolle Frau an seiner Seite wünscht er sich trotzdem sehnlichst, aber die ausweglose Lage, in der er sich befindet, hat starke Selbstwertprobleme in ihm wachsen lassen. Er befürchtet, dass eine feste Partnerschaft von seiner Angst vor dem Verlassenwerden geprägt wäre, er fühlt sich innerlich hilflos. Eine oberflächliche Beziehung ist viel einfacher. Beziehungen ohne Tiefe und ohne wirkliche Liebe können undramatisch beendet werden, wenn einem danach ist. Ohne Trennungsschmerz, ohne Tränen. Und ohne wochenlanges Leiden.

Theodoris kommt mit einem breiten Grinsen und zwei Ouzo auf die Freunde zu. »Hier Jungs, der wird euch schmecken und vielleicht das Lächeln zurück in eure traurigen Gesichter zaubern.«

»Danke, Theo, du bist einer von den Guten«, gibt Tom zurück.

Dann schaut er an der jungen Familie vorbei aus dem Fenster. Langsam beruhigt sich der Sturm und auch der Regen nimmt ab. Und langsam beruhigt sich auch Toms innerer Aufruhr.

Alex und er reden bis in den frühen Morgen. Zuerst geht es um tiefgründige Themen wie Toms irre Idee, mit allem Schluss zu machen, und um die Sehnsucht nach einem besseren Leben. Später reden sie über Gott und die Welt und noch später können sie wieder Witze machen und über sich selbst lachen. Es ist ein Lachen der Befreiung, ein Lachen der Hoffnung.

»Lass uns gehen, ich bin platt. Was für ein Scheißtag mal wieder.« Tom drückt seine Zigarette aus.

»Aber immerhin mit einem Happy End«, fügt Alex hinzu und beide lächeln.

Alex begleitet Tom nach Hause, bringt ihn sogar noch hoch in die Wohnung. Im Wohnzimmer liegt Toms Mutter auf der Couch vor dem Fernseher, in der Hand ein Glas Rotwein. Sie ist eingeschlafen und es wird nicht lange dauern, bis der Wein aus dem Glas auf den Teppich läuft. Wie so oft. Tom stört das schon lange nicht mehr.

»Mach's gut, Alter, und wehe, du kommst noch mal auf so dumme Ideen. Und denk nicht immer so viel nach, damit bremst du dich nur selbst aus.«

Alex klopft seinem Freund zum Abschied auf die Schulter und geht.

Tom schaut in den Spiegel und erschrickt. Seine Augenringe sind tief und dunkel, die blonden Haare hängen ihm zottelig ins Gesicht, als hätte er sich seit Jahren nicht mehr gekämmt. *Hilfe, da sieht ja mancher Penner besser aus.* Er beugt sich über das Waschbecken und benetzt sein Gesicht mit eiskaltem Wasser. Seine dunkelbraunen Augen wirken traurig. Kein Wunder. Erst dann zieht er seine grüne Bomberjacke und die schwarzen Springerstiefel aus. Die Jeans hat er noch an, als er sich aufs Bett fallen lässt. Erschöpft schläft er sofort ein.

Oft wünscht er sich, er wäre unsichtbar. Unter einem Mantel versteckt, der ihn verborgen hält. Es gäbe viele Situationen, in denen er einfach unter dem Umhang verschwinden würde. Sein Selbstwertgefühl ist in den letzten Jahren geschrumpft, fast verschwunden. Das alles hat er seiner alkoholkranken Mutter zu verdanken.

*

Tom ist zwanzig Jahre alt und lebt mit seiner Mutter Renate, die dem Alkohol nähersteht als ihrem Sohn, im Ostberliner Bezirk Marzahn. Er hat es bislang nicht geschafft, sich von ihr zu trennen, sie allein zu lassen, sich eine eigene Wohnung zu nehmen, weil er immer noch hofft, alles zum Guten wenden zu können. So etwas wie familiäre Bindungen hat er nie kennengelernt. Die wichtigste Person in seinem Leben ist sein sieben Jahre älterer Halbbruder Ronny, der sein eigenes Leben führt und mit dem er nur ab und an zusammenkommt. In seiner Freizeit trifft er sich mit seinem gleichaltrigen Freund Alex. Tom und Alex kennen sich seit der Kindergartenzeit, eine Zeit, in der die Mauer Berlin noch teilte, und eine Zeit, in der Toms Vater eine kleine Tasche packte und in den Westen floh.

Seit Tom denken kann, hat er nur einen Wunsch. Den nach einer heilen Welt. Eine Familie mit Mutter und Vater, eine Familie, die ihm einen Rückzugsort bietet, die Halt und Geborgenheit gibt. Die bei Kummer und Sorgen die Arme ausbreitet und vor allem Bösen beschützt. Stattdessen kümmert er sich um seine Mutter, die, vom Alkohol gezeichnet, ihr Leben schon lange nicht mehr im Griff hat. Gemeinsam leben sie in einer sechzig Quadratmeter großen Wohnung in einem unsanierten Plattenbau. Die Wohnung ist getränkt von Gerüchen nach Alkohol und Zigaretten und an vielen Tagen mischt sich ein bestialischer Uringestank darunter. Die Durchreiche, die Küche und Wohnzimmer verbindet, dient vor allem dazu, leere Flaschen abzustellen.

Ein Leben ohne Anker, ohne Halt, ohne Regeln, ohne Ziel.

Immer wieder gab es Männerbekanntschaften der Mutter. Manche zogen dann in die kleine Wohnung ein. Einer blieb sogar für vier Jahre, Dietmar. Er brachte seinen kleinen Sohn mit in die Beziehung. Sven war fünf Jahre alt, genau wie Tom damals. Und der neue Mann brachte zusätzliches Unglück in Toms Kindheit und in das Leben seiner Mutter. Auch er trank und er misshandelte nicht nur sie und seinen eigenen Sohn, sondern auch Tom. Einmal warf er den kleinen Sven voller Wut in eine Zimmerecke und brach ihm dadurch mehrere Rippen. Im Krankenhaus wurde dieser Vorfall mit Toberei der Jungen erklärt. Toms Mutter schwieg. Sein Halbbruder Ronny war bald schon kaum noch zu Hause, so oft es ging, übernachtete er bei seinem Freund. Auch für ihn war die Situation kaum zu ertragen. Wie die anderen bekam er Schläge, bis er sich eines Tages plötzlich wehrte und mit Kraft zubiss, so sehr, dass schließlich Blut aus seinem Mund tropfte. Es war nicht sein eigenes. Dietmar brüllte ihn derartig laut an, dass er sich auf den Boden kauerte und die Ohren zuhielt, bis er sich vor Angst übergeben musste. Von dem Tag an aber ließ Dietmar Toms Halbbruder in Ruhe.

In den Jahren mit diesem brutalen Mann ging Tom durch eine andere Hölle. Gewalt in diesem Ausmaß hatte er bis dahin nicht erlebt.

Wenn die Erwachsenen sturzbetrunken auf dem Sofa lagen und der Fernseher laut lief, waren die kleinen Jungen auf sich allein gestellt. Sie litten gemeinsam, stützten sich gegenseitig und träumten von einem besseren Leben. Nach fünf Jahren verschwand der Mann und Sven war plötzlich nicht mehr da. Tom weiß bis heute nicht, wohin sie gegangen sind.

Ein Kind braucht seine Mutter zum Überleben, dieser Urinstinkt ist stark. Und dass es der Mutter gut gehen muss, damit das Kind selbst eine Überlebenschance hat, ist auch fest in seinem Kopf verankert. Tom kämpfte sich durch die Tage, durch die Monate, durch die Jahre. Ronny hatte sich zu der Zeit schon völlig zurückgezogen, war tagsüber mit seinen Freunden in der Stadt unterwegs, ließ seinen Bruder mit der Verantwortung für die Mutter allein. Als Ronny ganz ging, war Tom elf Jahre alt. Ein Kind im Leben einer Alkoholikerin. Mutterseelenallein. In dieser für Tom unerklärlichen Zeit begann es, dass er Morgen für Morgen in einem durchnässten Bett aufwachte. Noch vor der Schule wechselte er die Bettwäsche, wusch den nassen Stoff am Waschbecken aus, schnitt eine neue Plastiktüte zurecht, die er abends unter das Laken schob, in der Hoffnung, dass alles unbemerkt bleiben würde. Die damit verbundene Scham lastete zusätzlich auf seiner Kinderseele. Bis zum Abend war der ausgewaschene Fleck wieder getrocknet und die Bettwäsche für die Nacht bereit.

Die kleine Wohnung ist einfach ausgestattet, das Geld ist knapp. Tom hat früh lernen müssen, allein zurechtzukommen, zu kochen, die Wohnung einigermaßen in Schuss zu halten und dafür zu sorgen, dass der Kühlschrank gefüllt ist. Schon als Kind hat er eine Eltern-rolle übernommen, die Rolle seiner Mutter. Und trotz der enormen Belastung gab er als kleiner Junge alles. Sein kompletter Tag war darauf ausgerichtet, für seine Mutter zu sorgen. Auf keinen Fall durfte es ihr noch schlechter gehen.

Die schmerzliche Sehnsucht, das Gefühl, dass da noch etwas auf ihn wartete, dass es ein lebenswertes Leben gab, trieb ihn an. Er wollte es ihr recht machen, er wollte seine Mutter als zufrieden, am besten als gesund wahr-nehmen können. Für die Entwicklung seines wahren Ichs blieb kein Raum. Durch die ständige Überforderung und das Zurückstellen seiner kindlichen Bedürfnisse verlor er schon als kleiner Junge seine Unbefangenheit. Den Stimmungsschwankungen seiner Mutter war er schutz-los ausgeliefert. Der Ballast, der auf seinen Schultern lastete, raubte ihm seine Kindheit. Er wusste nie, was ihn erwartete, wenn er nach Hause kam. Wie viel hat sie getrunken? Schläft sie schon? Schreit sie wieder stunden-lang, so dass sich die Nachbarn beschweren? Zu Hause ankommen, sich an einen gedeckten Mittagstisch setzen, sich willkommen fühlen und eine leckere warme Mahlzeit genießen – ein Traum.

*

Alex wohnt mit seiner Familie ein paar Häuser wei-ter in derselben Straße. Er lernte Tom im Kindergarten kennen, später gingen sie in dieselbe Schule, sogar in dieselbe Klasse. Ihre Mütter kannten sich nur flüchtig.

Von Anfang an war Alex das schwarze Schaf in der Familie. Besonders das schwierige Verhältnis zu seinem Vater, der seinen Jüngsten regelmäßig kleinmachte, ihn nie er selbst sein ließ, ihm die Selbstachtung raubte, hat ihn geprägt. Sein älterer Bruder wurde hingegen wie ein Held behandelt, wie der Sieger der Familie. Tatsächlich machte er später eine steile Karriere in einer Großbank. Ganz zum Stolz des Vaters.

Auch in der Schule hatte Alex keinen guten Stand. Sein impulsives, rüpelhaftes Verhalten brachte ihm alles andere als Auszeichnungen ein. Die gab es nur für disziplinierte Schüler. Die Anerkennung, die er weder zu Hause noch in der Schule bekam, suchte er sich draußen auf den Straßen der Großstadt, wo er oft über die Stränge schlug. Dort gab es Anerkennung. Anerkennung im negativen Sinne. Mit Bomberjacke und Springerstiefeln wollte er einen starken Eindruck machen. Er wollte etwas darstellen, das es nicht gab, etwas, das sein Vater aus ihm herausgeprügelt hatte. In dieser Zeit flüchtete er nicht nur einmal vor der Polizei, aber da er oft mit Inlinern unterwegs war, war er den Polizisten an Schnelligkeit überlegen.

Einmal war er mit Tom in der Bücherabteilung eines Kaufhauses. Tom interessierte sich seit einer Weile für ein Buch über Knoten, schon Tage vorher hatte er sich mit den verschiedensten Knüpfarten beschäftigt. Er hatte in einem solchen Buch geblättert, es aber nicht gekauft, weil es zu teuer gewesen war. An diesem Nachmittag rollten die beiden mit ihren Inlinern zwischen den Bücherregalen hindurch. Und ohne groß nachzudenken, steckte Tom im Vorbeifahren das ersehnte Buch unter seine Bomberjacke, winkte Alex zu und beide verließen fluchtartig den Laden.

In dem Wirrwarr von Regellosigkeit, das in seinem Kopf herrschte, schloss sich Alex für kurze Zeit der Nationaldemokratischen Partei Deutschlands, der NPD, an. In der rechtsextremen Szene suchte er Anschluss und Harmonie. Doch schon nach kurzer Zeit merkte er, dass er in dieser Szene keine Zuflucht finden konnte, dass es für ihn keine Gemeinsamkeiten gab. So distanzierte er sich wieder von dieser Gruppe und kehrte der Partei den Rücken zu. Der einzige Mensch in seinem Leben, der ihm zuhörte, dem er sich anvertrauen konnte, war sein bester Freund Tom. Auch Tom konnte sich in Alex' Gegenwart öffnen und ihm von seinem Kummer mit seiner Mutter erzählen. Mit Alex konnte er über das Mutterdrama sprechen. Mit Alex und seinem Halbbruder Ronny.

Alex klammert sich bis heute an Tom, weil er in ihm die Stärke sieht, die er in sich selbst vermisst. Insgeheim bewundert er ihn. Und Tom braucht Alex genauso, denn in Alex' Schwäche und Unsicherheit sieht er eine Aufgabe für sich. Die Aufgabe, den Freund zu beschützen und zu führen. Genau dieses Bedürfnis verspürt er auch seiner Mutter gegenüber, aber da versagt er oft, scheitert immer wieder. *Mit Alex geht noch was, den krieg ich schon hin,* denkt er immer wieder. Was ihn manchmal auch an seine Grenzen bringt. Gerade dann, wenn er selbst wieder ganz unten ist und sich gleichzeitig für Alex verantwortlich fühlt.

2. Kapitel

2004

Tom muss lachen, als er Alex sieht. »Hey, jetzt übertreibst du es. Ich hätte nicht gedacht, dass du auf so etwas stehst.«

Alex steht in einem schwarz-rot-goldenen Trainingsanzug und mit einem breiten Grinsen vor ihm.

»Als ob du auf Sport abfährst. Aber jeder so, wie er will.«

»Guck doch mal rum, wie viele so unterwegs sind. Ich find's gut. Sonst hätte ich mir ganz bestimmt keinen gekauft.«

»Oh, oh, dann muss ich wohl damit rechnen, dass du bald mit einem Kinderwagen um die Ecke kommst, weil ja gerade sehr viele mit ihrem Nachwuchs unterwegs sind.«

Alex verdreht die Augen.

Schon seit ein paar Tagen hat Tom vor, sich am Friedenscamp umzusehen. Unter den Linden haben Kriegsgegner ein Zeltlager aufgebaut, um so gegen den Irakkrieg zu demonstrieren. Die zwei beschließen, sich das an diesem Tag mal anzuschauen.

Statt einer Demonstrationsatmosphäre erwartet sie eine Partystimmung. Tom gefällt die Feierlaune der Leute überhaupt nicht. Es gibt einen Grund für diese Versammlung. Und der hat nichts mit einer Party zu tun, sondern mit der Ablehnung des Krieges im Irak, der seit dem 20. März tobt. Und genau diese Ablehnung wollten die Leute hier ursprünglich zum Ausdruck bringen, aber offenbar ist die Stimmung irgendwann gekippt und jetzt wird gefeiert. Womöglich wissen viele der Besucher gar nicht, worum es geht. Es wird gesungen und getanzt. Es gibt Stände, an denen man sich eine Friedensmalerei auf den Körper oder ins Gesicht malen lassen kann.

Die Aktivisten haben es sich gemütlich gemacht. Mit Feuerstellen, um die sich bei der herrschenden Kälte viele versammeln, und einer fast heimeligen Atmosphäre in den mit Möbeln ausgestatteten Zelten. Hier wollen sie bleiben, bis der letzte US-Soldat den Irak verlassen hat. Da Tom mit der Situation, der Abweichung vom eigentlichen Thema, nicht zurechtkommt, verlassen die beiden das Camp. Haben diese Leute ihre Ziele aufgegeben? Oder vergessen?

Wenig später, kurz vor Ostern, erfahren sie, dass die Aktivisten das Feld räumen müssen. Das Bezirksamt Mitte hat sie gezwungen, das Camp aufzulösen. Sie haben es wirklich übertrieben und sich von Tag zu Tag mehr vom eigentlichen Thema entfernt.

*

Nach einer langen Nacht liegt Tom am Morgen noch im Bett. Gestern ist es wieder spät geworden. Theodoris hatte Geburtstag und zur Feier des Tages gab er jedem seiner Gäste ein Schnapsglas und stellte auf jeden Tisch eine

Flasche Ouzo. Die Kneipenbesucher ließen ihn hochleben, es wurde gesungen und getanzt.

Tom trägt noch den Pullover von gestern Abend, den er jetzt von Felies Haaren befreit. Wie gern hätte er eine eigene Katze, einen kleinen Stubentiger zum Kuscheln, hier in der Wohnung. Aber wer kümmert sich um das Kätzchen, wenn Tom unterwegs ist? Seine Mutter? Das würde nicht funktionieren, sie kann sich oft nicht einmal um sich selbst kümmern.

Im Wohnzimmer läuft der Fernseher in voller Lautstärke. Gerade hat der schräge Typ von unten an die Zimmerdecke geklopft, wahrscheinlich mit einem Besenstiel. Das macht er zigmal am Tag, wenn es ihm oben zu laut ist. Einmal hat sogar die Polizei geklingelt, zum Glück war Tom gerade zu Hause, er zeigte sich einsichtig und hat sofort die Lautstärke gedrosselt.

Aus dem Wohnzimmer kommen laute Kommentare seiner Mutter, die offensichtlich mit dem laufenden Fernsehprogramm ganz und gar nicht einverstanden ist. Er springt aus dem Bett, dreht das Radio voll auf, ignoriert das Klopfen von unten und steigt in seine Jeans. Nach einer Katzenwäsche schlüpft er in seine Turnschuhe und ruft kurz ins Wohnzimmer: »Ich gehe raus.« Auf eine Antwort wartet er nicht und als die Wohnungstür ins Schloss fällt, ist er schon eine Etage tiefer.

Er braucht frische Luft. Immer häufiger kann er in der Nähe seiner Mutter nicht mehr durchatmen, es ist, als würde er ersticken, wenn sie zu zweit in der kleinen

Wohnung sind. Wie oft hat er sich schon vorgenommen, endlich Klartext mit ihr zu reden, mal alles rauszulassen. Gut, er hat es versucht, mehrmals schon. Aber bei der direkten Konfrontation flippt sie jedes Mal aus, schreit und kreischt rum, an Reden ist dann nicht mehr zu denken. Einmal hat er ihr einen Brief geschrieben, in dem er ihre gemeinsame Situation klar und deutlich geschildert hat. Sie hat nur gelacht und gesagt, er solle nicht so übertreiben. Es sei doch alles gar nicht so schlimm. Dass sie in stark alkoholisiertem Zustand unberechenbar ist und eine Gefahr für sich und andere darstellt, will sie nicht hören. Von ihrer Gesundheit ganz zu schweigen.

Unten an der belebten Straße kann er wieder aufatmen. Mann, Mann, Mann, wie soll das nur weitergehen? Er wählt Ronnys Nummer. Wie so oft meldet sich der Anrufbeantworter. Er rufe zurück, sagt Ronnys Stimme auf dem Automaten. Wenn er das mal machen würde. Falls er sich nicht meldet und davon geht Tom aus, will er es am Abend erneut versuchen.

Wie ferngesteuert geht er die Straße in Richtung Colore entlang. Ein Weg, den er blind gehen könnte. Heute, am Freitag ist die Bude bestimmt wieder voll, wäre schön, wenn Alex auch da ist.

»Berlin ist arm, aber sexy«, sagte der Regierende Bürgermeister Klaus Wowereit vor einigen Monaten. Arm könnte Tom sofort unterstreichen. Aber sexy? *Was meint Klaus damit? Er sollte mich mal sehen. Umgeben von Alkoholismus, finanzieller Not, abgerissen vom*

*Glück und sich ständig beweisen müssen, daran finde ich
nicht das Geringste sexy. Wenn Berlin irgendwo sexy ist,
möchte ich dahin.*

In großen Buchstaben haben Graffitisprayer diesen
berühmten Satz auf ein graues und ziemlich unsexy aus-
sehendes Gebäude gesprüht. Mit den riesigen, bunten,
fast lebendig wirkenden Buchstaben haben einige Bau-
werke tatsächlich an Attraktivität gewonnen. Da passt der
Satz des Stadtoberhauptes dann doch irgendwie.

Tom geht an dem Gemälde vorbei und denkt an seinen
Bruder. Hoffentlich können sie heute noch miteinander
reden. Ob Ronny vergessen hat, was zu Hause abgeht?
Der ist schön raus aus allem. Letzten Sommer, als es so
unglaublich heiß war, als das Thermometer selten unter
dreißig Grad zeigte, trafen sie sich oft am Müggelsee. Aber
da konnten sie keine tiefschürfenden Gespräche über die
Zukunft führen, dafür war es einfach zu heiß. Da war man
froh, wenn man ein schattiges Plätzchen am See ergattern
und ab und zu ins kühle Nass springen konnte.

»Lass uns eine Lösung finden, wenn diese Affenhitze
vorbei ist«, sagte Ronny. »Du hast doch im September
frei, da könntest du ein paar Tage zu uns kommen und es
als Kurzurlaub von Renate betrachten.«

»Ach was«, erwiderte Tom. »Du weißt genau, dass das
nicht geht. Wie soll sie denn ein paar Tage am Stück allein
klarkommen? Du stellst dir das mal wieder so einfach vor,
Ronny, aber es ist alles andere als einfach. Du hast keinen
blassen Schimmer.«

Die Hitze in diesem Sommer war fast unerträglich, vor allem in den oberen Stockwerken der Plattenbauten. An Schlaf war in den Nächten nicht zu denken, wenn man nicht im Besitz einer Klimaanlage war. Tom hatte sich und seiner Mutter ein nasses Handtuch auf den Nachtschrank gelegt, mit dem sie sich nachts den Kopf kühlen konnten. Außerdem sorgte er für ausreichend Flüssigkeit in Form von Säften, gemischt mit Wasser, damit seine Mutter tagsüber genug zu trinken hatte. Trotz aller Bemühungen lagen am Abend wieder leere Weinflaschen unter dem Wohnzimmertisch. Sie wollte sie verstecken, aber Tom hatte ein Auge dafür.

*

Klar, dass Ronny sich nicht gemeldet hat. War ja wirklich klar.

Auch am Abend geht er nicht ans Telefon. Tom nimmt sich vor, seinen Bruder am folgenden Tag aufzusuchen, ob er nun noch anruft oder nicht. Es muss so vieles geklärt werden, unbedingt. Es ist an der Zeit, dass etwas passiert. Dass Renate eine Entziehungskur macht oder irgendetwas, das den Weg in eine andere Richtung lenkt.

Am nächsten Abend klingelt Tom an der Haustür seines Bruders. Als die Tür geöffnet wird und er Ronny erblickt, wird Toms Blick wässrig. Ohne ein Wort zu sagen, nimmt Ronny ihn in die Arme. Tom spürt, wie schwach er im Augenblick ist und Schwäche kann er nur bei seinem Bruder zulassen. Er weiß, dass Ronny immer wieder von einem schlechten Gewissen geplagt wird, weil er Tom so früh mit den Problemen zu Hause allein ließ. Er weiß auch, dass Ronny sich jedes Mal, wenn sie zusammen sind, vornimmt, sich mehr um seinen jüngeren Bruder zu kümmern, ihn mehr zu unterstützen.

Toms Tage sind gefüllt von irgendwie klarkommen und von Misstrauen. Misstrauen der eigenen Mutter gegenüber. Sagt sie jetzt die Wahrheit? Will sie wirklich mit dem Trinken aufhören? Solche Vorsätze gibt es tatsächlich, manchmal, in den seltenen nüchternen Momenten. Stimmt es, wenn sie sagt, dass sie in den letzten Stunden keinen einzigen Tropfen Alkohol angerührt hat? Doch ihrem Sohn kann sie schon lange nichts mehr vormachen. Er sieht es an ihren Bewegungen, er sieht es, wenn er ihr in die Augen schaut. Außerdem hört er es an ihrer Stimme, von der Alkoholfahne mal ganz zu schweigen. An ganz schlimmen Tagen fragt er sich, ob er an allem schuld ist. Ob er schuld an dem ganzen Desaster ist. Ist er nicht so geraten, wie sie sich diesen Sohn gewünscht hat? Kümmert er sich nicht genug um sie? Es ist nicht so, dass sie noch nie versucht hat, mit der Sauferei aufzuhören. Nicht nur einmal ist sie selbstsicher in den kalten Entzug gegangen. Das waren harte Tage für sie und auch für Tom, da der kalte Entzug zu Hause abläuft und die Süchtigen mehr oder weniger versuchen, das mit sich selbst abzumachen.

Eigentlich wusste Tom jedes Mal von Anfang an, dass es nicht klappen würde. Es war immer nur eine Frage der

Zeit, wann sie dem Alkohol nicht mehr widerstehen konnte. Eine andere Idee war die ambulante Alkoholtherapie, doch das lief schon nach drei Tagen völlig aus dem Ruder. Als Tom in einer ihrer Einkaufstaschen eine Flasche Schnaps, irgendeinen Billigfusel, entdeckte und sie zur Rede stellte, eskalierte die Situation. Wie so oft versuchte sie sofort, die ganze Sache zu bagatellisieren. Was Tom wohl hätte, macht mal wieder aus einer Mücke einen Elefanten und außerdem sei dies ihre Sache! Und auf diesen Schreck nahm sie einen großen Schluck, und zwar direkt aus der Flasche. Tom wäre vor Wut fast geplatzt. Er riss ihr die Flasche aus der Hand und schüttete das fiese Gesöff in die Spüle.

»Reiß dich zusammen, du gehst da morgen wieder hin.«

Doch sie weigerte sich und zwingen konnte Tom sie nicht.

Mehrmals schon wurde er auf diese Art tief enttäuscht. Enttäuschung um Enttäuschung, die sich in sein Inneres bohrt, die dort inzwischen einen festen Platz hat.

Wie oft hat er sich überlegt, Abstand zu nehmen, sich von ihr zu distanzieren, auszuziehen. Dann war da wieder das schlechte Gewissen. Sie käme allein nicht zurecht, wäre komplett verloren. Ein Fünkchen Hoffnung gibt es immerhin, dass sie die Kurve noch kriegt.

Ronny öffnet zwei Flaschen Bier.

»Sorry, dass ich mich in der letzten Zeit nicht gemeldet habe, aber mir ging es gesundheitlich nicht so gut und dann noch der Stress bei der Arbeit. Glaub bloß nicht, dass ich hier ne ruhige Kugel schiebe.«

Anette, seine Frau, setzt sich zu Tom aufs Sofa und steckt sich eine Zigarette an. »Mensch, schickt sie doch mal zu einer richtigen Entziehungskur, wo sie monatelang keinen Alkohol sieht. Ihr müsst es endlich anpacken. Und Ronny kann nicht mehr Tag und Nacht zur Verfügung stehen, wenn es mal wieder brennt, Tom. Der wohnt schließlich hier mit mir zusammen und nicht mehr bei Renate. Der muss sich in erster Linie um sich und sein Leben kümmern.«

Sie stellt noch ein paar Flaschen Bier auf den Tisch und lässt die Brüder dann allein. Anette ist nur zwei Jahre jünger als Toms und Ronnys Mutter. Die Beziehung zwischen Ronny und ihr ähnelt einer engen Mutter-Sohn-Beziehung, in der auch Sexualität eine Rolle spielt. Wie Tom hat auch Ronny nie eine fürsorgliche Mutter gehabt. Auch er war sein Leben lang auf der Suche danach. In Anette hat er etwas Mütterliches gefunden, Geborgenheit und inneren Frieden, da spielt der Altersunterschied keine Rolle. Anette konnte etwas zur Heilung der Wunde, die durch Ronnys Mutter entstanden ist, beitragen. Zumindest am Anfang ihrer Beziehung.

Im Radio läuft ein Lied von Bruce Springsteen.

»Hey, Tom, das müssen wir mal wieder machen. Weißt du noch, als wir auf seinem Konzert waren? Das war der Hammer.«

»Das war wirklich ein toller Abend. Aber lass uns erst mal versuchen, das Mutterproblem irgendwie zu lösen«, kommt Tom auf das eigentliche Thema des Abends zurück. »Wir müssen sie überzeugen, stationär gegen den Alkohol zu kämpfen. Wir dürfen ihr keine andere Wahl lassen. Und zwar so schnell wie möglich.«

»Wie heißt ihr Hausarzt noch mal?«, fragt Ronny.

»Schröder, Dr. Schröder«, fällt es Tom nach einem Moment des Nachdenkens ein.

»Gut. Ich rufe ihn morgen früh an und schaue, was er uns vorschlägt.«

Tom und Ronny prosten sich zu, sie lassen die Bierflaschen gegeneinander krachen, dass der Bierschaum oben aus den Flaschenhälsen quillt.

»Diesmal klappt es, das spüre ich«, sagt Tom lachend.

»Auf die Zukunft.« Ronny reißt die Arme hoch, als sei das Ziel schon erreicht.

Tom bleibt noch bis Mitternacht, dann macht er sich hoffnungsvoll auf den Heimweg. Vielleicht kann er sich bald eine kleine Wohnung in Ronnys Nähe suchen. Das wäre wirklich schön.

*

Als er die Wohnungstür öffnet, schlägt ihm der Gestank von Zigarettenrauch und Urin entgegen. Damit hat er heute Abend nicht mehr gerechnet und angewidert geht er ins Wohnzimmer. Seine Mutter liegt auf dem Sofa, in der Hand eine nicht ganz leere Flasche Rotwein, aus dem Fernseher dröhnen Schlager von früher. Sie ist eingeschlafen. Ein riesiger nasser Fleck zieht sich von der Couch nach unten bis auf den Teppich. Der Aschenbecher steht unter dem Tisch, die Asche liegt verstreut herum. Es stinkt erbärmlich. Wie tot liegt sie da.

Ohne Vorwarnung klopfen bekannte Gedanken an. Gedanken, für die er sich später schämen wird.

Wenn sie nur tot wäre ... Ich wäre frei wie ein Vogel.

Aber sie atmet und stöhnt im Schlaf.

Ich müsste ihr nur das dicke Kissen aufs Gesicht drücken, dann wäre alles schnell vorbei.

Tom muss fast würgen, aber anstatt sie vom Sofa zu ziehen, sie von dem nassen Fleck wegzuzerren, kann er den Blick nicht von dem Kissen wenden. Das an Hässlichkeit kaum zu überbietende Häkelkissen, das sie vor Jahren von ihrer Schwester Jutta zu Weihnachten bekommen hat, könnte sein Leben retten und ein anderes beenden.

Entsetzt von sich selbst, stößt er den Gedanken weg und zerrt seine Mutter durch die Wohnung ins Bett. Dort zieht er ihr die vollgepinkelten Sachen aus, die er in die Zimmerecke wirft, und trockene an. Sie bekommt nichts davon mit. Dann wirft er eine Decke über sie und verlässt – noch immer angewidert – das Zimmer. Im Wohnzimmer reißt er die Fenster weit auf und versucht, mit Wasser und Spülmittel den Urinfleck zu entfernen, der schon tief in die Polster eingedrungen ist. Morgen wird sie sich an nichts erinnern. Was für ein furchtbares Trauerspiel. Tom denkt an das Gespräch, das auf sie zukommt, wegen des stationären Entzugs. Sie wird total ausflippen, da ist er sich sicher.

Obwohl es draußen kalt ist, reißt Tom alle anderen Fenster auch noch auf. Wenn nur die Probleme mit dem Gestank verschwinden würden. Es ist zwei Uhr morgens, er ist hellwach, wälzt sich im Bett hin und her, das Gedankenkarussell will nicht stillstehen. Es dreht sich wie verrückt und wirft ihn wie einen Tennisball hin und her. Im Moment hat er nur einen einzigen Wunsch: eine traumlose, ruhige Nacht.

Sein eigener Schrei reißt ihn aus dem Schlaf. Völlig aufgelöst sitzt er kerzengerade im Bett, seine Wangen sind feucht. Er muss im Schlaf geweint haben. Seit Wochen erwartet ihn Nacht für Nacht dieser Albtraum. Der Traum will ihn sterben sehen. Die Angst wird immer größer, obwohl er sich schon oft nach dem Tod gesehnt hat. Der Traum sagt ihm, dass es bald so weit ist. Dass das Ende naht. Es läuft immer gleich ab. In seinen letzten Stunden wird er fast wahnsinnig vor Panik. Es zerreißt ihn förmlich. Er wimmert und weint, versucht sich zu wehren. Schließlich kann er nur noch schreien, weil er das Gefühl hat, innerlich zu erfrieren. Und an dieser Stelle wacht er jedes Mal auf, schweißgebadet und völlig von Sinnen. Dann dauert es eine Weile, bis er begreift, dass es nur dieser böse Traum war. Es folgt eine tiefe Erleichterung und bald totale Erschöpfung.

Mit klopfendem Herzen springt er aus dem Bett. Im Bad löscht er seinen Durst am Wasserhahn, um dann am offenen Fenster eine Zigarette zu rauchen. Erschöpft bläst er den Rauch in die kalte, einsame Nacht hinaus. Es ist noch nicht allzu lange her, da wollte er freiwillig aus dem Leben scheiden, innerlich hatte er sich bereits von allem abgeschnitten, sah nur noch diese eine Lösung für seine Probleme. Lieber tot, als ruhelos umherzuirren, mit diesem Klotz am Bein, der bleischwer nach unten zieht. Ein Mutterklotz. Aber jetzt, so aus diesem Albtraum gerissen, ist er heilfroh, dass es nur ein Traum war. Hängt er doch an seinem Leben? Ist dieses Leben doch lebenswert, ja liebenswert?

Am Nachmittag meldet sich Ronny. Er hat mit Dr. Schröder gesprochen, der sofort dabei war, auf jeden Fall befürworte er das Vorhaben. Wie oft habe er schon versucht, seine alkoholsüchtige Patientin auf einen gesünderen Weg zu führen. Manchmal mit kleinen Erfolgen, letztendlich aber immer mit Rückschlägen. Aber man solle nichts unversucht lassen. Er würde in den nächsten Tagen die Antragsformulare vorbereiten und einen aktuellen Befundbericht schreiben. Und alles Weitere, wie Laboruntersuchung, einen Sozialbericht einer Suchtberatungsstelle und so weiter veranlassen.

»Stell dir vor, er meinte, dass sie ruhig weiter wegsoll. Also den ganzen Aufenthalt am besten so weit wie möglich von Berlin entfernt. So könnten wir auch mal zur Ruhe kommen.«

»Sicher doch, wir beide.« Tom verdreht die Augen. »Du hast doch gar nichts mehr damit zu tun.«

»Nun reg dich nicht auf, ich weiß, was du leistest. Und außerdem meint er es nur gut. Nächste Woche Donnerstag hat sie einen Termin bei Dr. Schröder, kannst du sie hinbringen und vielleicht auch mit reingehen?«

»Klar, ich werde es versuchen. Aber zuerst muss ich den richtigen Moment finden, um das mit ihr zu besprechen.«

*

Vor einigen Wochen hat sich Tom bei einem renommierten Unternehmen für eine Ausbildung zum IT-Systemkaufmann beworben. In eine stabile berufliche Zukunft zu schauen, würde ihm viel bedeuten. Als er jedoch nichts mehr von der Firma hörte, hat er den Ausbildungsplatz – wie schon viele andere vorher – abgeschrieben. Doch heute liegt ein Brief im Postkasten. Ohne große Erwartungen öffnet Tom ihn und sieht sofort, dass es sich um eine Zusage handelt. Darauf muss angestoßen werden. Er schreibt eine Nachricht an Alex: *Treffen heute Abend im Colore.*

Tom hat sich vor einer Weile bei einem Sicherheitsdienst als Wachmann vorgestellt. Er konnte sofort anfangen, doch sein Lohn ist alles andere als leicht verdientes

Geld. Es geht immer wieder hart zur Sache, wenn es zwischendurch auch mal ruhige Tage gibt. Die Abwechslung macht den Reiz aus. Es ist zwar nicht sein Traumjob, aber für den Übergang eine gute Lösung. Mit den vielen Überstunden hat er jedoch nicht gerechnet. Und er ist nie gefragt worden, ob ein paar Stunden mehr überhaupt in seinen Zeitplan passen. An manchen Tagen wird den Mitarbeitern wirklich viel abverlangt. Stunden schieben bis zum Umfallen. In seinem Spitzenmonat brachte er es auf zweihundertsechzig Stunden.

Da es keine festen Arbeitszeiten gibt, werden die Mitarbeiter für verschiedene Veranstaltungen eingesetzt. Die meisten Einsätze gibt es am Alexanderplatz und am Zoologischen Garten, wo immer was los ist, wo nie Nachtruhe einkehrt und die Kriminalität regelmäßig eine Nische findet. Gerade Touristen, die den Großstadttrubel nicht gewohnt sind und sich vielleicht nicht so gut auskennen, gibt diese Art der Bewachung ein Gefühl der Sicherheit. Sie fühlen sich durch Tom und seine Kollegen beschützt. Außerdem sind Weihnachtsmärkte und private Feiern mitunter Anlässe, die einen besonderen Einsatz von Sicherheitskräften erfordern. Aber wenn das mit der Ausbildung zum Informatiker gut läuft, sind solche Nebenjobs hoffentlich Geschichte.

Toms Highlight war die Berlin Fashion Week, im heißen Juli, am Brandenburger Tor. Es war die erste Fachmesse dieser Art in Berlin. Für die jungen Designer und Modetalente und auch für Tom ein Erlebnis der besonderen

Art. Die Designer und überhaupt der ganze Glamour waren ihm egal, aber die Atmosphäre, das Besondere dieser Tage in seiner Stadt ließen den Einsatz zu etwas Unvergesslichem werden.

*

Tom überlegt lange, wie er das Gespräch mit seiner Mutter beginnen soll. Wie er es am besten anstellt, damit sie nicht gleich ausflippt, sondern zustimmt. Eigentlich wollte er längst mit ihr reden, schon vor ein paar Tagen. Heute, heute wird er es tun. Schade nur, dass Ronny nicht dabei sein kann.

Als Tom am Nachmittag mit Renate im Wohnzimmer sitzt, will er unbedingt ein positives Ergebnis erzielen. Er macht ihr den Vorschlag, den er mit Ronny ausgearbeitet hat, erzählt ihr, dass auch Dr. Schröder Bescheid weiß und diese Therapie befürwortet, dass er sogar schon alles dafür vorbereitet hat. Sie müsse nur die Unterlagen in der Praxis abholen und einen Termin in der Einrichtung vereinbaren. Tom erwartet genau in diesem Moment einen Ausraster, Geschrei oder zumindest völliges Unverständnis. Doch sie bleibt ruhig auf dem Sofa sitzen, hört ihn ausnahmsweise aufmerksam an und stimmt dann tatsächlich zu.

Tom kann es nicht glauben. So einfach hat er sich das nicht vorgestellt.

»Wenn du willst, begleite ich dich zum Arzt«, bietet er an.

»Danke, aber ich schaffe das schon allein.«

In den Zeiten, in denen sie weniger oder gar keinen Alkohol trinkt, ist sie ein völlig anderer Mensch. Sie ist dann eine, mit der man eigentlich gut umgehen kann. Dann wirkt ihr Lachen echt, sie ist aufmerksam und scheint lebendiger zu sein. In diesen Momenten spürt Tom sogar ihre Anteilnahme. Sie sagt dann, dass es ihr leidtue, wie schwer er es mit ihr hat. In diesen Augenblicken weiß sie, was auf seinen Schultern lastet, und in diesen nüchternen Phasen schämt sie sich für sich selbst. Leider sind diese Wandlungen zwar immer wiederkehrende, aber kurze Perioden. Vielleicht wäre es gut, wenn sie aufhören würde, sich zu schämen, und lieber handeln würde. Für sich. Für ihren Sohn.

Tom informiert Ronny über das Gespräch, indem er ihm wieder einmal auf die Mailbox spricht. Erst zwei Tage später ruft sein Bruder zurück. In der Zwischenzeit, Tom kann es immer noch nicht glauben, war Renate beim Arzt, hat mit ihm alles besprochen und wartet nun auf den Aufnahmetermin. Jetzt muss sie nur noch durchhalten. Die gute Nachricht freut natürlich auch Ronny, sie treffen sich beim Italiener um die Ecke, rufen Alex dazu und lassen es sich schmecken. Auf dem Heimweg beschließt Tom, noch kurz im Colore vorbeizuschauen.

In der Kneipe sind alle Tische besetzt. Tom wundert sich, so voll ist es selten zu dieser Uhrzeit, es ist bereits nach Mitternacht Er holt sich ein Bier am Tresen und geht zu den Billardtischen. Auf einem Fensterbrett liegt

Felie in unendlicher Tiefenentspannung. Tom beobachtet sie, wie sie sich schnurrend die Samtpfoten leckt. Als sie seine Stimme hört, spitzt sie die Ohren und tauscht den gemütlichen Fensterplatz mit Toms Schoß. Er freut sich über das warme Knäuel und Felie genießt sichtlich die Streicheleinheiten, die sie von ihrem Lieblingsmenschen bekommt.

»Hey, Tom.« Sternhagelvoll stolpert Toms ehemaliger Geschichtslehrer Herr Teichert an ihm vorbei.

Der kann es auch nicht lassen. Scheißalkohol.

Tom denkt an das Gespräch mit seiner Mutter, das so überraschend verlaufen ist. Wie schön wäre es, wenn sie endlich die Kurve kriegen würde. Nach der zweiten Flasche Berliner Kindl winkt Tom Theodoris zu.

»Ich mach mich wieder auf den Weg, muss morgen früh raus.«

Der Wirt hat an diesem Abend ein Herz für Rockmusik, er singt inbrünstig mit. Er winkt zurück, während er tanzend Bierflaschen in seinem Lokal verteilt.

*

Als Tom nach Hause kommt, hört er Renate nach ihm rufen. Aufgekratzt eröffnet sie ihm, dass sie mit Jutta, ihrer Schwester, ein Wochenende an der Ostsee verbringen möchte und dass Tom mitkommen soll.

»Wir machen uns ein paar tolle Tage. Was hältst du davon?«

Müde hört Tom ihr zu.

»Du kannst doch bestimmt mal ein paar Überstunden nehmen und wir könnten von Freitag bis Montag fahren. Vielleicht nach Graal Müritz. Nun guck nicht so mürrisch – komm schon.«

Sie pustet den Rauch ihrer Zigarette ringförmig über den Küchentisch und strahlt dabei über das ganze Gesicht. Und wie so oft, springt sie plötzlich zu einem gänzlich anderen Thema. »Wann reparierst du denn endlich die Toilettenspülung?«

Tom gähnt. »Ich geh schlafen, muss morgen früh raus.«

Eine Auszeit am Meer reizt ihn, wenn es nur zwei oder drei Tage sind. Zudem sagt der Wetterbericht ein schönes sonniges Wochenende voraus. Und vielleicht hat Alex ja Lust mitzufahren. Dass Toms Tante Jutta ebenfalls mit im Boot ist, gefällt ihm. So kann er ab und zu sein eigenes Ding machen und muss nicht ständig auf seine Mutter Rücksicht nehmen. Mal raus, mal weg aus Berlin. Jutta ist zwar auf ihre Art auch nicht einfach, beispielsweise mit ihren ewigen Geschichten von früher. Damals, als die Mauer noch stand. Das ist ihr Lieblingsthema. Nervig ist, dass sie sich ständig wiederholt. Gut hingegen ist, dass sie nur selten Alkohol trinkt. Mal ein Bier beim Grillen oder ein Gläschen Sekt zu einem feierlichen Anlass. Dass ihre Schwester völlig das Maß verloren hat, ist nicht selten ein Streitpunkt zwischen den beiden Frauen. Unzählige Male schon wollte sie ihrer alkoholkranken Schwester helfen, doch diese flippte jedes Mal aus, wenn Jutta das Thema ansprach. Renate leugnet, ein Alkoholproblem zu haben. Sie habe ihr Leben im Griff, behauptet sie. Was alle nur hätten. Und Tom solle mal froh sein, bei seiner Mutter zu wohnen, die sich um seine Wäsche und alles andere kümmere. Andere in seinem Alter seien ganz auf sich allein gestellt. Ihrer Schwester kann sie damit allerdings nichts vormachen. Jutta weiß, dass nichts daran stimmt. Sie weiß, was Tom leistet.

Durch die angesammelten Überstunden im Wachdienst ist es kein Problem, zwei Tage an ein Wochenende anzuhängen, und auch Alex kann sich freinehmen. Jutta indessen freut sich, dass ihr heißgeliebter, vierrädriger Gefährte mal wieder für eine längere Tour rauskommt. Der hellblaue Trabi ist einfach ausgestattet, aber voll mit kostbaren Erinnerungen an alte Zeiten. In dem Wagen ist nicht einmal mehr Platz für eine Briefmarke. Bis unters Dach beladen kriechen sie über die Autobahn. Vorn sitzen die beiden Frauen, Jutta fährt. Tom und Alex sind dicht gedrängt auf der Rückbank. Egal, Hauptsache raus, mal was anderes sehen.

Tom schaut in die Autos, die links an ihnen vorbeifahren. Autos mit Geschäftsleuten, mit Pärchen, Autos mit Familien, in denen Söhne und Töchter hinten sitzen. Kinder, die sich mit gesenktem Kopf mit einem Spielzeug auf dem Schoß beschäftigen oder in ein Buch schauen. Oder die Kleineren, die in ihren Kindersitzen höher sitzen und aus dem Fenster blicken oder schlafen. Tom beginnt, ein

Luftschloss zu bauen. Er sieht sich selbst am Steuer in einem dieser Familienautos. Die liebevolle Mutter seiner Kinder schiebt eine Benjamin-Blümchen-Kassette ins Kassettenradio. *Törrrööö.*

»Pipipause, Fahrerwechsel!« Jutta rüttelt ihn zurück in die Realität. Sie steuert einen Parkplatz mit angrenzender Raststätte an.

Ach, meine Zeit kommt sicher noch.

Wie eingerostet quälen sie sich aus dem Auto. Alex macht gleich ein paar Lockerungsübungen, um wieder beweglich zu werden. Die anderen steigen kurzerhand mit ein und recken und strecken sich. Anschließend suchen sie in der Raststätte nach etwas Wegzehrung und als Tom mit Schokoriegel und *BiFis* in der Hand in der Schlange vor der Kasse wartet, sieht er, wie seine Mutter an einem Getränkeregal steht und eine Flasche *Goldkrone* in ihren Jackenärmel steckt.

Augenblicklich wächst die Wut in Tom. Wie gut, dass Alex dabei ist, sonst würde er das alles nicht aushalten. Außerdem will er die kostbaren freien Tage nicht einfach so verplempern, er möchte sich erholen. Es ist eine Ewigkeit her, dass er das letzte Mal verreist war.

Zum Glück hat niemand etwas von dem Diebstahl bemerkt und auch Tom sagt nichts. Als die Fahrt weitergeht, sitzt er am Steuer. Noch achtzig Kilometer bis Graal Müritz, zeigt das nächste Autobahnschild. Das müsste in gut anderthalb Stunden zu schaffen sein.

Ohne die geringste Scham zieht Renate irgendwann die Schnapsflasche aus dem Ärmel, öffnet sie, nimmt einen großen Schluck und atmet tief durch. Am liebsten würde Tom ihr die Flasche aus der Hand reißen und aus dem Fenster pfeffern.

»Kannst du dich nicht mal hier im Auto beherrschen?«, zischt Jutta. »Das fängt ja gut an. Ein paar Stunden ohne Alkohol, ist das zu viel verlangt? Am liebsten würde ich umdrehen.«

»Jutta, jetzt mach nicht schon wieder so eine Welle. Ein Schlückchen, was ist dabei? Hier, willst du auch?« Grinsend hält Renate ihrer Schwester die Flasche vors Gesicht.

»Das ist dein Problem, nicht meins«, giftet Jutta zurück.

»Problem? Was denn für ein Problem?« Renate wird lauter. »Ich habe kein Problem. Kümmert euch um euren eigenen Kram. Fängt die schon wieder mit ihrer Predigt an, ich kann es nicht mehr hören.«

»Hey, hey«, faucht Tom dazwischen. »Themawechsel. Gehen wir gleich zum Strand oder erst was essen? Wir sind bald da. Ich hoffe, das hat jetzt jeder mitbekommen.«

Alle sind sich einig, dass der Kurzurlaub mit einem Spaziergang am Meer beginnen soll. So parkt Tom das Auto etwas später in Strandnähe auf einem Parkplatz in einem kleinen Wäldchen.

Seeluft ... Alle ziehen die gute Luft tief in die Lungen.

Herrlich, hier bleibe ich.

Es fühlt sich an, als könnte der Seewind den Kopf frei-
blasen, den ganzen Dreck, der sich da oben angesammelt
hat, in alle Richtungen über das Meer pusten. Raus und
weg. Tom atmet noch einmal tief durch und lässt sich
rückwärts in den Sand fallen.

Die kleine Ferienwohnung befindet sich in einer alten
weißen Villa, die vollständig von hohen Tannen umgeben
ist und auf den ersten Blick an ein Märchenschloss aus
einer der Geschichten der Gebrüder Grimm erinnert. Die
Wohnung besteht aus zwei winzigen Zimmern mit hohen
Wänden und großen Fenstern, allerdings lassen die Tannen kaum Tageslicht herein.

Jutta ist gleich hin und weg. Die knarzenden Dielen,
der leicht muffige Geruch, der eine Geschichte erzählen
könnte.

»Hier lebt die Vergangenheit, ach wie schön!«, ruft sie
aus.

Alex reißt sofort sämtliche Fenster auf, um die abge-
standene Luft rauszukriegen.

»Dieser Mief ist ja kaum auszuhalten«, stellt er fest.
»Hätten die nicht vorher mal richtig durchlüften können?«

Die Wohnung ist bescheiden eingerichtet, bietet aber
alles, was man zum Leben braucht. Die Frauen teilen
sich das Zimmer, in dem ein Doppelbett steht. Tom und
Alex richten sich im Nebenzimmer ihr Schlaflager ein. Sie
pusten ihre Luftmatratzen mit dem Mund auf, bis ihnen

schwindelig wird. Nach getaner Arbeit zieht Alex zwei Flaschen *Oettinger* aus seinem Rucksack.

»Gute Idee«, sagt Tom lachend. »Prost! So, in den nächsten Tagen gönnen wir uns mal ein anständiges Bier, schließlich haben wir Urlaub. Das Oettinger hängt mir im Moment echt zum Halse raus.«

»Wie du meinst«, erwidert Alex. »Und morgen schauen wir, was hier in der Gegend so los ist.«

Im Nebenzimmer hat wieder einmal Jutta das Wort ergriffen. Sie erzählt zum hundertsten Mal, wie schön es damals war, ein Westpaket zu bekommen, und davon, wie das Öffnen zelebriert wurde. Die heißgeliebten Strumpfhosen von *Kunert* oder *Hudson*, die orangefarbenen Dosen *Creme 21*, die Schokolade und dann dieser einzigartige, himmlische Duft nach einer Mischung aus Kaffee und Orangen, den sie nach dem Mauerfall nie wieder in der Nase hatte. Sie vermisst ihn.

»Kauf dir doch ein Päckchen Kaffee und ein paar Orangen, dann hast du was zum Schnuppern«, sagt ihre Schwester und lacht schallend. »Das Zeug gibt's doch jetzt überall.«

»Das ist nicht dasselbe. Natürlich hast du keinen Sinn dafür. Hauptsache, der Alkohol geht nicht aus. Und bevor du wieder ausflippst ... Ich geh jetzt schlafen.«

Sie lässt ihre Schwester am Tisch zurück, die sich gleich noch ein Glas Goldkrone einschenkt.

»Bald ist es sowieso vorbei. Ich erwarte demnächst meinen Termin für den Klinikaufenthalt, da kann ich mich noch mal richtig austoben. Und ihr könnt mich nicht aufhalten«, murmelt Renate Jutta hinterher.

Am nächsten Morgen packen Tom und Alex früh ihre Rucksäcke für einen Tagesausflug. Das Wetter zeigt sich von seiner besten Seite, tiefblauer Himmel, klare Luft, noch angenehm kühl.

Sie suchen sich ein Plätzchen am Strand, etwas abseits vom Trubel. Alex schläft sofort ein und Tom lässt seinen Blick über den Strand schweifen. Obwohl es noch nicht einmal zehn Uhr ist, sind schon reichlich Menschen unterwegs. Strahlende Kinder mit buntem Spielzeug bauen große Sandburgen, Väter heben mit kleinen Schaufeln Gräben um die Kunstwerke ihrer Sprösslinge aus. Sie bauen Festungen aus nassem Sand, während die Mütter Bücher lesen oder ihren Liebsten zuschauen oder einfach nur dösen und aufs Meer blicken. Wie unschuldig und unverdorben diese Kinder wirken. Rein, unberührt, beneidenswert. Ein kleiner Junge, vielleicht drei oder vier Jahre alt, sortiert auf einem Handtuch eine ganze Reihe von Pokémonfiguren, ganz versunken in die Welt der Pikachus und Gluraks. Und ein etwas älterer Junge, der sein Bruder sein könnte, ist in seinen Game Boy vertieft. Auch er scheint gerade in einem anderen Universum zu sein. Seine Eltern genießen die entspannte Atmosphäre sichtlich.

Mit etwa achtzehn Jahren bemerkte Tom, wie sehr er sich zu Kindern hingezogen fühlte, und das ist bis jetzt so geblieben. Zu Kindern, die noch unschuldig, noch jungfräulich sind. Die noch nichts Böses erlebt haben. So sehr wünscht er sich ein derart sorgenfreies Leben. Mit diesen kleinen sündenlosen Menschen will er zusammen sein. Er hat kein sexuelles Interesse, er sucht nur die Nähe, die unverdorbene, unbefleckte Nähe von Kindern, die in der liebevollen Gemeinschaft einer intakten Familie leben. Diese Kinder wachsen in einem Schutzraum heran, nach dem sich Tom bis heute sehnt. Manchmal aber kommt auch Neid, Eifersucht, sogar Wut in ihm auf, dann ist diese Sehnsucht nicht mehr zu ertragen, dann will er allein mit sich sein, um seine Gedanken zu ordnen. Der krasse Unterschied zu seinem Leben ist in solchen Momenten zu schmerzhaft.

Irgendwann wird es Tom zu viel mit der Familienidylle am Strand, er sucht die nächste Fischbude auf. Dort kauft er ein Brötchen mit Bismarckhering und eine Cola. Anschließend schlendert er zurück zu Alex. Schon von weitem sieht er seinen Freund auf dem Bauch liegen und sich eine Zigarette drehen.

»Mensch, ist das schön hier. So richtig zum Entspannen«, sagt Tom mit Blick auf das Meer. »Weißt du noch, als wir im Plänterwald waren? Da sind wir zig Runden mit dem Riesenrad gefahren. Das war auch so ein Gefühl von Freiheit. Die Welt von oben zu sehen, lässt die Probleme echt kleiner wirken. Alex, Berlin bringt mich um. Ich hab keinen Bock mehr auf den ganzen Scheiß. Guck dir die Familie da hinten an. So eine Familie will ich haben.«

»Jetzt nimm doch nicht so eine Bilderbuchfamilie als Maßstab, ein Mittelding geht auch. Komm, lass uns gehen, ich brauch was zum Beißen.«

Sie packen ihre Sachen und machen sich auf den Weg. Pizzaduft lockt sie in ein nahe gelegenes Restaurant. In einer gemütlichen Ecke mit Blick aufs Meer vertilgen sie dort zwei Salamipizzen extra scharf und quatschen bis in die Nacht hinein. Tom sucht nach dem Sinn des Lebens, nach einem Platz in seinem Leben, auf dem er nicht mehr haltlos hin- und herdümpelt.

Auf dem Rückweg zur Ferienwohnung hören sie schon von weitem durch ein offenes Fenster, dass Jutta wieder in ihrem Element ist. »Damals waren die Mieten noch erschwinglich und man war nicht so auf sich allein gestellt.«

»Oh, Jutta, die Zeiten haben sich geändert. Sie haben sich verdammt noch mal gewaltig geändert. Kapier das endlich.«

»Sie ist wieder voll bis zum Anschlag«, sagt Tom genervt zu Alex.

Ob die zwei den Küchentisch heute überhaupt verlassen haben? Die eine quatscht von einer Welt, die es nicht mehr gibt, und die andere säuft sich um den Verstand.

Tom platzt in die Küche. »Ihr seid doch irre«, donnert er los. »Ein paar schöne Tage an der See machen, das war doch dein Vorschlag. Schon vergessen? Jetzt versaust du uns schon den ersten Tag mit deiner Sauferei. Kannst du dich wenigstens hier mal zusammenreißen?«

»Aber Tom«, lallt sie, doch er lässt sie nicht zu Wort kommen.

»Was tust du dir an? Was tust du mir an? Was tust du hier und jetzt uns allen an?« Er schreit sich in Rage. »Tagtäglich muss ich mich um alles kümmern, weil du in deinem Suff nichts mehr gebacken kriegst. Wer geht hier arbeiten, um Geld ranzuschaffen? Du nicht. Wer sorgt dafür, dass etwas Essbares im Kühlschrank ist, damit wir nicht verhungern? Du nicht. Und wer entsorgt deine leeren Flaschen und wäscht deine vollgepinkelten Sachen? Kannst du dir vorstellen, wie beschissen ich mich dabei fühle? Ich bin dein Sohn, warum lässt du das alles zu?«

Jutta hält sich leise weinend und kopfschüttelnd die Hände vor Gesicht.

Abrupt dreht Tom sich um. Er hält es nicht mehr aus. Er lässt seine Mutter stehen, schnappt sich seinen Schlafsack und rennt zum Strand. Heute Nacht kann er nicht mit ihr unter einem Dach schlafen, wahrscheinlich würde er vor Wut kein Auge zu bekommen.

Unten am Wasser kuschelt er sich in seinen Schlafsack und lauscht den Wellen, wie sie leise an den Strand purzeln. Das angenehme Rauschen der Brandung entspannt ihn. Er atmet die klare Luft ein und es ist, als würde er das mit jeder Faser seines Körpers tun. Im Einklang mit der Natur, dem Sternenhimmel, geborgen von der Wärme im Schlafsack, kann Tom schließlich alles andere ausblenden. Er kann sogar einschlafen.

Als die ersten Jogger ihre morgendliche Runde am Strand drehen, wacht er langsam auf. Verschlafen blickt er aufs Meer.

Es ist so anders hier ... Ein anderer Rhythmus, das komplette Gegenteil zu Berlin. Wie gern würde ich mich hier niederlassen.

Alex lässt nicht lange auf sich warten. Mit einer Decke unterm Arm und einer Kanne Kaffee, dazu zwei Tassen in den Händen stapft er auf Tom zu.

»Heute bleiben wir genau hier, an dieser Stelle. Lass uns den Tag genießen. Bald geht es zurück nach Berlin. Zurück in den Wahnsinn. Am liebsten würde ich Jutta und Renate in den Zug setzen und tschüss. Und wir würden hierbleiben, uns Arbeit suchen und von vorn anfangen«, sagt Tom mit träumerischem Blick.

Sie lungern den ganzen Tag bei wunderschönem Herbstwetter in der warmen Sonne am Strand herum. Zwischendurch spazieren sie zur Promenade, um etwas zu essen und *Becks Bier* zu trinken, das wirklich viel besser schmeckt als das *Oettinger* und auch nicht so viel teurer ist.

Wie schön, dass sie noch einen weiteren Tag zur Verfügung haben und den verbringen sie ebenfalls am Strand. Nur zum Schlafen gehen sie in die alte Villa. Und es ist kaum zu glauben, aber die vier begegnen sich in dieser Zeit nicht mehr. Wenn Tom und Alex am Abend zurückkommen, schlafen die Frauen bereits, und am Morgen, wenn die Freunde wieder losziehen, liegen die Schwestern noch in ihren Betten. Ob die Damen das Haus in diesen Tagen überhaupt ein Mal verlassen haben?

*

Anderthalb Wochen später sitzt Tom in einem hellen Büro an einem aufgeräumten Schreibtisch, der jetzt allein für ihn bestimmt ist. Für die nächsten drei Jahre, wenn alles gut läuft. Hier wird er lernen, Serviceanfragen zu bearbeiten, Arbeitsplätze nach Kundenwunsch auszustatten, Wertschöpfungsprozesse zu steuern, Netzwerkinfrastrukturen zu planen und Kunden zu beraten und zu betreuen und vieles mehr. Eine neue Welt, eine neue Aufgabe, auf die er sich gewaltig freut. Da er sich etwas Geld dazuverdienen darf, würde er gern weiterhin ein paar Einsätze im Wachschutz schieben. Vielleicht am Wochenende, ein-, zweimal im Monat. So hätte er am Monatsende auf jeden Fall sein Auskommen. Und nach drei Jahren wird er eine abgeschlossene Berufsausbildung in der Tasche haben. Eine tolle Vorstellung, die sich wie ein erster, wenn auch kleiner Schritt in ein anderes Leben anfühlt.

An diesem Abend ist er im Colore. Felie liegt auf ihrer Lieblingsfensterbank und ist mit ihrer Körperpflege beschäftigt. Sie streift mit den feuchtgeleckten Vorderpfötchen über ihr Köpfchen und schnurrt. In aller Seelenruhe. Katze müsste man sein, denkt Tom fast ein wenig neidisch. Er setzt sich zu seiner Katzenfreundin auf die Fensterbank und nimmt sie liebevoll in die Arme. Im Radio läuft I'm So Stupid von Madonna. Und er denkt an Ronny.

Tom war elf Jahre alt, als sein Halbbruder ihn und seine Mutter allein ließ. Von einem Tag auf den anderen zog er einfach aus. Für Tom war das das Ende der Welt, eine Katastrophe. Ein Leben ohne Ronny konnte er sich nicht vorstellen.

Ronny ging zur Bundeswehr und verpflichtete sich für acht Jahre. Dort war er bei den Fallschirmjägern, wovon er schon als kleiner Junge geträumt hatte. Bei der Infanterie war er vor allem in stark bewaldeten und unwegsamen Gebieten unterwegs und meist extremen Witterungsbedingungen ausgesetzt. Das machte ihm lange Zeit nichts aus, es war abwechslungsreich und er war stolz darauf, zu den harten Kerlen zu gehören. Aber der Umgangston, die ständigen Befehle der Vorgesetzten, damit konnte er auf Dauer nicht umgehen. Irgendwann wollte er sich nicht mehr am Soldatengesetz orientieren, das absoluten Gehorsam vorschreibt. Befehle sind gewissenhaft und unverzüglich auszuführen. Unverzüglich.

Nach vier Jahren Bundeswehr schmiss er von heute auf morgen alles hin, verschwand einfach, und da auf Fahnenflucht eine mehrjährige Haftstrafe steht, wurde er zur Fahndung ausgeschrieben. Ein ganzes Jahr gab es kein Lebenszeichen von ihm, er tauchte richtiggehend unter, meldete sich weder bei seiner Mutter noch bei Tom. Sie waren in großer Sorge um ihn, sie wussten nicht einmal, ob er überhaupt noch lebte.

Niemand hat je erfahren, wo er sich versteckt hatte, aber ein Jahr nach der Desertation tauchte Ronny wieder in Berlin auf und stellte sich. Mit Hilfe eines befreundeten Offiziers aus seiner damaligen Einheit konnte er einer Gefängnisstrafe entgehen. Er wurde lediglich unehrenhaft aus der Armee entlassen, was er ohne Zögern akzeptierte.

Die ständige Angst, von der Polizei entdeckt zu werden, hatte endlich ein Ende, aber dennoch brauchte er Zeit, um sich wieder im normalen Leben zurechtzufinden, sich zu integrieren. In West-Berlin, etwa eine Autostunde von Tom und seiner Mutter entfernt, fand er eine Wohnung. Mit der Zeit normalisierte sich sein Leben und er suchte nach einer neuen Herausforderung. Er schloss sich den Guardian Angels an, einer Gruppe junger Leute, die unter anderem in den U und S Bahnen der Stadt patrouillierten und den Menschen Schutz boten. Viele nannten sie Schutzengel. Am Wochenende trafen sie sich zum Kampfsporttraining, meist in einem öffentlichen Park in Berlin-Kreuzberg. Sein Herz hatte schon immer für Kampfsport gebrannt, Bruce Lee war sein großes Vorbild. Dutzende Poster des japanischen Kämpfers hatten in seiner Kindheit die Wände seines Zimmers geschmückt.

Das ehrenamtliche Engagement gegen Gewalt und Unsicherheit im öffentlichen Raum gewann in Ronnys

Leben enorme Bedeutung. Ein weißes T Shirt mit der Aufschrift *Guardian Angels – Safety Patrol*, das rote Barett und die rote Jacke verwandelten ihn in eine starke Person, die die Macht hatte, wehrlose und unsichere Menschen zu beschützen.

Bei den Guardian Angels lernte er Anette kennen. Sie leitete die Truppe, der sich Ronny anschloss. Es dauerte nicht lange, bis sie sich bis über beide Ohren ineinander verliebten, und der Kampfsport wurde ihr gemeinsamer Lebensinhalt. Schon ein paar Monate später heirateten die zwei. Dass Anette nur zwei Jahre jünger war als Ronnys Mutter, störte die beiden nicht.

Bereits in der Kennenlernphase bemerkte Ronny, dass auch sie ein Alkoholproblem hatte. Da er selbst den Alkohol eher ablehnte, fiel es ihm natürlich sofort auf. Zuerst wollte sie es verheimlichen, aber mit der Zeit kippte ihr Verhalten, die Sucht gewann die Oberhand, die Fassade brach. Sie trank, wann immer sie wollte. Nun war das Problem, vor dem Ronny immer davongelaufen war, in Form seiner alkoholabhängigen Frau in sein Leben zurückgekehrt. Aber bei Anette hatte er das Gefühl, ihr helfen, sie noch auf den rechten Weg bringen zu können. Diesen Wunsch gab er nie auf, dafür kämpfte er jeden Tag aufs Neue. Was ihm bei seiner Mutter nicht gelungen war, wollte er bei seiner Frau erreichen. Dass sein kleiner Bruder Tom mit den gleichen, sicher noch größeren Problemen sein Leben zu Hause mit der Mutter verbrachte, schien ihm nicht wirklich bewusst zu sein.

Nach einer weiteren Findungsphase und vielem Hin und Her entschied sich Ronny für den Beruf des Schädlingsbekämpfers. Er bewarb sich um einen Ausbildungsplatz und wurde eingestellt. Nach drei Jahren Ausbildung und weiteren zwei Jahren Berufserfahrung beschloss er, sich selbstständig zu machen. Es lief langsam an. Dass die erste Zeit der Selbstständigkeit kein Zuckerschlecken werden würde, hatte er einkalkuliert. Doch dann kam eine Phase, in der das Geld extrem knapp wurde. Im Kampf um Kunden und die damit verbundenen Einnahmen entschloss er sich, seine Krankenversicherung zu kündigen, um das Geld dafür einzusparen. Dass dies der größte Fehler seines Lebens werden sollte, wusste er zu diesem Zeitpunkt nicht.

Die wichtigste Bezugsperson in Toms Leben ist seit der Kindheit nicht seine Mutter, sondern Ronny. Und Ronny weiß das. Die brüderliche Verbundenheit ist stark emotional geprägt und äußert sich in Zuneigung, aber auch in Abneigung. Eine Hassliebe. Ja, es gibt Momente, da hasst Tom seinen Bruder, weil dieser ihn einfach im Stich gelassen, ihm keine Chance auf ein freies Leben gegeben hat. In anderen Momenten liebt er ihn über alles, weil er da ist, wenn die Probleme zu groß werden, wenn Tom nicht mehr weiterweiß. Sie treffen sich dann mitunter in der Stadt, gehen essen und sprechen stundenlang miteinander. Tom genießt diese Abende, an denen er sich alles von der Seele reden kann.

Auch vor Ronny kann er sich ganz öffnen. Ronny hört zu und gemeinsam versuchen sie, Lösungen zu finden. Einmal war Tom von allem so überfordert, von Renate, die tagelang nur rumschrie, von der Arbeit und davon, dass das Geld mal wieder hinten und vorn nicht reichte, dass er eine ganze Woche fast überhaupt nicht schlafen konnte. In dieser Zeit konnte er sich kaum konzentrieren, war extrem gereizt und nicht mehr fähig, sich an einem Gespräch zu beteiligen. Als er dann nach sieben kräftezehrenden Tagen und Nächten im Colore saß und Felie ihm ins Ohr schnurrte, überkam ihn endlich ein tiefer, langer Schlaf. Er schlief mehrere Stunden am Tisch. Niemand störte ihn und Felie wich nicht von seiner Seite. Anschließend brauchte er Ronny.

*

Es geht alles seinen Weg und schneller als erwartet kommt der Termin für die stationäre Entziehungskur per Post. Demnach ist der Aufenthalt in der Einrichtung für Oktober geplant. Tom ist erleichtert.

Auch die Ausbildung läuft gut, allerdings könnten die täglichen Stunden im Büro und die Stunden nach der Arbeit kaum unterschiedlicher sein. Zusammen mit drei weiteren Auszubildenden ist Tom mit großem Interesse bei der Sache. Seine soziale Einstellung kommt bei den Kollegen äußerst gut an. Hier bekommt er Bestätigung und Zuspruch, hier wird er nach seiner Meinung gefragt, hier spürt er zum ersten Mal, wie es ist, mit Respekt und Freundlichkeit behandelt zu werden. Zu Hause hingegen sind seine Meinung und seine Bedürfnisse eher überflüssig. Unwichtig.

Renate

»Könnt ihr mich nicht ein Mal in Ruhe lassen? Kümmert euch um euren eigenen Kram, das hier ist mein Leben!« Das sind die Standardsätze, die sie Tom tagtäglich um die Ohren schleudert. Sie fühlt sich wie eine Aussätzige, als hätten sich alle gegen sie verschworen. Diese fürchterliche Welt da draußen, keine Ahnung haben die. Sie ist nur mit sich und der Welt im Reinen, wenn sie einen bestimmten Alkoholpegel erreicht hat, und der liegt inzwischen beachtlich hoch.

Einen Grund zum Trinken braucht sie schon lange nicht mehr. Die ersten Tropfen vom Hochprozentigen schmecken nicht einmal, doch die Sehnsucht nach der anderen, der besseren Welt lässt sie weiter schlucken. Um diese berauschende Wirkung zu erzielen, braucht sie immer mehr Alkohol.

In ihrem Leben hat Gewalt viele Jahre eine Rolle gespielt. Als Kind wurde sie von ihrem Vater geschlagen, als er starb, dachte sie, es würde besser werden. Doch dann verliebte sie sich in Jungen, die ihr nicht guttaten. Sie tranken, sie schlugen und betrogen sie. Als sie selbst das erste Mal betrunken war, empfand sie den Rausch als befreiend. Immer häufiger griff sie danach zur Flasche. Erst war es Bier, dann Stärkeres. Der Alkohol wurde zum Freund, zum Fluchtweg, zur einzigen Möglichkeit, die Realität zu ertragen und zu vergessen. Schließlich kam Toms Vater, in ihn war sie bis über beide Ohren verliebt, für ihn wollte sie mit dem Trinken aufhören. Aber dazu kam es nicht. Als er seine Familie im Stich ließ und in den Westen floh, gab sie sich völlig auf.

Der Schnaps rinnt ihr mit einem wohligen Brennen durch die Kehle, um sich im ganzen Körper zu verteilen, bevor seine Wirkung sich im Kopf bemerkbar macht. Dort übernimmt er bald das Zepter. Die Probleme verschwimmen, bis sie sich komplett aufgelöst haben. Jeder Schluck spült etwas vom Dreck des unerträglichen Alltags, des ganzen Lebens herunter. Gefühle wie Ziellosigkeit und Einsamkeit lassen sich mühelos im Rausch ertränken.

Schluck für Schluck fühlt sich die Seele wohler. Empfindungen der Unbesiegbarkeit, der Wärme lassen alles andere in den Hintergrund treten. Es öffnet sich immer wieder aufs Neue eine rosarote Welt, in der sie sich frei und ungehemmt fühlt. Stark und überlegen. Gegen alles gewappnet. Wenn sie weniger oder überhaupt keinen Alkohol trinkt, geht es nicht lange gut. Schnell verschlechtert sich dann ihr Zustand, es fehlt etwas Wesentliches. Nach einigen Tagen stellt sich Angst ein, Herzrasen und Schlaflosigkeit, die schließlich nicht mehr zu ertragen sind. In diesen Momenten zieht sie sich mit einer Flasche Schnaps zurück und genießt nur noch den Flug in den Rausch. Und das Abklingen der unangenehmen Symptome. Die Scham ist für sie das schlimmste Gefühl. Sie ist wie eine unsichtbare Kette, die sie jeden Tag fesselt. Sie quält sich mit der Erkenntnis, dass ihr Leben ohne Alkohol nicht funktioniert, dass sie es allein nicht schafft, den Kreislauf zu durchbrechen. Dieser Gedanke lässt sie innerlich schrumpfen, macht sie klein, macht sie hilflos. Und in dieser Hilflosigkeit liegt die Flasche immer in Reichweite – ein trügerischer Trostspender, der die Scham für einen Moment betäubt, nur um sie danach umso stärker zurückzubringen.

Die Sucht hat sie verändert, schon vor vielen Jahren. Melancholie und Desinteresse, Unzuverlässigkeit und Aggression bestimmen ihren Alltag. Der Alkohol ist ihr bester Freund, auf ihn ist immer Verlass. Er ist sofort da und hilft, wenn sie ihn braucht, wenn sie in Not ist. Und in Not ist sie eigentlich immer. Und wenn sich nach einem großen Besäufnis am nächsten Tag ein Kater einstellt, ist das überhaupt kein Problem, da wird der beste Freund, der engste Verbündete gerufen, der dann auch sofort zur Stelle ist.

Freunde, richtige Freunde, hat sie nicht, keinen einzigen. Sie hat nur ihre Söhne, eigentlich hat sie nur Tom.

*

Die Koffer sind gepackt, Tom kann gar nicht glauben, dass das alles mitmuss. Aber er kennt seine Mutter und weiß, dass sie sich nach außen gern präsentiert, sich gern schick macht, auch mal hochhackige Schuhe trägt. Im nüchternen Zustand ist das alles ganz schön, doch wenn sie betrunken ist, kommt es komplett anders rüber. Wenn sie mit High Heels und einem völlig verrutschten oder gar offenen Kleid, unter dem sie nichts trägt, dahinstolpert. Wie oft musste Tom sie schon abholen, von der Polizeiwache, aus irgendwelchen Kaufhallen, wo sie beim Klauen erwischt wurde, oder aus ihrer Stammkneipe. Und wie oft rief sie, als sie Tom sah:

»Das ist er, mein Sohn, das ist Tom. Er ist mein Retter, mein Ein und Alles.«

Anfangs war Tom dieses Gerede extrem peinlich, aber im Laufe der Jahre wurde sein Fell immer dicker. Und irgendwann war es ihm egal, er hörte gar nicht mehr hin.

Ronny steht mit dem Auto unten im Halteverbot, sie muss sich jetzt etwas beeilen. Tom schnappt sich die Koffer und Taschen und geht schon mal vor. Als ihre Sachen im Auto verstaut sind und die Fahrt beginnt, zwinkern sich die Brüder über den Rückspiegel im Auto hoffnungsvoll zu.

Zweieinhalb Stunden später stehen sie auf dem Parkplatz vor dem freundlich wirkenden Gebäude. Fünf Stockwerke ist es hoch, es wirkt hell und relativ neu, mit einem kleinen Park direkt nebenan. Hier sollen die Patienten ihr Alkoholproblem in den Griff bekommen. Dieses Haus sollen sie mit einem gestärkten Willen und mit der Aussicht auf ein positiveres Leben wieder verlassen.

»Na, das sieht doch schon mal toll aus. Hier kann man sich bestimmt wohlfühlen.« Tom freut sich tatsächlich über den Eindruck, den er hat, und hofft trotzdem, dass die nächste Kneipe weit genug entfernt liegt. Aber das sollte hier wohl nicht das Problem sein.

An der Rezeption wird sie eingecheckt, bekommt den Zimmerschlüssel und ein paar Informationen, die die Einrichtung und den groben Tagesablauf betreffen, anschließend bringen sie zu dritt ihre Sachen aufs Zimmer. Auch das Zimmer wirkt ansprechend und hell und es ist freundlich eingerichtet. Es gibt sogar einen kleinen Balkon mit Blick auf den Park. Tom und Ronny halten sich nicht lange auf, sie wollen zurück nach Berlin.

»Toi, toi, toi, du kriegst das hin«, ruft Tom ihr zu.

Hoffentlich hält sie diesmal durch.

Im Rückspiegel sieht er, dass sie ihren Söhnen noch lange hinterherwinkt.

*

An den Wochenenden hat Tom meist nur einen Wacheinsatz, und das ist schon anstrengend genug. Beim letzten Mal hatte er die Aufgabe, ein neu errichtetes Autohaus zu bewachen. Dort standen acht Porsche in acht verschiedenen leuchtenden Farben unter freiem Himmel, angestrahlt von überdimensionalen Scheinwerfern. Dazu riesige Luftballons und Fahnen mit dem Schriftzug des Autohauses. Ein Magnet für Autofans. Toms Aufgabe bestand darin, darauf zu achten, dass keine Unbefugten das Firmengelände betraten, um womöglich zu randalieren. Immer wieder schlenderte er durch die Reihen dieser traumhaften und wertvollen Fahrzeuge. Er war fasziniert von den glänzenden Autos, berührte jedes einzelne und wünschte sich, eines Tages auch so einen Wagen zu besitzen. Die ganze Nacht hütete er diese Prachtexemplare und träumte von einem völlig anderen Leben.

Neben allem anderen engagiert sich Tom leidenschaftlich in sozialen Projekten. Er hat ein ausgeprägtes Helfersyndrom, wie er selbst sagt, das nicht selten dazu führt, dass er ausgenutzt wird, aber er zieht sein Ding durch. Seit einiger Zeit kümmert er sich um einige der vielen Obdachlosen in der Stadt, die in der Gesellschaft soziale Kälte und Abneigung erfahren, die sich aber nun mal gerade in einer schwierigen Lebenssituation befinden.

In einem größeren Haus in der Nähe von Marzahn ist im Erdgeschoss eine Übernachtungsmöglichkeit für Wohnungslose entstanden. Auf etwa achtzig Quadratmetern gibt es drei Zimmer, zwei davon dienen als Schlafräume. Auf dem Boden werden abends Rollmatratzen ausgelegt, so dass zehn Menschen pro Zimmer in ihren Schlafsäcken übernachten können. Der dritte Raum dient als Lagerraum, in dem große Holzkisten mit Namensaufklebern stehen. In den Kisten lagern die Habseligkeiten der Menschen, die hier Nacht für Nacht Unterschlupf suchen, die kein anderes Zuhause haben und die es als Luxus empfinden, unter einem Dach schlafen zu können, nicht der Witterung ausgesetzt und ohne Angst zu sein, im Schlaf ausgeraubt oder in eine Messerstecherei verwickelt zu werden. Wer auf der Straße übernachtet, schläft mit einem offenen Auge, denn das Verbrechen ruht nie.

Es hat sich eine Gemeinschaft gebildet, eine feste Gruppe, die sich hier jeden Abend für eine geschützte Nacht trifft und sich morgens wieder trennt. Nur im Notfall können auch Fremde aufgenommen werden, dann rücken alle noch näher zusammen.

Einmal in der Woche übernachtet Tom dort, so dass sie zu zweit als Betreuer, Aufpasser, Zuhörer, Problemlöser, Seelendoktor vor Ort sind. Hier bekommt jeder die gleiche Aufmerksamkeit. Tom hat es in diesen Nächten nicht bequemer als die anderen, er schläft in der Küche auf dem Boden. Abend für Abend bekommt die Herberge warmes Essen, das die Häftlinge eines Gefängnisses für die Obdachlosen einpacken. Und der Bäcker um die Ecke liefert täglich Brötchen, die er nicht verkaufen konnte. Darüber hinaus schlagen sich die Leute durch, betteln oder klauen.

Tom sitzt oft bis spät in die Nacht mit den Bewohnern des Heims zusammen und unterhält sich mit ihnen. Er hat immer ein offenes Ohr. Für jeden. Diese Menschen sind mittellos, in der Regel ohne medizinische Versorgung, die meisten können nicht mehr für sich selbst sorgen, sind psychisch labil, fühlen sich wertlos und nicht in die Gesellschaft passend. Tom versucht, Probleme zulösen, Streit zu schlichten und einfach auf Augenhöhe Nähe und Wärme auszustrahlen. Hier erfährt er Dankbarkeit und Anerkennung, hierher kommt er gern. Aber diese Nächte sind auch anstrengend. Mitunter kommt er nicht zum Schlafen, weil er die ganze Nacht an den Problemen der anderen arbeitet. In diesen Fällen fährt er morgens nach dem Frühstück, um das er sich ebenfalls kümmert, völlig übermüdet zur Arbeit. Für diesen Einsatz bekommt er hundert Euro die Nacht.

*

An der Fleischtheke in der Kaufhalle steht plötzlich Ronny neben ihm.

»Hey, schon was von Mutter gehört?«, fragt er.

»Hör bloß auf, die textet mich jeden Abend zu. Ich bin mir nicht mehr so sicher, ob unser Plan aufgeht.«

»Wenn du nach dem Einkauf noch etwas Zeit hast, können wir ins Colore gehen und du erzählst mal.«

»Ja, klar, ich wollte sowieso noch zu Theo und eine Pizza essen«, sagt Tom.

Theodoris, wie immer gut gelaunt, umarmt sie zur Begrüßung erst mal und zeigt ihnen einen freien Tisch, der etwas abseitssteht.

»Da könnt ihr euch hinsetzen, Bier kommt sofort.«

Mit dem Bier kommt auch Felie. Als sie auf Toms Schoß springt, sieht es einmal mehr so aus, als hätte sie ein Lächeln im Gesicht. Sie reckt ihre Pfötchen bis zu seinem Hals hoch, als wolle sie ihn umarmen. Tom genießt die Anwesenheit der Kleinen und es dauert nicht lange, bis ihre Augen zufallen und sie zufrieden und müde nur noch durch kleine Schlitze blickt.

»So, erzähl«, fordert Ronny Tom auf.

»Sie sagt, dass sie rund um die Uhr unter Bewachung steht, dass alles kontrolliert wird und sie laufend psychologische Gespräche hat. Das ist gar nicht ihr Ding, das wissen wir ja. Außerdem gibt es jeden zweiten Tag eine Gruppensitzung, bei der mehrere in einem Kreis zusammensitzen und jeder der Reihe nach über sich berichten soll.«

»Puh, hoffentlich bleibt sie standhaft. Und du musst danach natürlich aufpassen, dass sie keine Schnapspullen in der Wohnung hat.«

»Weißt du überhaupt, was du da sagst?« Tom wird wütend. »Was denkst du eigentlich, was ich den lieben langen Tag so mache? Ich habe auch ein Leben, weißt du, ich stecke in der Ausbildung, schiebe Stunden im Wachschutz und kümmere mich nebenbei um zwanzig Obdachlose. Ich glaub es nicht!«

Theodoris stellt zwei Pizzen und zwei Ouzo auf den Tisch und sie wenden sich dem Essen zu.

»Ich wollte damit nur sagen, dass sie nach dem Aufenthalt noch Hilfe braucht und da du mit ihr zusammenwohnst, bist du leider der, der da mehr drinhängt.«

»Ist gut jetzt«, sagt Tom mürrisch.

Als Theodoris die leeren Teller abräumt, bezahlt Tom das Essen und die Getränke für Ronny gleich mit.

»Ich bring euch noch einen Absacker«, sagt Theodoris.

Da sagen die Brüder nicht nein. Als sie sich etwas später vor der Kneipe verabschieden, umarmen sie sich.

»Sorry, ich mein es nicht böse«, sagt Ronny.

»Komm gut nach Hause«, erwidert Tom nur.

Tom genießt die Zeit, in der Renate nicht da ist. Jeden Abend schließt er die Wohnungstür mit einem Seufzer der Erleichterung. Was für eine himmlische Ruhe, denkt er jedes Mal. Ein Gefühl von Freiheit. Alles ist aufgeräumt und es wird gelüftet. So, wie er morgens die Wohnung verlässt, findet er sie am Abend wieder vor. Kein Chaos, kein Gestank, kein Geschrei. Einmal bekommt er sogar Besuch von Alex. Sie kochen Spaghetti mit Tomatensauce. Wie schön muss es sein, eine eigene Wohnung zu haben. Wenn nur das Mutterproblem nicht wäre. Tom will gar nicht wahrhaben, dass die Reha in ein paar Tagen zu Ende ist. Am liebsten würde er sie dort lassen, sie einfach nicht mehr abholen.

Am letzten ruhigen Abend will er im Colore ein Bier zum Feierabend trinken. Als er das Lokal betritt, stürzt ihm ein Mann entgegen, eine Hand vor den Mund gepresst. Es bleibt keine Zeit für Tom, ihm den Weg frei zu machen, genau in dem Moment, als sie sich gegenüberstehen, übergibt sich der Mann. Das Erbrochene tropft von Toms Hose auf seine Schuhe. Der Mann entschuldigt sich, es ist Herr Teichert. Sturzbetrunken stolpert er hinaus. Tom überlegt, ob er ihn nach Hause begleiten soll, aber der Wunsch nach einer sauberen Hose ist größer. Er macht auf dem Absatz kehrt und geht nach Hause, um sich umzuziehen. Nachdem er geduscht hat und neue Kleidung trägt, verspürt er keine große Lust mehr, noch einmal loszuziehen.

Er geht mit einem Buch über das Leben in Kenia ins Bett. Diesen Abend hat er sich anders vorgestellt.

*

Pünktlich steht er vor dem Eingang der Reha-Klinik, um seine Mutter abzuholen. Mit heruntergezogenen Mundwinkeln und zusammengepressten Lippen kommt sie auf ihn zu. Tom sieht ihr ahnungsvoll entgegen.

»Bloß weg hier«, sagt sie sofort, als sie bei ihm angelangt ist. »Kannst du meine Koffer holen? Die sind oben im Zimmer.«

»Was für eine nette Begrüßung. Ja, ich hole sie.«

Als er im Zimmer angekommen ist und gerade nach den Koffern greifen will, spricht ihn eine Frau an. Sie steht auf einmal hinter ihm. »Sie müssen ihr Sohn sein. Tom, nicht wahr?«

»Ja, der bin ich. Und wer sind Sie?«

»Ich bin Elsa, eine Patientin. Renate und ich haben uns hier ein bisschen angefreundet. Sie hat mir viel über Sie erzählt. Ich weiß, dass sie nicht möchte, dass ich mit Ihnen darüber spreche, aber ich kann nicht anders. Wissen Sie eigentlich, wie sehr sie Sie liebt? Und wie sehr sie sich verflucht, dass sie es Ihnen nicht sagen kann? Ich denke, Sie sollten davon erfahren.«

Ohne eine Reaktion von Tom abzuwarten, geht sie still aus dem Zimmer. Er schaut ihr nach, dann öffnet er das Fenster, um frische Luft einzuatmen. Unten auf dem Rasen erblickt er Renate, die in diesem Moment eine Zigarette mit dem Schuh ausdrückt. Kann er glauben, was diese Frau gerade erzählt hat? Obwohl er sich insgeheim nach der Liebe seiner Mutter sehnt und sich wünscht, dass es wahr ist, fühlt es sich auf seltsame Weise unwirklich an.

Die ersten Kilometer der Heimfahrt legen sie schweigend zurück. Tom denkt an die Frau und an das, was sie gesagt hat, während Renate mit finsterer Miene aus dem Fenster schaut.

»Nun erzähl doch mal«, sagt Tom nach einer ganzen Weile. Auch um sich selbst abzulenken.

»Ach, was soll ich da groß erzählen? Es hat mir nicht gefallen, ich bin froh, dass das nun rum ist. Das ständige Gerede über dies und das. Und ach, was man alles ändern müsste und ständig Gruppengespräche, das ist mir einfach zu viel. Einmal wollte ich einen Tag im Bett bleiben und schlafen, aber nein, das ging natürlich nicht. Da musste ich raus und mir wieder das Gelaber der anderen anhören. Nee, das ist nicht meins.«

»Und wie war das so mit dem Alkohol?«, fragt Tom vorsichtig.

»Keinen einzigen Tropfen. Da staunst du, was? Ich hab doch schon immer gesagt, dass das kein Problem ist.«

Er kann sich leider nur schwer vorstellen, dass sie in den letzten sechs Wochen gar nichts getrunken hat.

»Ich war vorhin einkaufen, dein Kühlschrank ist voll, du musst nichts besorgen«, sagt er. Dass er in jeder Ecke der Wohnung nachgeschaut hat, ob irgendwo etwas Alkoholisches versteckt ist, behält er für sich.

In Marzahn angekommen, schleppt er die Koffer hoch in die Wohnung.

»Ich muss los«, sagt er schließlich. »Bis heute Abend.« Jetzt ist er wirklich gespannt, wie es weitergeht.

*

Es ist wieder einmal Weihnachten. Tom kann mit dieser Zeit nichts anfangen, er könnte sie komplett aus dem Kalender streichen. Anfangs freut er sich über den Trubel, den die Adventszeit mit sich bringt, aber bald schon erlebt er in diesem Monat wie immer genau das, was er so hasst. Die Geschäfte sind voller Menschen, die Geschenke für ihre Lieben kaufen. Viele greifen zu irgendetwas, weil ihnen nichts Passenderes einfällt oder weil sie in letzter Minute nichts anderes finden. Und es gibt die kleinen Hände, die an den Schaufenstern der Spielzeugläden kleben. Hände von Kindern, die mit einem Wunschzettel in der Hand umherlaufen, adressiert an den Weihnachtsmann, auf der Suche nach dem nächsten Briefkasten. Wunschzettel, beklebt mit Bildern von Spielzeugen, die sie in mühevoller Kleinarbeit aus Katalogen oder Zeitschriften ausgeschnitten haben. Immer in der Hoffnung, dass der Weihnachtsmann sie erhört. Dazu der

Duft von Lebkuchen, Zimt und Gänsebraten, der durch die Schlüssellöcher ins Treppenhaus dringt. Das alles schlägt Tom aufs Gemüt.

Die sonnigen Tage in diesem Dezember passen so gar nicht in die besinnliche Zeit. Schnee wäre passender. Schwarzer Schnee.

Kaum ist er zu Hause, lässt Tom den Lichterglanz, das ganze Weihnachtsfunkeln, die riesigen geschmückten Tannenbäume der Stadt hinter sich. In der Wohnung ist alles wie immer. Es hätte auch irgendein Oktobertag sein können. Kein Weihnachtsschmuck, kein Tannenbaum, keine Pläne für den Heiligen Abend. Stattdessen Zigarettenrauch und Schnapsgeruch, der laufende Fernseher und ein leerer Kühlschrank.

Er hatte damit gerechnet, dass sie rückfällig wird. Der Wille war zu schwach. Schon ein paar Tage nach ihrer Rückkehr konnte Tom ihren inneren Kampf zwischen Vernunft und Verlangen deutlich spüren. Auf dem Wohnzimmertisch lag ein Zettel mit Telefonnummern von Unterstützungsgruppen, den sie von den Therapeuten in der Klinik bekommen hatte.

»Ruf doch da einfach mal an.«

»Ach Tom, ich halte diesen Druck nicht mehr lange aus.«

»Haben sie dir nicht irgendwelche Tipps gegeben, wie du dich in solchen Situationen zurückhalten kannst?«

»Ich dachte ja, es klappt, aber ich glaube, ich schaffe das doch nicht.«

»Schließ dich einer Gruppe an«, hatte Tom nur noch dazu gesagt.

Auch Alex hat keine Lust auf Weihnachten mit der Familie und so beschließen sie, sich im Colore besinnlich die Kante zu geben. Theodoris, der selbst keine Familie hat und mit seiner Kneipe verheiratet ist, hat immer offen. Hier haben sie schon oft zu den Feiertagen gesessen, philosophiert und sich an einem guten Whisky wie an einem Weihnachtsgeschenk festgehalten. Oft explodierten die traurigen Gefühlsblasen. Hätte er doch in dieser Zeit seinen Bruder an seiner Seite. Oder eine Mutter, die dem Alkohol widerstehen kann. Oder einen Vater.

Der Wirt hängt ein paar Lichterketten mehr über die Zapfanlage und stellt einen kleinen künstlichen Tannenbaum auf den Tresen. Das Radio bleibt an diesen Abenden aus, zu viel Weihnachtsmusik. Stattdessen werden CDs eingelegt, die die Gäste mitbringen. Es sind immer dieselben Gäste, die sich hier seit Jahren treffen. Menschen ohne Familien oder mit Familien, die sich zerstritten haben oder einfach nicht mehr zu ertragen sind. In diesen vier Wänden spürt man Wärme, Vertrautheit und Geborgenheit. Hier ist man Teil einer Gruppe, hier fühlt man sich zugehörig. Im Colore ist man unter sich, auch zu Weihnachten. Ein Zufluchtsort für die Zurückgebliebenen. An diesen Abenden wird der gute Whisky getrunken, damit beschenkt sich jeder selbst.

Toms Ausbildungsbetrieb hat über Weihnachten Betriebsferien, bis zum neuen Jahr läuft da nichts. So bleibt ihm nichts anderes übrig, als sich wie in den Jahren zuvor einem Weihnachten mit viel Freizeit zu stellen.

Silvester und den damit verbundenen Jahreswechsel mag er dagegen. Dann ist es jedes Mal so, als könnte man auf einen Knopf drücken und neu anfangen. Alles besser machen, sich am Riemen reißen, alten Ballast abwerfen. Immer am 31. Dezember.

Tom ist mit Alex im Colore verabredet, es gibt etwas zu feiern. Theodoris bringt zwei Flaschen Bier und zwei Pizzen, gerade als Alex hereinkommt.

»Was für ein perfektes Timing. Komm, setz dich und lass es dir schmecken.«

Sie prosten sich mit den Bierflaschen zu und Alex will endlich wissen, was es zu feiern gibt.

»Ab heute bin ich kein Azubi mehr. Prost!«

»Hey, Glückwunsch! Auf dich.« Alex teilt Toms Freude sichtlich.

Heute gab es die Zeugnisse und Tom hat seine Abschlussprüfung mit Auszeichnung bestanden. Jetzt hat er eine abgeschlossene Ausbildung und ein Bombenzeugnis in der Tasche. Als er seiner Mutter am Mittag stolz wie ein Schuljunge mit vielen Einsen im Zeugnis das Dokument zeigte, sagte sie nur:

»Ich habe nichts anderes erwartet, herzlichen Glückwunsch. Gehst du heute noch einkaufen?« Dann drehte sie den Fernseher lauter und Tom rief Alex an, um ihn einzuladen. Einkaufen ging er nicht mehr, stattdessen lassen sie nun im Colore die Bierflaschen klirren.

»Auf dich, Alter«, sagt Alex immer wieder und mit bester Laune.

Tom ist glücklich und traurig zugleich. Glücklich über seinen guten Abschluss und traurig über das Verhalten seiner Mutter. Eigentlich hat sie sich so benommen wie immer, trotzdem tut es ihm heute besonders weh.

Von wegen, sie liebt mich. Wahrscheinlich hat sie ihr Mitgefühl und ihre Werte im Suff verloren. Die verdammte Sucht hat ihr Gehirn verändert.

»Hey, Tom, wo bist du mit deinen Gedanken? Jetzt wird gefeiert.«

Tom schüttelt die schmerzhaften Gefühle ab und prostet seinem Freund erneut zu.

»Nun muss ich nur noch einen Job finden, ich fange gleich morgen mit den Bewerbungen an. Aber jetzt sind wir erst mal hier.«

Im Ausbildungsbetrieb wird keiner der Azubis übernommen, Tom muss sich eine andere Stelle suchen. Doch die Bewerbungen, die er in den nächsten Wochen schreibt, bleiben erfolglos, obwohl er mit seinem Zeugnis glänzen kann, klappt es nicht.

Er braucht eine Veränderung in seinem Leben, er ist an einem Punkt angelangt, an dem er nicht mehr verharren will. Er muss unbedingt aus der toxischen Beziehung zu seiner Mutter raus, er ist vierundzwanzig Jahre alt, höchste Zeit also. In Gedanken sieht er sich immer wieder in einem anderen Leben. Ohne Mutter.

Sein Ausbildungskollege Simon plant eine Wohngemeinschaft, er fragt Tom, ob er sich so etwas vorstellen kann. Für Tom ist der Gedanke an eine WG mit einem Freund wie ein Befreiungsschlag. Als wäre das Glück endlich auf seiner Seite. Eigentlich hat Tom sich schon entschieden, aber er will noch einmal drüber nachdenken. Zum Beispiel darüber, ob er Renate überhaupt sich selbst überlassen kann. Er ist hin- und hergerissen, freundet sich aber immer mehr mit dem Gedanken an Freiheit an.

In die ungewohnten, verlockenden Vorstellungen an eine WG mit Simon vertieft, läuft er die Stufen des Treppenhauses hinauf. Die einundzwanzig Stockwerke, von der Haustür bis zu seiner Wohnung sind es genau 273 Stufen, nimmt er gern etwas schneller. Der klapperige Fahrstuhl ist oft defekt oder es dauert eine halbe Ewigkeit, bis er oben angekommen ist, so ist er das Treppensteigen gewöhnt. Im neunten Stock hält er inne.

Vor der Tür mit dem Klingelschild *Veltin* sitzt eine junge Frau auf dem Boden. Sie hat die Knie an die Brust gezogen und den Kopf gegen die Wohnungstür gelehnt. Tom sieht, dass ihre Augen geschlossen sind, sie scheint zu schlafen. Er bleibt stehen und schaut sie an, sie könnte in seinem Alter sein. Vorsichtig stupst er sie am Arm an.

»Hallo, ist alles in Ordnung? Kann ich dir irgendwie helfen?«

Mit einem Aufschrei zuckt sie zusammen. Entsetzt starrt sie ihn aus riesigen Augen an. Im selben Moment greift sie nach ihrer Handtasche, die um ihren Hals hängt, als wolle sie sichergehen, dass sie nicht bestohlen wird.

»Entschuldige, ich wollte dich nicht belästigen, aber ...«

»Schon gut, ich muss eingeschlafen sein. Mein Schlüssel, ich habe meinen Wohnungsschlüssel vergessen.« Sie verdreht ihre großen Augen. »Das ist schon das zweite

Mal in dieser Woche. Meine Mutter kommt gleich und schließt auf.«

»Ach, wir vergessen doch alle mal was. Ich bin Tom. Ich wohne ein paar Stockwerke über dir.«

»Ich heiße Ellen und lebe hier mit meiner Mutter. Wo bleibt sie nur?« Sie wirkt zurückhaltend, fast schüchtern und irgendwie leicht zerstreut. Unten fällt die Haustür ins Schloss.

»Das wird sie sein«, sagt Ellen erleichtert.

Tom verabschiedet sich, indem er sie noch einmal am Arm anstupst. »Man sieht sich«, sagt er lächelnd.

Warum habe ich sie noch nicht bemerkt? Vielleicht ist sie gerade erst eingezogen ...

Das sind seine letzten Gedanken, bevor er am Abend in einen unruhigen Schlaf fällt. Die halbe Nacht wälzt er sich hin und her, wacht immer wieder auf, und dann dauert es jedes Mal eine Ewigkeit, bis der Schlaf zurückkehrt. Wie gerädert schlägt er am Morgen auf den Wecker, der durch den Aufprall vom Nachttisch fliegt. Sein erster Gedanke gilt der Begegnung gestern Abend im Treppenhaus.

Vielleicht ist er zu sehr mit sich selbst beschäftigt und hat gar keinen Blick mehr für andere Menschen. Wie sie da auf dem Boden saß, zusammengefaltet wie ein Taschenmesser ... Sie scheint sehr groß zu sein. Und dieser traurige, scheue Blick aus den blauen Augen, die vielleicht nur durch ihre Brille so riesig wirkten. Tom nimmt sich vor, in den nächsten Tagen mal bei ihr zu klingeln, er möchte sie kennenlernen.

*

Tom hat sich entschieden, das WG-Vorhaben mit Simon klarzumachen. Renate weiß noch nichts davon, aber der Entschluss steht fest. Seit Tagen schon sucht Simon nach einer geeigneten Wohnung. Bezahlbar soll sie sein und nicht zu weit von Marzahn entfernt. Wie Tom wurde auch Simon vom Ausbildungsbetrieb nicht übernommen. Die beiden haben sich deshalb vorgenommen, gemeinsam einen Neuanfang zu wagen. Sie wollen sich zusammen etwas aufbauen, sie wollen unabhängig sein, unabhängig in der Selbstständigkeit. Der Plan beflügelt die beiden. Doch zunächst muss eine passende Unterkunft gefunden werden.

Ein paar Tage nach der ersten Begegnung mit der jungen Frau, die ohne Schlüssel vor ihrer Wohnungstür saß, klingelt Tom auf dem Weg nach oben einfach bei ihr. Tatsächlich öffnet sich die Tür und sie sieht ihn überrascht an. Sie zögert, bittet ihn aber schließlich herein und er folgt ihr in ihr Zimmer. Dort zieht er sich gleich seine Schuhe aus und legt sich einfach auf ihr Bett, das ordentlich gemacht und mit einer Pferdetagesdecke bedeckt ist. Ellen wirkt völlig überfordert, Tom sieht, wie ihre Hände zittern, als sie ihre Brille zurechtrückt.

»Möchtest du etwas trinken?«, fragt sie zurückhaltend, als wäre ihr der Besuch äußerst unangenehm.

»Hast du Kaffee, Ellen?«

»Kaffee, ja, kein Problem. Kaffee.«

Sie flüchtet in die Küche, wo sie erst einmal tief durchatmet. So sehr sie sich danach gesehnt hat, einmal männlichen Besuch zu haben, so groß ist jetzt ihre Unsicherheit. Genau in diesem Moment liegt der Mann ihrer Träume ganz real auf ihrem Bett. Kaum zu ertragen für sie. Sie wartet in der Küche, bis die Kaffeemaschine nicht mehr brodelt und der letzte Tropfen Kaffee durchgelaufen ist. Das gibt ihr Zeit zum Nachdenken.

Mit zwei Tassen Kaffee und gesenktem Blick schleicht sie zurück in ihr Zimmer. Es ist still, Tom ist eingeschlafen. Ellen ist fast erleichtert. Leise stellt sie seine Tasse auf den Nachttisch und setzt sich auf ihren Schreibtischstuhl, der nah am Fenster und weit genug vom Bett entfernt steht. Wie schön er ist. Seine blonden, leicht welligen Haare umranden sein gebräuntes Gesicht. Und wie lässig er daliegt. Leicht zitternd spürt sie, wie ein zartes Feuer in ihrem Körper zu lodern beginnt. Als sei sie mit dem Stuhl verwachsen, schiebt sie sich Zentimeter für Zentimeter näher an das Bett heran. Wie gern würde sie ihn berühren, nur ganz kurz, nur ganz vorsichtig, zärtlich, jetzt hat sie ihn für sich allein.

Tom wacht auf, er schaut auf seine Cartier Armbanduhr, keine echte, eine, die ihn nicht mal einen Cent gekostet hat. Es war eher ein prickelndes Abenteuer an einem verregneten Nachmittag, als Tom und Alex etwas gelangweilt durch ein belebtes Einkaufszentrum schlenderten, bis sie vor einem kleinen Schmuckstand im Gang stehen blieben. Vor ihnen lagen teure und hochwertige Armbanduhren bekannter Marken, aber auch preisgünstige Imitationen. Die wertvollen Uhren wurden verschlossen in einem Glaskasten aufbewahrt, der, wie Tom sehen konnte, mit dem Tisch verbunden war. Die anderen Uhren lagen offen daneben. Ohne Absprache verwickelte Alex den elegant gekleideten Verkäufer in ein Gespräch und in einem unbeobachteten Moment ließ Tom eine Nachahmung einer Cartier in seine Jackentasche gleiten. Niemand bemerkte es.

»Mist, ist schon spät, nimm es mir nicht übel, dass ich eingeschlafen bin, aber ich bin total platt. War echt ein anstrengender Tag. Danke für den Kaffee, ich werde mich demnächst revanchieren. Leider muss ich mich gleich wieder auf die Socken machen, ich wollte eigentlich auch nur mal Hallo sagen.«

Als sie die Wohnungstür hinter ihm geschlossen hat, bleibt sie mit zitternden Knien stehen. Sie hört noch, wie er die Treppe hinaufgeht. Als es im Treppenhaus still wird, kehrt sie in ihr Zimmer zurück und legt sich auf das Bett, so wie Tom dort gelegen hat. Sie drückt ihr Gesicht ins Kissen und nimmt seinen Duft bis in die letzte Faser ihres Körpers auf.

»Tom, wenn du wüsstest, wie sehr ich auf diesen Augenblick gewartet habe. Auf den Moment, in dem du mich siehst, mich wahrnimmst«, flüstert sie in den Raum. »Aber hat er mich überhaupt richtig wahrgenommen?«, fragt sie sich leise.

*

Am nächsten Morgen wacht sie glückselig auf. In einem wundervollen Traum hat Tom sie die ganze Nacht begleitet, sie liebevoll umarmt und leidenschaftlich geküsst. In überschwänglicher Euphorie und mit dem Gedanken, dass dieser Traum vielleicht einmal Wirklichkeit werden könnte, macht sie sich im Bad fertig. Heute, nach der Arbeit, will sie sich etwas Schönes zum Anziehen kaufen. Zum ersten Mal hat sie Lust auf etwas Buntes. Sie steckt noch ein paar große Scheine in ihr Portemonnaie und verlässt gut gelaunt die Wohnung. An der Bushaltestelle, kaum hundert Meter von ihrem Zuhause entfernt, sitzt Tom auf einer Bank im Wartehäuschen, die Kapuze tief über die Augen gezogen, als wolle er sich vor der Welt verstecken. Er bemerkt sie nicht und auch Ellen kann ihn zwischen den anderen Wartenden nicht sehen, sie steht zu weit von ihm entfernt. Als der Bus an der Haltestelle hält, steigen beide ein, Tom hinten und Ellen vorn. Tom ist so in Gedanken versunken, dass er nichts um sich herum wahrnimmt. Gar nichts. Zwei Stationen später steigt Ellen aus und Tom fährt weiter.

Wenige Minuten später erreicht sie ihren Arbeitsplatz, eine alteingesessene Physiotherapiepraxis, in der sie eine halbe Stelle hat und die nur zwei Straßen von der Bushaltestelle entfernt liegt. Ihr ausgeprägter Tastsinn gleicht bei ihrer Tätigkeit ihr eingeschränktes Sehvermögen aus. Ellens Spezialgebiete sind die orthopädische Rehabilitation, die manuelle Therapie, Massagen, Dehnungen und alles, was die Funktion und Beweglichkeit der Patienten wiederherstellen oder zumindest verbessern kann. Die Arbeit macht ihr Spaß. In der Praxis ist sie die Frau mit den goldenen Händen, doch diese Bezeichnung gefällt ihr nicht besonders, es ist ihr eher unangenehm, wenn die Patienten so über sie reden. Sie hasst es, hervorgehoben zu werden, und besäße liebend gern einen Schutzmantel, der sie, wann immer sie das wünscht, unsichtbar macht. Ihre Selbstwahrnehmung ist getrübt und sie kennt viele Situationen, in denen sie sich unter dem Mantel verstecken würde. Als sie in der Pubertät war, blickte sie oft auf ihren Körper und zählte in Gedanken alles auf, was sie an sich nicht mochte. Ihr dünnes, struppiges Haar, die große Nase mit den Sommersprossen, die Brille mit den dicken Gläsern, die vielen Haare an den Armen, ihre schlaksige, hochgewachsene Statur. In solchen Momenten war sie sich sicher, dass es auf der ganzen Welt keinen Jungen gab, der sich jemals für sie interessieren würde. Keinen einzigen.

Ihr Arbeitsplan für heute lässt nur kurze Pausen zu. Nach solchen Tagen ist sie anschließend fix und fertig, da freut sie sich schon beim Verlassen der Praxis auf ihr Bett. Ihr Beruf ist körperlich oft sehr anstrengend, sie selbst muss fit und auch belastbar sein. Nicht nur physisch, sondern auch psychisch. Nicht wenige der Patienten klagen während der gesamten Behandlungszeit über ihre körperlichen Einschränkungen, oft sogar über ihr gesamtes

Leben. Zwanzig Minuten können unter diesen Umständen schnell zu einer sehr langen Zeit werden. Heute ist so viel los, dass sie zwischendurch nur mal kurz in ihr Frühstücksbrot beißen kann, eine längere Pause ist nicht drin, aber trotz des Stresses denkt sie immer wieder an Tom.

Die vielen bunt beleuchteten Schaufensterscheiben, an denen sie nach Feierabend vorbeigeht, machen sie unsicher. Das ist nichts für mich, denkt sie. Doch schließlich gibt sie sich einen Ruck und betritt schnurstracks ein trendiges Bekleidungsgeschäft. Dort steht sie, mausgrau und mit hängenden Schultern. Der Elan, der sie in diesen Laden geführt hat, ist verpufft. Sie weiß überhaupt nicht, wo und nach was sie gucken soll.

Eine Verkäuferin scheint ihre Unsicherheit zu erkennen und spricht sie an. »Hi, kann ich dir helfen? Ich zeige dir gern etwas Schönes, wenn du magst.«

»Ja, bitte«, sagt Ellen und hätte jetzt gern ihren Schutzmantel zum Verstecken dabei.

Sie schaut der Verkäuferin hinterher, die selbstsicher durch den Laden streift und ein paar Kleidungsstücke von den Ständern zieht.

»Hier, das müsste passen, probier es einfach mal an«, sagt die Frau lächelnd zu ihr.

Ellen nimmt die Sachen und geht damit in eine Umkleidekabine. Kurz darauf steht sie vor dem Spiegel und betrachtet sich in den fremden Klamotten.

Die Verkäuferin bittet sie, sich zu zeigen. Schüchtern schiebt Ellen den schützenden Vorhang der Kabine zu Seite.

»Wow, du siehst klasse aus. Rot ist deine Farbe, scheint mir. Und die Jeans, super, besser könnten sie nicht sitzen.«

Die Verkäuferin läuft sofort los und holt noch ein paar rote Oberteile, doch Ellen hat sich bereits entschieden. Dieses hier soll es sein. Etwas Buntes, etwas Auffälliges und es gefällt ihr.

Als sie den Laden verlässt, beschließt sie, sich ein Herz zu fassen und bei Tom zu klingeln, um ihn zu fragen, ob er mal auf ein Schwätzchen zu ihr kommen möchte. Vielleicht auf einen Kaffee, sie würde auch einen Kuchen backen. Dann könnten sie sich ein bisschen kennenlernen. Vom Mut gepackt sitzt sie im Bus und kann es kaum erwarten, Tom in die Augen zu schauen. Mit ihrem schweren Mutpaket im Arm steht sie schließlich vor der Haustür. In der achten Etage ist das Paket schon ziemlich geschrumpft und als sie an ihrer eigenen Wohnungstür vorbeigeht, ist von Mut keine Rede mehr, er hat sich in Luft aufgelöst.

Als sie endlich vor Toms Tür im 21. Stock steht, holt sie tief Luft und drückt den Klingelknopf. Sie weiß, wenn sie zögert, hat sie verloren, dann siegen das unscheinbare Ich und die Zurückhaltung. Ihr Plan funktioniert nur, wenn sie den Kopf ausschaltet und sich von ihrem Bauchgefühl leiten lässt. Auf dieser Etage riecht es stark nach Zigaretten, ein wenig nach Kneipe. Die Wohnungstür geht auf und vor ihr steht eine nackte Frau. Ellen fühlt sich unwohl und weiß nicht, was sie sagen soll.

»Willst du zu Tom?«, fragt die Frau. Ellen merkt sofort, dass sie betrunken ist.

»Ja, ist er da?«

Ellen will gerade gehen, da rettet Tom sie aus der Situation. Er steht plötzlich hinter der Frau, bedeckt ihre Nacktheit mit einer Decke und schiebt sie beiseite.

»Hallo, Ellen. Sorry, meine Mutter hat sich nicht immer im Griff. Tut mir leid. Wolltest du zu mir?«

Jetzt hat auch Ellen sich nicht mehr richtig im Griff, der Mut ist weg und sie steht nur noch stumm da.

»Wir können uns mal in Ruhe unterhalten, wenn du willst. Aber nicht jetzt. Und vielleicht lieber bei dir. Am Donnerstag?« Die Situation ist gerettet und eigentlich ist alles gesagt.

»Sehr gern«, antwortet Ellen schüchtern, »am Donnerstag, ja, das geht.«

»Gut, dann bis Donnerstag.«

Aus der Wohnung dröhnt der Fernseher und die Frau ruft nach Tom.

»Um drei bin ich da.« Dann schließt er die Tür.

Erst jetzt ist Ellen imstande, sich wieder zu bewegen. Langsam geht sie die Stufen hinunter. Trotz der äußerst unangenehmen Situation und obwohl sie am liebsten weggelaufen wäre, fühlt sie sich leicht wie ein Schmetterling.

*

Aus dem Kassettenradio grölen die Toten Hosen mit *An Tagen wie diesen.* Was für eine Aufregung. Ellen ist völlig aus dem Häuschen, tanzt wie wild durch die aufgeräumte Wohnung. Sie erkennt sich kaum wieder. Alles passt. Die Sofakissen mit dem Knick in der Mitte ordentlich aufgereiht, ein Strauß zartrosa Nelken in der Bleikristallvase, die nur zu besonderen Anlässen benutzt wird, ein Geschenk von Tante Sigrid. Heute kommt Tom zum Kaffee. Was für ein schöner Tag! Laut singend stellt Ellen den selbst gebackenen Schokoladenkuchen auf den liebevoll gedeckten Wohnzimmertisch. Ihre Mutter ist für ein paar Tage bei ihrer Schwester. Das bedeutet für Ellen drei Tage sturmfreie Bude.

In diesen drei Tagen soll sich ihr ganzes Leben verändern. In nur drei Tagen, mit Hilfe von Tom. Sie möchte unbeschwert und ausgelassen sein, so wie sie das schon unzählige Male bei anderen Paaren beobachtet hat. Heute wird alles anders. Mit Tom wird sie das schaffen, allein seine Anwesenheit lässt ihr Flügel wachsen, was für ein tolles Gefühl.

Vor ein paar Tagen hat sie in einer Parfümerie ein zartes, blumiges Parfüm gekauft. Das erste Parfum ihres Lebens. Ellen hat bis jetzt alles gemieden, was Aufmerksamkeit erregen kann, noch nicht einmal einen Duft sollte man an ihr wahrnehmen. Sie hat sich auch nie etwas Buntes zum Anziehen gekauft, um nur nicht aufzufallen. Mausgrau war ihre Farbe bis vor ein paar Tagen. Heute trägt sie den knallroten Pullover mit einer feinen

Silberkette und Bluejeans. Im ersten Moment kommt sie sich verkleidet vor, aber dann schüttelt sie energisch den Kopf. Heute ist ihr Tag. Heute will sie gesehen werden. Heute will sie entdeckt werden.

Einen Moment überlegt sie, ob sie ihre starke Brille ablegen soll, sie weiß, dass starke Gläser das Erscheinungsbild verändern, aber der Gedanke ist absurd und das weiß sie auch. Ohne Brille ist sie fast blind. Ihr rechtes Auge hat sie bei einer der zahlreichen Augenoperationen, die sie in ihrer Kindheit über sich ergehen lassen musste, verloren, an dessen Stelle sie nun ein Glasauge trägt, das sich optisch kaum von ihrem linken Auge unterscheidet. Der Glasaugenmacher hat ganze Arbeit geleistet. Hier ist aber auch einer der Gründe dafür zu finden, dass Ellen am liebsten allein ist und nur ungern das Haus verlässt. Doch ab heute soll alles anders werden.

Wann klingelt es endlich? Das Warten auf das Läuten ist kaum auszuhalten. Immer wieder schaut sie auf die Uhr. Sie ist so aufgeregt, dass sie glaubt, gleich die Nerven zu verlieren. Dann hört sie das Zuknallen der Haustür, das durch das ganze Treppenhaus hallt. Der Hausmeister muss dringend etwas dagegen tun, mehrere Hausbewohner haben sich schon über den Lärm beschwert. Tom. Es muss Tom sein. Durch den Spion sieht sie ihn mit großen Schritten an ihrer Wohnungstür vorbei die Treppe hinauflaufen.

Ellen hält es kaum noch aus. Wahrscheinlich will er sich noch schnell frisch machen, bevor er zum Kaffee kommt. Zwei lange Stunden sitzt sie am Kaffeetisch und wartet, obwohl sie schon nach einer halben Stunde ahnt, dass er nicht mehr kommen wird. Sie lässt den Kaffee in der Kanne und den angeschnittenen Kuchen auf dem Tisch stehen, wirft sich mit ihren neuen bunten Klamotten aufs Bett und weint bitterlich in ihr Kissen. Sie hätte es wissen müssen. Was hat sie erwartet?

In der folgenden Nacht wird sie von Kindheitsträumen geplagt. Albträume, in denen sie für immer ihr Augenlicht verliert, und Tom, immer wieder Tom. Aufgewühlt, mit verquollenen Augen und tieftraurig kommt sie am nächsten Morgen in die Praxis. Ihre Chefin bemerkt sofort, dass es Ellen nicht gut geht, dass sie völlig neben sich steht.

»Geh nach Hause, ruh dich aus und komm erst wieder, wenn es dir wirklich besser geht«, sagt sie fast liebevoll zu ihr.

Ellen ist dankbar über diese Fürsorge. Erleichtert, jetzt mit ihren Gedanken allein sein zu können, legt sie sich zu Hause ins Bett. Der Kaffeetisch vom Vortag ist noch gedeckt. Erschöpft, als hätte sie auf Leben und Tod gekämpft, schläft sie ein.

Als Tom am Abend müde durchs Treppenhaus geht, fällt es ihm wieder ein. Mist, gestern war Donnerstag. Ellen. Wie konnte er das nur vergessen? Die sensible Ellen ... Einen Moment denkt er darüber nach, ob er jetzt noch klingeln kann. Egal, er will sich bei ihr entschuldigen.

Die Klingel reißt sie aus den schon wieder verstörenden Träumen, sie will erst gar nicht aufstehen, erhebt sich dann aber doch benommen aus dem Bett. Schlaftrunken schaut sie durch den Türspion und schlagartig ist sie hellwach.

Leise klopft er an die Tür. Er hat in dem Spalt unter der Tür Licht gesehen, also weiß er, dass jemand zu Hause ist. »Ellen, bist du da? Es tut mir so leid, dass ich dich gestern versetzt habe. Lässt du mich kurz rein?«

Beinahe fremdgesteuert öffnet Ellen die Tür. Wie ein Häufchen Elend sieht sie aus, die Augen rot und verweint. Sie trägt einen Pyjama mit galoppierenden Pferden auf der Brust. So wie sie vor ihm steht, kann Tom nicht anders, er geht auf sie zu und nimmt sie in die Arme.

»Ich mach's wieder gut, versprochen«, flüstert er in ihr Ohr, »aber jetzt leg dich wieder schlafen, es ist schon spät.«

Schon wieder im Hausflur dreht er sich noch einmal um. »Nächste Woche holen wir unser Kaffeetrinken nach.« Damit läuft er die Treppe weiter hoch.

Ellen hat kein Wort gesagt, aber Tom hatte das Gefühl, in sie hineinsehen zu können. Er spürte, was sie bewegte, er merkte, wie unendlich traurig sie war.

Die Erleichterung verdrängt das Gefühl der Enttäuschung und Ellen schläft wieder ein. Diesmal frei von Träumen und ohne Tränen.

Tom dagegen liegt noch lange wach. In den letzten Tagen war er mit Wohnungsbesichtigungen beschäftigt.

Immer wieder finden sie vielversprechende Anzeigen in den Zeitungen. Verlockende Angebote, die sich bei den Besichtigungen als Unsinn herausstellen. Zu teuer, zu weit weg von Marzahn und teilweise so renovierungs-bedürftig, dass man nicht einziehen kann, ohne vorher viel Geld zu investieren. Es werden heruntergekommene Wohnungen angeboten, in Häusern, die einzustürzen drohen. So kompliziert haben sich Tom und Simon die Suche nicht vorgestellt. Doch nebenbei vertiefen sie sich in ihr Projekt und träumen von der Selbstständigkeit.

Es ist höchste Zeit, mit Renate zu reden. Tom schiebt das Gespräch schon seit Tagen vor sich her. Sie muss wissen, dass sie bald allein zurechtkommen muss. Natürlich wird er sich hin und wieder um sie kümmern, aber nicht mehr täglich.

Morgen wird er es ihr sagen. Sie wird sicher heftig reagieren, aber dann ist es endlich raus, sie muss damit klarkommen. Und er wird Ellen nicht wieder versetzen.

Kurz nach Mitternacht wird Tom aus dem Schlaf geris-sen. Die Sirenen von Polizei, Feuerwehr und Krankenwa-gen schrecken die Bewohner der ganzen Straße auf. Es ist taghell. Ein Mehrfamilienhaus in der Nachbarschaft steht in Flammen. In den oberen Stockwerken sind Menschen auf den Balkonen und schreien um ihr Leben.

Als Tom das panische Treiben unten auf der Straße sieht, zieht er sich schnell etwas über und rennt hinunter, um zu helfen. Sofort beginnt er, die Menschen, die völlig aufgelöst und verstört vor dem Hauseingang stehen, zu einer Sammelstelle zu begleiten. Er verteilt Decken, die auf einem großen Haufen bereitliegen. Die meisten Menschen stehen in Hausschuhen und Schlafanzügen auf der Straße, manche haben kleine Kinder auf dem Arm. Mit großen Augen verfolgen sie das Geschehen und können es kaum fassen.

Die Feuerwehr kann den Brand rasch unter Kontrolle bringen und zum Glück wird niemand verletzt. Als es am Morgen wieder richtig hell wird, ist das Ausmaß des Schadens zu erkennen. Ob und wann die Anwohner in ihre Wohnungen zurückkehren können, muss noch von Fachleuten geprüft werden.

Angehörige und Freunde der betroffenen Familien kümmern sich inzwischen um ihre Lieben, Tom wird irgendwann nicht mehr gebraucht. Beim Bäcker um die Ecke holt er frische Brötchen, oben in der Küche schmeißt er die Kaffeemaschine an. Was für eine Nacht!

Er gießt sich eine Tasse Kaffee ein und weckt seine Mutter. Zwanzig Minuten später schlurft sie mürrisch in die Küche. Von den Ereignissen der letzten Nacht scheint sie nichts mitbekommen zu haben, wahrscheinlich hat der Alkohol für einen tiefen Schlaf gesorgt.

»Setz dich, ich muss mit dir reden.«

»Oh, bitte, nicht jetzt. Was ist denn los? Hat Jutta dir wieder etwas eingeredet?«

»Nein. Ich bin gerade dabei, mir eine eigene Wohnung zu suchen, mit einem Kollegen aus der Ausbildung. Wir wollen eine Wohngemeinschaft gründen und uns selbstständig machen.«

»Du spinnst doch. Was sind das wieder für Ausflüchte? Und was ist mit mir?«

Sie geht mit ihrer Kaffeetasse ins Wohnzimmer und schaltet den Fernseher ein. Sie will nicht einmal wissen, was Tom vorhat, und eigentlich hätte er sich das denken können. So ist sie eben.

Obwohl er die ganze Nacht nicht geschlafen hat, spürt er keine Müdigkeit. Er geht zu Simon, um weiter an den gemeinsamen Zukunftsplänen zu feilen. Stundenlang brüten sie über ihren Notizen und To-do-Listen und können es kaum erwarten, dass es endlich losgeht.

Am Abend schaut er auf dem Heimweg noch kurz im Colore vorbei. Als hätte Felie auf ihn gewartet, liegt sie neben der Eingangstür auf einem mit Fell bezogenen Hocker. Bevor Tom Theodoris begrüßt, bekommt Felie einen Kuss auf die Katzenstirn. Zufrieden, weil sie nun von Tom getragen wird, leckt sie ihm den Pullover ab. Nach zwei Flaschen Bier legt Tom die Katze zurück auf den Fellhocker und macht sich auf den Weg nach Hause, um seinen Bruder anzurufen.

Ausnahmsweise springt mal nicht die Mailbox an, Ronny ist gleich am Handy. »Und, wie ist es gelaufen?«, will er sofort wissen. Im Moment sprechen sie öfter miteinander, deshalb ist Ronny über Toms Vorhaben informiert.

Tom berichtet über das Gespräch mit Renate, das eigentlich gar kein richtiges Gespräch war. »Ich weiß nicht mal«, sagt er schließlich, »ob sie überhaupt kapiert hat, was ich ihr mitgeteilt habe.«

»Tom, kümmere dich jetzt um deinen Traum. Sie muss klarkommen, und zwar ohne dich. Du kannst nicht dein ganzes Leben für sie leben.«

»Ja, sicher. Du hast recht, aber einfach ist die ganze Sache nicht.«

»Wenn du mich brauchst, ruf an. Du machst das schon, kleiner Bruder.«

Ronny hat das Gespräch mal wieder kurzgehalten, meistens hat er keine Zeit oder keine Lust zu telefonieren. Aber Tom will sich nicht beschweren, wenn er ihn wirklich braucht, nimmt er sich die Zeit, dann ist er für ihn da.

*

Im U Bahnhof kauft Tom einen kleinen Blumenstrauß für Ellen. Es tut ihm immer noch leid, dass er sie vergessen hat. Am Nachmittag sind sie verabredet und Tom freut sich auf ein ruhiges Stündchen mit Kaffee und Kuchen.

Ellen öffnet die Tür, sie hat ihre neuen Sachen angezogen, den roten Pullover und die Jeans. Mit ihrer Aufregung ist sie an diesem Tag allerdings vorsichtiger umgegangen.

»Hallo, Tom. Diesmal hast du mich nicht vergessen. Wie schön, komm rein.«

Ellen versucht, ihre Unsicherheit zu verbergen, indem sie sofort in der Küche verschwindet und die Kaffeemaschine bedient. Tom steht immer noch mit dem Strauß in der Hand im Flur.

Vielleicht, denkt er, *hat sie die Blumen gar nicht gesehen.*

»Bitte, setz dich«, sagt Ellen. »Wir können ins Wohnzimmer gehen. Ich hoffe, du magst Käsekuchen.«

Tom nimmt auf dem Sofa Platz, das unter dem Fenster steht und nickt übertrieben. Hier ist alles sehr ordentlich, es riecht nach selbstgebackenem Kuchen und langsam mischt sich ein frischer Kaffeeduft dazu. Auf dem Tisch steht kein Aschenbecher und nirgends ist eine Flasche Alkohol zu sehen. Tom weiß nicht, ob er sich wohl oder eher ein bisschen unwohl fühlt. Sein Leben passt so gar nicht in dieses Wohnzimmer. Aber irgendwie strahlt die ganze Situation eine Ruhe aus, die guttut, wie er schließlich feststellt.

»Ach, hast du eine Vase?« Er hat nach wie vor die Blumen in der Hand, die er jetzt Ellen überreicht.

Noch nie hat sie Blumen von einem Mann bekommen. Sie freut sich sehr und arrangiert den Strauß bunter Gerbera in einer Vase, die sie auf den gedeckten Kaffeetisch stellt. Vor Aufregung bringt sie kein Wort heraus. Sie legt Tom ein Stück von dem goldgelben Käsekuchen auf den Teller und nimmt sich selbst ebenfalls eins.

Tom stopft sich sofort ein großes Stück Kuchen in den Mund, während Ellen mit zitternden Händen Kaffee einschenkt. Hoffentlich sagt er gleich etwas, denkt sie, sie kommt mit der Situation überhaupt nicht klar.

Tom sieht sich kauend im Raum um. »Wer ist hier die Ordentliche, du oder deine Mutter?«

»Ach, wir mögen es beide, wenn alles an seinem Platz ist. Ist das bei euch nicht auch so?«

Tom winkt ab. »Nein, ganz und gar nicht, aber das ist eine lange Geschichte. Erzähl mal von dir. Hast du schon immer in Berlin gewohnt?«

Ellen trinkt ihren Kaffee aus und lehnt sich zurück, nimmt all ihren Mut zusammen und zupft verlegen an ihrem roten Pullover. Sie möchte so locker wie möglich wirken, was ihr sehr schwerfällt. Trotzdem beginnt sie zu erzählen und Tom hört interessiert zu.

Ihre Kindheit verbrachte sie in der DDR in einem kleinen Dorf in Mecklenburg-Vorpommern. Gleich nach ihrer Geburt bemerkten ihre Eltern, dass sie anders war als die anderen Babys. Sie reagierte nicht auf äußere Reize, lediglich grelles Licht schien sie zu bemerken. Die Ärzte vermuteten zunächst eine systemische Erkrankung, bei der man weder sehen noch hören kann. Doch bald stellten sie fest, dass es sich um eine angeborene Augenkrankheit handelte. Sie blieb noch einige Monate bei ihren Eltern auf dem Land, dann begann ein Prozess mit vielen Operationen und immer wieder schmerzhaften Abschieden. So verbrachte sie als Kleinkind ein Vierteljahr in einer achtzig Kilometer entfernten Augenklinik und wurde dort fünfmal operiert. Für Ellen und ihre Familie eine emotionale Katastrophe. Besuche waren nur an drei Tagen in der Woche für jeweils eine Stunde möglich. Die Mutter versuchte, Ellen so oft wie möglich zu sehen. Meistens fuhr sie mit dem Zug, da ihr Mann sich nicht jedes Mal die Zeit nehmen konnte, die weite Strecke mit dem Auto zu fahren.

Es war wie eine Erlösung, als sie endlich nach Hause durfte. Dort drehte sich alles um sie, aber die Eltern arbeiteten beide, der Bruder war den ganzen Tag in der Schule, für die Familie war das alles eine enorme Belastung. Die Harmonie zwischen den Eltern war dahin, immer wieder gab es Streit und die extreme Anspannung drohte die Familie zu zerreißen.

Als sie zwei Jahre alt war, musste sie zu einer weiteren Operation in die Klinik und dort passierte etwas, das sie bis heute nicht vergessen kann. Sie wurde in der Badewanne vergessen. Niemand dachte daran, dass das kleine Mädchen noch in der Wanne am Ende des Ganges saß und darauf wartete, dass jemand es herausholte. Draußen war es dunkel geworden und das Badewasser war längst kalt. Kein Mensch hörte die Schreie aus dem dunklen Raum, bis eine Putzfrau, die frisches Wischwasser aus dem Bad holen wollte, schließlich das leise wimmernde Kind im kalten Wasser entdeckte. Nach diesem schrecklichen Erlebnis ertrug Ellen die Dunkelheit nicht mehr. Nacht für Nacht schrie sie, wenn es im Zimmer dunkel wurde, und stundenlang trug ihre Mutter sie dann im Zimmer umher. Der Druck, dem die Familie ausgesetzt war, war kaum noch auszuhalten. Die Eltern stritten inzwischen jeden Tag und schließlich ging die Ehe in die Brüche. Die Mutter hatte das Gefühl, nur noch für ihre Tochter zu leben, und der Vater sehnte sich nach einem ganz normalen Leben. Ohne ständige Sorgen und Ängste und nicht mit einer Frau an seiner Seite, die sich selbst schon aufgegeben hatte.

Tom nimmt sich noch ein Stück vom Käsekuchen und jetzt bemerkt Ellen, wie viel sie erzählt hat. Und wie tief sie dabei in ihre Kindheit eingetaucht ist.

»Sprich weiter«, bittet Tom sie.

»Ich glaube, es reicht für heute. Wenn es dich wirklich interessiert, erzähle ich dir gern ein anderes Mal mehr.«

Ellen ist erstaunt über sich selbst. So hat sie noch mit niemandem über sich selbst gesprochen. Weder so viel noch so intensiv. Sie fühlt sich gut, sogar erleichtert. Und das Schönste ist, dass Tom ihr so ruhig und interessiert zugehört hat. Er lag mehr auf dem Sofa, als dass er saß, und das machte die Situation zusätzlich noch gemütlich. Als sie sich etwas später verabschieden, schließt er sie kurz in seine Arme. Dabei bemerkt er nicht, wie Ellens Herz in ihrem Körper tobt.

*

Tom verabredet sich mit Alex in der Stadt, es ist schon eine Weile her, dass sie etwas zusammen unternommen haben.

»Bring deine Inliner mit«, sagt Tom noch.

Auf dem Alexanderplatz ist heute viel los, von Alex ist noch nichts zu sehen. Tom bemerkt eine Gruppe, die etwas abseits an einer Treppe steht und einen alten Mann herumschubst. Der grauhaarige, ungepflegt aussehende Mann kann sich kaum auf den dünnen Beinen halten, vermutlich ein Obdachloser, denn neben ihm liegen ein zusammengerollter Schlafsack und große, zerbeulte Plastiktüten. Er hat sichtlich Angst vor den wesentlich jüngeren und stark alkoholisierten Männern, die laut lachen und Spaß zu haben scheinen.

Ohne zu überlegen, geht Tom dazwischen. Er packt den knochigen Alten und zieht ihn aus dem Getümmel. Die pöbelnden Männer, die schon längst ihre Selbstkontrolle verloren haben, sind nicht mehr in der Lage, sich gegen Tom aufzulehnen. Er führt den Grauhaarigen zu einer Bank in sicherer Entfernung und gibt ihm alles, was er im Portemonnaie hat, genau 6,37 Euro.

Alex rollt inzwischen mit seinen Inlinern über den Alexanderplatz. Tom entdeckt ihn sofort, seine zitronengelbe Jacke ist nicht zu übersehen. Eine tolle Idee, mit Inlinern über den Platz zu rollen. Geschickt fahren sie Slalom zwischen den Menschen und wagen sogar ein paar Tricks, fahren Treppen hinunter und springen über Hindernisse. Der alte Mann, der vorhin von den betrunkenen Männern schikaniert wurde, liegt nun in dem Schlafsack. Die vielen Passanten scheinen ihn nicht im Geringsten zu stören. Mit offenen Augen schaut er ins Nichts, als wäre er in einer anderen Welt unterwegs.

Irgendwann beschließen Tom und Alex, den Tag im Colore ausklingen zu lassen. Als sie die Kneipe betreten, strömt ihnen Pizzaduft in die Nasen. Theodoris stellt das Glas beiseite, das er gerade poliert hat und begrüßt die beiden.

»Habt ihr Hunger?«

»Was für eine Frage.« Tom lacht und bestellt zwei Kindl und zwei Pizzen extra scharf. »Ich geb einen aus. Du siehst aus, als hättest du Hunger«, sagt er, bevor Alex etwas einwenden kann.

Beim Essen berichtet Tom von der Bekanntschaft mit Ellen und davon, dass sie sich schon ein paar Mal getroffen haben.

»Ich gebe dir ihre Handynummer, falls mal irgendetwas ist. Und deine werde ich ihr auch geben, wenn das für dich okay ist.«

»Klar, warum nicht.«

Als sie aufbrechen wollen, fällt Tom auf, dass sein Portemonnaie leer ist.

»Kein Problem«, sagt Theodoris, »dann zahlst du beim nächsten Mal.«

*

Am 1. September 1983 wurde Ellen im Internat eingeschult, wo sie 120 km von zu Hause entfernt feierlich begrüßt wurde. Sie war sechs Jahre alt, schüchtern und zurückhaltend, aber an diesem Tag fühlte sie sich wie eine Prinzessin in ihrem blauen Dederonkleid. In diesem Internat waren nur Kinder, die stark sehbehindert oder völlig blind waren. Nach dem Vorschuljahr, in dem sie lernte, im Sozialismus zu leben, kam sie in die 1. Klasse.

Um ihre kleine Tochter an den Wochenenden besuchen zu können und nicht immer ihren geschiedenen Mann bitten zu müssen, sie zu fahren, machte Ellens Mutter den Führerschein und nahm die Strapazen der langen Fahrt mit dem klapprigen Trabbi alle paar Tage auf sich.

Die Schüler wurden atheistisch erzogen, so dass es während der Schulzeit keine kirchlichen Feste für die Schüler gab. Im Internat bestand die Weltanschauung, dass es keinen Gott gibt, weshalb auf eine strikte Trennung von Staat und Religion geachtet wurde. Umso mehr leuchteten die Kinderaugen, wenn sie Weihnachten im Kreise ihrer Familien waren, wo ein leuchtender Christbaum, Geschenke und wunderbare Weihnachtsdüfte die Kleinen besonders verwöhnten.

Tom fragt Ellen irgendwann, wie sie sich als Kind den Westen vorgestellt hat.

»Oh, Tom«, sagt sie lächelnd, »überall Süßigkeiten und Schokolade, bunte Farben und wunderbare Gerüche ... So, dachte ich, muss es im Schlaraffenland riechen. Man kann alles kaufen, was man will, es gibt alles im Überfluss. Und ... jede Familie hat ein Häuschen mit einem roten Spitzdach, mit einem kleinen Vorgarten, der von einem Jägerzaun umgeben ist. Und vor dem Häuschen steht ein großes Auto.«

Tom spürt, wie wohl sich Ellen in seiner Gegenwart fühlt. Und sie hat sich verändert. Sie ist offener geworden, nicht mehr so schüchtern und zurückhaltend. Auch er fühlt sich in ihrer Nähe wunderbar entspannt. Es ist, als hätte er in Ellen einen Ruhepol gefunden.

Er möchte nun öfter bei ihr vorbeischauen.

»Kannst du dich an die Zeit in dem Internat noch erinnern?«, möchte er wissen. »Erzähl noch ein bisschen, ich höre dir sehr gern zu.« Er nimmt die Füße mit aufs Sofa und schiebt sie unter ein mit roten Rosen besticktes Kissen.

»Ist dir das nicht zu langweilig?«, fragt Ellen vorsichtig.

»Nein. Nein, überhaupt nicht. Hattest du die Möglichkeit fernzusehen oder Radio zu hören?«

»Meine Familie hatte sogar einen Fernseher, und wenn ich mal ein Wochenende zu Hause war, habe ich ARD und ZDF geguckt, obwohl das natürlich streng verboten war. Ich kann mich noch gut daran erinnern, wie die ersten Fernseher geliefert wurden. Es waren sechs Stück für vier Dörfer zusammen. Irgendwann stand so ein Gerät auch bei uns im Wohnzimmer. Da mein älterer Bruder ein Tüftler war und sich schon immer für Technik interessiert hat, hat er tagelang probiert und probiert und plötzlich konnten wir RTL empfangen. Ein Radio hatten wir natürlich auch, da haben wir am liebsten die Neue Deutsche Welle gehört. Ich war wahrscheinlich der größte Fan von Nena. Und Udo Lindenberg haben wir ebenfalls alle geliebt. Heimlich. Ich weiß noch genau, wie ich zu seinen Liedern getanzt habe. Sonderzug nach Pankow war mein absoluter Favorit. Ich höre seine Musik noch heute gern.«

»Das kann ich verstehen, mir gefallen seine Lieder auch. Ich finde, die Songs haben etwas Zeitloses. Schön, dass wir diese Verbindung zur Musik teilen.« Tom streckt sich ein bisschen und gähnt verhalten. Der Tag war wieder einmal lang. »Ich glaube, ich muss langsam los, es ist spät geworden.«

Sie bringt ihn zur Tür.

»Ach, Ellen«, fällt ihm noch ein, »bevor ich es vergesse, ich habe meinem Freund Alex deine Handynummer gegeben, nur für den Notfall, und es wäre schön, wenn du seine Nummer speichern würdest. Und ich hoffe doch, dass ihr euch auch bald mal kennenlernt.«

Ellen nickt und lächelt ihm noch einmal zu. Sie ist wirklich ein wunderbarer Mensch.

Auch Tom verbrachte seine ersten Lebensjahre in der DDR, hinter der Mauer in Ost-Berlin. Manchmal versucht er, sich an etwas zu erinnern, an einen Fetzen seiner Kindheit. An einen Abschnitt, in dem sein Vater vorkommt. In letzter Zeit hat er immer öfter das Bedürfnis, seinen Vater kennenzulernen. Wo lebt er, lebt er überhaupt noch? Hat er eine neue Familie? Gibt es vielleicht Halbgeschwister? Was wäre geschehen, wenn er damals nicht geflohen wäre? Doch schnell nehmen die gewohnten Gedanken wieder überhand. Toms Vater hat seine Familie im Stich gelassen, ist einfach abgehauen. Es war ihm offenbar egal, was mit seiner Frau, seinem Sohn und seinem Stiefsohn passiert. Wie sie das alles verkraften. Und er wusste, dass Renate ein massives Alkoholproblem hatte. Nicht einmal ein winziges Zeichen kam in den Jahren, nachdem er sich aus dem Staub gemacht hatte. Wenn Tom ihn gesucht hätte, wären vielleicht noch mehr Probleme aufgetaucht, als er sie ohne Vater ohnehin schon hatte. Wer weiß.

*

»Die ist es, hier passt alles!«, ruft Tom begeistert.

Simon ist gerade auf der Toilette. Als er wieder neben Tom steht, nickt er begeistert. »Alter, hier werden wir groß rauskommen.«

Die Wohnung ist hundert Quadratmeter groß, hat zwei Bäder und vier Zimmer. Und einen Balkon. In Gedanken fangen die beiden sofort an zu planen.

»Das größte Zimmer wird unser Büro.« Tom strahlt und kann es kaum erwarten, loszulegen.

In den nächsten Tagen streichen sie die Wände, kaufen Geschirr für die Küche und füllen die Räume mit den Möbeln, die sie von zu Hause mitbringen. In Toms altem Zimmer bei seiner Mutter liegt nur noch eine Matratze, für alle Fälle. Falls er dort mal übernachten muss. Und der Nachtschrank steht noch an seinem alten Platz.

Mit einem befreundeten Schreiner baut Tom einen drei Meter langen Schreibtisch für das Büro, der genug Platz für zwei Arbeitsplätze bietet. Hier in dieser Wohnung soll sich das Tor zur Welt öffnen, an diesem neuen Schreibtisch sollen Ideen entstehen, um die sich alle reißen werden.

Da beide einen neuwertigen PC besitzen, fehlt es ihnen an nichts. In diesem ungewohnten Glückszustand schwebt Tom in eine neue, unbekannte Welt, erlebt Gefühle der Leichtigkeit und Freiheit, die er nicht kennt. Er bewirbt sich auf sieben Ausschreibungen. Alles Absagen, aber an seiner Begeisterung ändert das erst mal nichts.

Simon lässt sich schon nach kurzer Zeit gehen. Damit hat Tom nicht gerechnet. Er schläft den halben Tag und scheint sich nicht mehr für die Geschäftsidee zu interessieren. Von Arbeitsteilung hält er offenbar ebenfalls nichts und es ist Tom, der einkauft, den Müll rausbringt, putzt und für Ordnung sorgt. Stundenlang, oft die ganze Nacht, sitzt er am PC, um die perfekte Website für die gemeinsame Firma zu erstellen, während sein Kompagnon nebenan schnarcht.

Tom will an dem Vorhaben der Selbstständigkeit festhalten und investiert jede freie Minute in das Projekt. Als die Website fertig ist, kommt tatsächlich ein paar Tage später der erste Auftrag. Eine Umzugsfirma wünscht sich einen spritzigen, erfrischenden, ansprechenden Internetauftritt für ihr Unternehmen. Der Chef der Firma ist zufällig auf die Seite von Tom und Simon gestoßen und war sofort begeistert von der interessanten und einladenden Onlinepräsenz.

Zur Feier des Tages besorgt Simon einen zwölf Jahre alten Bowmore, einen guten Whisky. Tom will sofort mit der Arbeit beginnen, aber sein Kollege ist in Feierlaune und der bernsteinfarbene Whisky versetzt ihn schnell in einen Rauschzustand. Er braucht heute nicht viel, schon bald fällt er vom Stuhl und schläft auf dem Boden ein. Tom, der noch halbwegs nüchtern ist, kümmert sich nicht mehr um ihn, er lässt ihn in der sicher äußerst unbequemen Lage einfach liegen.

Tom pustet den Rauch seiner Zigarette am offenen Fenster in die Nacht, dann kocht er sich einen starken Kaffee und fährt den Computer hoch. Er brütet bis zum Morgen über seinen Notizen. Unzählige Stunden verbringt er in den nächsten Tagen an seinem mit so viel Euphorie gebauten Schreibtisch, um den Auftrag zur Zufriedenheit des Kunden abzuwickeln. Nur ab und zu kommt Simon dazu. Tom hat eine riesige Magnettafel besorgt, an der etliche Zettel mit Ideen hängen.

Nach zwei Wochen intensiver Kopfarbeit ist das Projekt endlich abgeschlossen. Der Chef der Umzugsfirma ist begeistert und zahlt sofort. Dreihundert Euro für Tom, dreihundert Euro für Simon. Ein Tropfen auf dem heißen Stein. Die nächsten Wochen bestehen aus Warten. Warten auf Aufträge. Nichts passiert. Simon spielt nur noch Computerspiele am Arbeitsplatz und Tom verliert sich immer mehr im Internet.

Wieder einmal macht sich in ihm das Gefühl breit, dem Leben nicht gewachsen zu sein. Renate hängt nach wie vor wie ein bösartiges Geschwür an seinem Körper, die Geschäftsidee fährt gerade den Bach runter. Die große Wohnung muss irgendwie bezahlt werden, auf Simon ist kein Verlass. Ronny hat kaum Zeit und Alex hat sich auch schon ewig nicht mehr gemeldet, wer weiß, ob der überhaupt noch lebt.

*

Obwohl Tom nicht mehr bei seiner Mutter lebt, kann er sich nicht von ihr lösen. Er will sich abkapseln, weiß aber nicht wie. Immer wieder ertappt er sich dabei, wie er versucht, ihre Erwartungen zu erfüllen. Und trotz der räumlichen Distanz fühlt er sich nach wie vor in jeder Hinsicht für sie verantwortlich. So hat er sich das nicht vorgestellt. Vielleicht liegt es auch daran, dass sie zigmal am Tag anruft, immer wissen will, wann er wieder zu Besuch kommt. Schon oft hat er mit dem Gedanken gespielt, einfach nicht ans Telefon zu gehen, wenn ihre Nummer erscheint. Aber es könnte ja etwas passiert sein. Sie könnte wirklich um Hilfe rufen, doch tatsächlich geht es nie um etwas Wichtiges. Genervt spricht er dann mit ihr. Er weiß, dass er ihr Vorzeigesohn ist. Er würde ihr am liebsten den Mund verbieten, wenn er sie darüber reden hört, wie toll doch ihr Jüngster ist. Er kann dies, er kann das, macht Musik und ist eigentlich in allen Bereichen außergewöhnlich begabt.

Tom hat tatsächlich ein besonderes Talent für Musik, er spielt Klavier, Gitarre und Djembe, die afrikanische Trommel. Sein ausgeprägtes Rhythmusgefühl lässt ihn tanzen, als wäre er eins mit der Musik. Es sind Jahre vergangen, seit er das letzte Mal Klavier gespielt hat. Wie auch und vor allem, wo? Das alte Klavier im Colore bringt keinen vernünftigen Ton hervor und ein eigenes Instrument konnte er sich nie leisten.

Manchmal fragt er sich, was wohl geworden wäre, wenn Herr Senner damals mehr auf ihn eingeredet hätte. Tom hatte ihn in der Kaufhalle kennengelernt, als dem freundlichen alten Mann das Portemonnaie aus der Hosentasche gerutscht war. Tom hatte es bemerkt, es aufgehoben und dem Mann zurückgegeben. Für Tom war das nicht der Rede wert, aber Herr Senner war so dankbar, dass er ihn zu sich nach Hause einlud. Dreizehn Jahre alt war Tom damals. Obwohl er zunächst zögerte, ließ der ältere Herr nicht locker. Als Tom dann ein paar Tage später die fremde Wohnung betrat, sah er sofort das glänzende schwarze Klavier, das ein Großteil des Wohnzimmers einnahm. Herr Senner erzählte, dass er Musiklehrer sei und schwerpunktmäßig mit dem Klavier arbeitete. Tom konnte sich nicht zurückhalten und klimperte gleich ein wenig auf dem imposanten Instrument. Schließlich legte Herr Senner ihm Noten auf den Ständer und da Tom mit Noten schon ein wenig Bekanntschaft gemacht hatte, konnte er einfache Stücke fast fehlerfrei spielen.

Herr Senner erkannte sofort das Talent des Jungen und bot ihm an, ihm regelmäßig Unterricht zu geben. Tom sah auf seine Finger, die nun bewegungslos auf den weißen Tasten lagen. Der alte Mann musste Toms Gedanken erahnt haben, denn er schob augenblicklich hinterher, dass der Unterricht natürlich kostenlos wäre. Tom erinnert sich noch gut an den Moment, als Herr Senner ihm sein geöffnetes Portemonnaie zeigte, das voller Geld war – mehrere tausend Mark mussten das sein. Dass er noch im Besitz dieses Geldes war, erklärte Herr Senner, habe er Tom zu verdanken.

Die Atmosphäre im Raum war plötzlich vertraut und angenehm, obwohl sie sich gerade erst kennengelernt hatten. Tom wollte es sich überlegen und mit seiner Mutter darüber sprechen. Die war ganz begeistert von dem Vorschlag und sie wollte Herrn Senner irgendwann ein großzügiges Geschenk machen. Was immer sie damit auch meinte. Also nahm Tom das Angebot an und Herr Senner war sichtlich erfreut, als er es erfuhr.

Tom war gut, das Spielen machte ihm Spaß. Doch im Laufe der Jahre verblasste seine Begeisterung für das Klavier. Andere Interessen und Verantwortlichkeiten beanspruchten zunehmend seine Tage, bis das Musizieren schließlich nur noch eine Erinnerung an eine vergangene Zeit war. Er musste Geld verdienen und sich um seine Mutter kümmern. Noch eine ganze Weile hatte Herr Senner versucht, Tom zum Dranbleiben zu überreden, aber es war vergebens gewesen.

Hin und wieder gibt es Gelegenheiten, ein wenig zu spielen. Manche Bars haben ein Klavier und Tom scheut sich nicht zu fragen, ob er ein paar Stücke spielen darf. In solchen Momenten entflammt seine Begeisterung für das Instrument erneut.

Renate lobt ihn in den höchsten Tönen für sein Talent. Ob sie Herrn Senner jemals ein Geschenk für seine Großzügigkeit gemacht hat, weiß Tom jedoch nicht.

Tom sieht es als großen Vorteil an, dass sein Büro in der eigenen Wohnung ist, dass er nicht in die Stadt fahren muss, dass die Stadt ihn nicht ablenken kann. So sitzt er schon frühmorgens auf der Suche nach neuen Aufträgen an seinem Schreibtisch. Das Internet bietet einiges, aber vieles ist unseriös, das sieht man oft schon an der Werbung, doch Tom gibt nicht auf. Und eines Tages ploppt plötzlich eine Mail auf ... *Wir benötigen ein Werbeplakat für unsere Bäckerei und bitten hiermit um ein Angebot.* Na bitte! Tom jubelt. Und das ist sein Auftrag.

Da Simon sich längst zurückgezogen hat, zieht Tom sein Ding diesmal allein durch. Er kalkuliert eher zu niedrig als zu hoch, denn er will diesen Auftrag unbedingt an Land ziehen. Egal, wie viel am Ende übrig bleibt, Hauptsache, er hat einen Auftrag. Wieder sitzt er viele Stunden vor dem Computer und denkt sich tief in die Materie hinein. Und es klappt, die Ideen sprudeln. Nach drei Tagen ist er zufrieden mit dem Ergebnis. Er ist regelrecht begeistert, nicht nur von dem entworfenen Werbeschild, sondern auch von sich selbst, weil er das so gut hinbekommen hat. Und auch die Bäckerei findet Gefallen an der Aufmachung des Schildes, bedankt sich herzlich und zahlt sofort. Nicht viel, aber immerhin.

*

Die gute Stimmung hält nicht lange vor, der nächste miese Tag wartet schon. Alles und jeder scheint sich gegen Tom verschworen zu haben. Der Monat ist erst zur Hälfte rum, das Konto bereits leer und die Stimmung ist düster, triefend vor Traurigkeit, Gefühllosigkeit und Leere. Bekannte Gefühle und Gedanken, die nicht mehr erschrecken, weil er sich längst an sie gewöhnt hat, die ihn trotzdem immer wieder runterreißen. Simon ist unterwegs, er hat eine Bekanntschaft gemacht und wird bei ihr übernachten. Tom trinkt ein Bier nach dem anderen und schaut ohne Blick an die Wand. Stundenlang sitzt er da, während seine Gedanken immer tiefer rutschen, in einen Bereich, der nicht mehr zu kontrollieren ist. So trinkt er sich mit Whisky unkontrolliert in einen finsteren Rausch.

Wieder mal sind Suizidgedanken zum Greifen präsent. Tom trinkt weiter. Er gießt den Whisky in seinen frostigen, leeren Körper, in dem alles, wirklich alles, abgetötet zu sein scheint.

Wie geht es dir? Wie geht es dir? Wie mich diese beschissene Frage ankotzt. Ich kann nicht mehr. So geht es mir!

Tom hat das Gefühl, seinen Körper zu verlassen. Er sieht sich auf dem Sofa sitzen und sehnt sich, wie schon so oft, nach Gefühlen, nach Trauer, Schmerzen, nach irgendwas. Er will nur etwas spüren können. Erst dann weiß er, ob es da noch etwas gibt, ob da noch etwas in ihm lebt. Er kann sich kaum noch bewegen, er taumelt in die Küche und greift nach einem Fleischmesser.

Mit dem Messer in der Hand schleppt er sich zurück ins Wohnzimmer, setzt sich auf den Boden und beginnt, sich die Oberschenkel kreuzweise aufzuschneiden. Das Blut rinnt auf den Teppich. Tom spürt nichts. Sein Kopf schreit ins Leere, er schreit nach Emotionen. Immer weiter ritzt er tiefe Wunden ins eigene Fleisch. Teilnahmslos nimmt er die Fernbedienung, die neben ihm auf dem Boden liegt und lässt X Factor auf YouTube laufen. Eine Castingshow, in der Talente entdeckt werden. Dort werden persönliche Besonderheiten der Teilnehmer entweder gefördert oder abgeschmettert. Tom ist neidisch auf die, die es geschafft haben. Auf die, die sich anschließend feiern lassen, mit Sekt anstoßen und ein erfolgreiches Leben vor Augen haben. Alles würde Tom geben, um einer von ihnen zu sein. Alles.

Bitte, lass mich irgendetwas spüren.

Nichts. Keine Schmerzen, keine Trauer. Er hat kaum noch Kraft, mit seinen blutigen Händen greift er nach seinem Handy und ruft Ellen an.

»Ellen ... Bitte, komm schnell ... Bitte ... Ich kann nicht mehr. Schnell.«

»Tom? Was ist passiert? Tom, sag was! Tom?«

Da er kein Wort mehr spricht, ahnt Ellen, dass ihm etwas Schlimmes zugestoßen ist. Sofort macht sie sich auf den Weg. Unterwegs ruft sie Alex an, zum Glück hat sie seine Nummer. Er ist gerade auf dem Weg zu Tom und weiß auch nicht, was mit seinem Freund los ist.

»Beeil dich, Alex, es muss was Schreckliches passiert sein.«

»Bin gleich bei ihm.«

Alex rennt die letzten Meter bis zum Haus, völlig außer Atem hastet er durchs Treppenhaus. Er klingelt, bollert mit der Faust gegen die Tür.

»Tommy, mach auf … Mach die blöde Tür auf! Tom!«

Tom hört seinen Freund, ist aber nicht mehr in der Lage etwas zu sagen. Mit allerletzter Kraft schleift er sich bis zur Wohnungstür, während das Blut an seinen Beinen herunterfließt. Mit einem qualvollen Aufschrei zieht er die Türklinke runter. Sofort ist Alex da.

»Scheiße, scheiße, was ist hier passiert? Ich werd verrückt! Tom, was hast du gemacht?« Alex muss sich kurz sammeln, um zu begreifen. Überall Blut. Wie abgestochen liegt sein bester Freund vor ihm auf dem Boden. »O Gott, o Gott, was mach ich jetzt?«

Alex ist völlig von Sinnen. Und Tom sagt kein Wort, er blickt nur mit leeren Augen ins Nichts.

Es klingelt erneut.

»Ellen, endlich.«

Trotz ihrer Sehschwäche begreift Ellen die Situation sofort. Augenblicklich schiebt sie ihre Jacke unter Toms Kopf.

»Alex, hol Tücher, Küchentücher oder irgendetwas anderes zum Darauflegen, schnell.«

Alex kommt mit einer Rolle Zewa zurück.

»Egal«, sagt sie, »das nehmen wir jetzt. Hol noch Socken.«

Um die Blutung zu stillen, wickeln sie die Küchentücher um Toms Beine, darum binden sie die Strümpfe, um Druck zu erzeugen. Tom lässt wortlos alles geschehen, der Alkohol hat ihn restlos betäubt. Als er fürs Erste versorgt ist, beginnt Alex, überall in der Wohnung das Blut zu entfernen. Mehrmals kippt er rotes Wischwasser in die Toilette. Ellen sitzt neben Tom, sie hat seinen Kopf auf ihren Schoß gelegt und streicht ununterbrochen über sein Haar.

Mit geschlossenen Augen liegt er da und plötzlich spürt er tief in seinem Inneren etwas. Zum ersten Mal fühlt er sich beschützt. Sachte, ganz sachte, schleicht sich ein Gefühl von Dankbarkeit heran. Dankbarkeit, dass Ellen und Alex da sind. Und langsam stellen sich Schmerzen ein. Schmerzen in seinen Beinen. Aber Ellen und Alex sind da. Ellens Tränen nässen sein Gesicht, vorsichtig tupft sie sie mit ihrem Blusenärmel weg.

Am nächsten Tag kann Tom wieder klarer denken. Beißende Schmerzen zerreißen ihm die Beine. Zum Arzt will er nicht gehen, wie sollte er seine Wunde erklären? Er beschließt, es mit sich selbst auszumachen. Nach einer Prozedur von mehreren Stunden sind seine Beine endlich von den Küchentüchern befreit. Das Papier ist mit dem Blut getrocknet und an den Wunden festgeklebt. Immer wieder tränkt Tom einen Waschlappen in lauwarmes Wasser, mit dem er dann die angetrockneten Küchentücher auf seinen Beinen befeuchtet, Millimeter für Millimeter kann er so das Papier vorsichtig lösen. Höllische Schmerzen wollen ihn davon abhalten, doch er gibt nicht auf. Stunden später liegen seine Beine frei vor ihm.

Was habe ich da gemacht?

Er kann sich nur vage an den letzten Abend erinnern. Seine Oberschenkel sehen jedenfalls furchtbar aus und er ruft Alex an.

»Kannst du mir was aus der Apotheke besorgen?«

»Klar, sag an. Ich wollte mich sowieso gerade auf den Weg zu dir machen. Geht es einigermaßen? Krass, gestern Abend.«

Tom bittet seinen Freund, ihm sterile Mullkompressen, eine Wundsalbe, Mullbinden und starke Schmerztabletten zu besorgen.

Simon meldet sich per Handy, er bleibt noch ein paar Tage bei seiner Bekanntschaft. Tom erwähnt den gestrigen Abend nicht und ist ausnahmsweise froh, das Simon wegbleibt. So muss er nichts erklären.

Alex klingelt, endlich. Tom öffnet die Tür und schleppt sich gleich wieder zurück aufs Bett. Jede Bewegung fühlt sich an, als würde jemand mit einem Gegenstand in seinen Wunden bohren. Als Alex Toms Beine sieht, muss er sich erst einmal setzen.

»Alter, das sieht gruselig aus. Das muss höllisch wehtun.«

Dann holt er ein Glas mit Wasser aus der Küche und puhlt Tom zwei von den Schmerztabletten aus dem Blister.

»Hier, nimm gleich beide, die wirst du brauchen.«

Nachdem er die Tabletten geschluckt hat, beginnt Tom mit großer Vorsicht, seine Wunden mit der Salbe zu bedecken. Auch das schmerzt so stark, dass er immer wieder die Luft anhält und sein Körper sich für Momente verkrampft.

»Ich schaff das nicht«, sagt er schließlich. »Die Schmerzen zerreißen mich.«

»Lass mich mal. Habt ihr Wattestäbchen?«

»Im Bad. Im Schrank müssen welche sein.«

Alex kommt mit einer Packung zurück und beginnt mithilfe der weichen Stäbchen damit, die Salbe vorsichtig auf die Beine zu tupfen. Immer wieder schreit Tom vor Schmerzen auf, aber er lässt Alex machen. Als alle angeritzten Stellen mit weißer Salbe bedeckt sind, legt Alex behutsam die sterilen Mullkompressen darüber und wickelt Mullbinden um Toms Oberschenkel. Eine halbe Stunde später bringen die Tabletten endlich Linderung. Tom ist total erschöpft, das Ganze hat ihn so mitgenommen, dass er schlafen möchte. Alex legt eine Decke über seinen Freund und verabschiedet sich.

»Bleib liegen und ruh dich aus, ich komme gegen Abend noch mal vorbei.«

Tom ist Alex zutiefst dankbar und auch Ellen, die sofort da war, um zu helfen.

Was hätte ich nur ohne die beiden gemacht?

Ein paar Gedanken später fällt er in einen tiefen schmerzlosen Schlaf. Sechs Stunden schläft er, ohne sich ein einziges Mal zu bewegen, dann wird er von einem reißenden Schmerz in die Realität zurückgeholt. Sofort nimmt er zwei weitere Schmerztabletten und wartet die befreiende Wirkung ab.

Die nächsten Tage verbringt er größtenteils im Liegen. Jeden Tag durchlebt er die Qual des Verbandwechsels aufs Neue. Simon hat sich seit Tagen nicht blicken lassen, scheint eine große Liebe zu sein, aber Tom ist froh, allein in der Wohnung zu sein. Er trink keinen Tropfen Alkohol, denkt über vieles nach. Über das Glück, dass er gehabt hat, über Alex, seinen besten Freund, und auch über das Glück, Ellen kennengelernt zu haben. Und er denkt an seinen Vater. Hätte er auch ihn angerufen, hätte er ihn um Hilfe gebeten? Wo mag er jetzt sein? Liebt er sich selbst? Ist Tom ihm ähnlich?

Ein paar Tage später lässt er den Verband weg, seine Oberschenkel sehen immer noch furchtbar aus. Es ist unmöglich, eine Hose über die Beine zu streifen, er trägt tagelang nur T Shirt und Unterhose. So kann er wohl erst mal nicht mit kurzer Hose rumlaufen und im See schwimmen kann er vorerst auch vergessen. Vielleicht wird er nie wieder seine Beine zeigen wollen. Aber das spielt zunächst einmal keine Rolle. Er ist froh, dass jemand für ihn da war und deswegen überlegt er, wie er Ellen und Alex eine kleine Freude machen könnte. Vielleicht ein Kinobesuch oder ein gemeinsames Picknick in der Natur, da wird ihm schon etwas Nettes einfallen.

Dass die beiden einander fremd waren, war an dem bewussten Abend nicht wahrzunehmen. Sie verhielten sich, als wären auch sie Freunde.

*

Toms Handy klingelt, es ist Alex.

»Lust auf ne Flaschenrunde?« Seit dem Vorfall mit den Beinen versucht Alex laufend, ihn auf andere Gedanken zu bringen.

Ab und zu fahren sie mit ihren Inlinern durch die Stadt und suchen nach Pfandflaschen. So haben sie schon so manchen Euro zusammenbekommen. Und das Dosenpfand, das es seit ein paar Monaten gibt, kommt ihnen natürlich gerade recht.

Sie treffen sich am Alexanderplatz. Tom erzählt Alex, wie er Ellen kennengelernt hat, wie schüchtern und zart sie wirkt und dass sie ganz anders ist als die anderen Frauen in seinem Freundeskreis.

»Oh, entwickelt sich da was?«, will Alex wissen.

»Vielleicht eine feste Freundschaft, wer weiß. Meine Traumfrau ist sie nicht, aber ich fühle mich wohl in ihrer Nähe. Sie strahlt etwas aus, das mir guttut.«

Alex klopft ihm auf die Schulter, dann rollen sie zum Hauptbahnhof. Schnell haben sie ihre Rucksäcke mit leeren Flaschen und Dosen gefüllt, die sie in der nächsten Kaufhalle in Geld umtauschen. Und mit dem Geld besorgen sie sich in einer Pommesbude um die Ecke Hamburger mit Pommes.

Die Idee mit Simon und der Selbstständigkeit ist gestorben. Tom hat sich das alles ganz anders vorgestellt. Welche hochfliegenden Pläne waren das? Ganz groß rauskommen wollten sie. Und jetzt? Jetzt muss Tom erneut von vorn anfangen. Wie oft hat er Simon angefleht, weiterzumachen, nicht aufzugeben. Alles braucht seine Zeit, hat er immer und immer wieder gesagt. Doch Simon war mit seinen Gedanken schon längst woanders. Nun zieht er zu seiner neuen Freundin und Tom bleibt allein zurück. Wie soll er die Miete für die große Wohnung aufbringen? Ohne Aufträge. Zurück zu seiner Mutter? Auf keinen Fall.

Er macht sich auf die Suche nach einer kleineren, bezahlbaren Unterkunft in der Nähe. Zum Glück findet er schnell etwas, das zu ihm passt, und Ellen, Alex und Ronny erklären sich bereit, beim Umzug zu helfen.

Obwohl am Abend die Möbel zum Teil noch nicht zusammengebaut sind und überall Kartons herumstehen, ist Tom in guter Stimmung. Lächelnd sagt er zu seinen

Helfern: »Danke, dass ihr mich hier unterstützt. Ich bin froh, dass alles so problemlos über die Bühne gegangen ist. Wie wäre es, wenn wir uns jetzt gemeinsam entspannen und bei einem Essen stärken? Ich lade euch ins Colore ein.«

Seine Idee findet Beifall. Erschöpft vom Tag sitzen sie kurze Zeit später in einer geselligen Runde bei Theodoris, der sie, liebevoll wie immer, bedient.

4. Kapitel

2011

Schon lange träumt Tom von einer Auszeit. Einfach mal weg aus Berlin, raus aus dem ganzen Trubel. Mal was anderes sehen, mal abschalten. Aber wohin soll die Reise gehen? Die Idee, sich in der Entwicklungshilfe zu engagieren, kommt ihm eines Nachts, als er nicht schlafen kann. Er hat schon öfter darüber nachgedacht, es aber aus Zeitmangel nie richtig angepackt, so war das Thema jedes Mal wieder aus seinem Kopf verschwunden. Jetzt ist es präsent wie nie zuvor. Kenia.

Es ist wie ein Schrei. Ein Hilferuf von beiden Seiten. Ein Geben und Nehmen. Sein soziales Denken und Handeln sind wie eine Mission für Menschen in Not. In einem Land wie Kenia, in dem nicht nur die Armut, sondern auch das Klima für große Probleme sorgen, ist jede helfende Hand willkommen. Jule, eine Kollegin aus der Ausbildungszeit, hätte auch Lust auf so einen Trip, jedenfalls hat sie so etwas mal erwähnt.

Durch seine Arbeit beim Wachdienst und im Obdachlosenheim hat er sich ein bisschen Geld zusammengespart. Die wenigen Aufträge, die er als Selbstständiger bekommt, bringen nicht viel ein, das Geld reicht gerade für Miete und Essen. Vielleicht könnte er ein paar zusätzliche Schichten beim Wachdienst übernehmen. Wenn der Tag nur mehr Stunden hätte.

Immer intensiver informiert er sich über einen möglichen Aufenthalt in Kenia. Das Ersparte reicht noch nicht, es wird dauern, bis die Reise losgehen kann. Vielleicht kann er auch eine zusätzliche Nacht pro Woche in der Obdachlosenunterkunft arbeiten, das wäre nicht schlecht. Oder er fragt Theodoris einfach, ob der sich über ein bisschen Hilfe freuen würde. Er nimmt sich vor, am Abend ins Colore zu gehen, vielleicht gibt es den passenden Moment, Theo mal kurz zur Seite zu nehmen.

Herr Teichert, Toms vom Alkohol gezeichneter ehemalige Geschichtslehrer, der jeden Abend im Colore verbringt, spricht ihn an, als sie nebeneinander an der Theke sitzen.

»Sag mal, Tom, bist du auf Arbeitssuche? Alex hat das erwähnt.«

Tom wundert sich kurz, dass Alex solche Gespräche mit Herrn Teichert führt.

»Erzähl mal«, sagt er dann.

»Mein Sohn arbeitet seit einiger Zeit bei der BASF als Telefonist, um sich ein paar Euro dazuzuverdienen. Der Junge kann jeden Cent gebrauchen, er studiert Jura und ist ständig knapp bei Kasse. Ich kann ihn nicht so unterstützen, wie ich es gern tun würde, es reicht ja gerade so für mich.« Er klopft Tom auf die Schulter. »Versuch's doch mal, Tom, die suchen immer Leute.«

»Mal sehen, vielleicht. Und … danke.«

Tom denkt tatsächlich darüber nach und beschließt, sich bei der BASF zu bewerben. Für ein paar Stunden am Tag. Die Bewerbung schickt er noch am selben Abend online ab. Fünf Tage später bekommt er einen Brief von der Firma mit einem Termin für ein Informationsgespräch.

Das ging ja mal schnell.

Nicht lange danach sitzt er vor einem BASF-Mitarbeiter. Ein kurzes Gespräch, dann die Frage: »Wann können Sie anfangen?«

»Morgen.«

Es ist zwar nichts für die Ewigkeit, aber für die nächsten Monate bestimmt keine schlechte Sache, und das verdiente Geld kann er für die geplante Reise nach Kenia gut gebrauchen. Als er sich am nächsten Tag im Foyer meldet, wird er gleich in den dritten Stock in das Büro 138 geschickt. Der Mitarbeiter dort gibt Tom noch ein paar Informationen über den Chemiekonzern und drückt ihm einen Autoschlüssel in die Hand.

»Haben Sie Ihren Führerschein dabei? Sie haben doch sicher einen.«

Tom zeigt ihm das Dokument, der Mann schaut kurz hinein und nickt. »Nehmen Sie das Auto mit diesem Kennzeichen.« Er zeigt auf das kleine Blechschild, das am Schlüssel hängt. »Das ist ein weißer Sprinter. Damit werden morgens vor Dienstbeginn noch vier Mitarbeiter abgeholt. Die Adressen gebe ich Ihnen nachher.«

Tom wundert sich ein wenig, damit hat er nicht gerechnet.

»Und jetzt ran an die Arbeit. Dienstbeginn ist jeden Tag um acht Uhr. Denken Sie an den Verkehr, fahren Sie früh genug los, damit Sie pünktlich hier sind.«

Anschließend wird Tom von einer Mitarbeiterin zu seinem Arbeitsplatz geführt. Sein Schreibtisch steht am Fenster, der Platz gefällt ihm auf Anhieb. Er ist hell, auf der Fensterbank steht ein Kaktus, daneben eine kleine Gießkanne. Tom schaut hinaus und sieht draußen auf dem großen Parkplatz die Fahrzeuge so ordentlich aufgereiht, als hätte sie jemand nach einem unsichtbaren Muster aufgestellt.

Der Schreibtischstuhl steht bereit, Tom setzt sich. Vor ihm befinden sich zwei Bildschirme, an dem linken hängt ein Headset. Nach einer kurzen Einweisung und ein paar Erklärungen zu dem, was er gleich machen wird, kann es auch schon losgehen. Tom arbeitet im First-Level-Support und ist für IT-Probleme zuständig, die am Telefon gelöst werden können. Gleich beim ersten Gespräch gibt es ein größeres Problem am anderen Ende der Leitung, ein Netzwerkproblem, das gerade ein ganzes Unternehmen lahmlegt.

Während Tom noch versucht, zu prüfen, ob es sich um einen Fall für einen Netzwerkexperten handelt, legt ihm die junge Frau, die ihn bereits zu seinem Platz geführt hat, einen Zettel mit den vier Adressen auf den Tisch. Sie gibt ihm noch ein stummes Zeichen, dass es auf dieser Etage einen Kaffeeautomaten gibt. Tom nickt ihr freundlich zu und lässt ein stummes Dankeschön über seine Lippen kommen.

Das IT-Problem entpuppt sich als weniger schwerwiegend, so dass Tom es im Alleingang beheben kann, danach schaut er sich die Adressen an.

Puh, das dürfte eine Gurkerei werden und abends wieder das Gleiche. Das kann ewig dauern. Und um acht sollen wir alle hier sein, super.

Am nächsten Morgen wird Tom um viertel nach vier von seinem Wecker aus dem Schlaf gerissen. Er will nicht zu spät kommen, also lieber etwas früher los. Die Tour zieht sich. Eine ganze Weile geht es durch Berlin, viel Verkehr, rote Ampeln, Baustellen, das Übliche in dieser Stadt, und dann geht es auf die Autobahn. Sie kommen pünktlich an, gerade so.

Von nun an ist Tom vierzehn Stunden am Tag unterwegs. Morgens holt er die Kollegen ab, abends bringt er sie wieder nach Hause. Alex hat ihn schon ein paar Mal gefragt, ob er mit ins Colore kommen möchte, aber Tom fällt nach Feierabend fix und fertig ins Bett. Der Samstag ist der einzige Tag, an dem er Zeit für etwas anderes hat.

Tom zieht es durch, der Job ist sein Ding. Ein Italiener aus dem Team, den Tom abends als Letzten nach Hause bringt, fragt ihn, ob er sich den Sprinter mal für einen Umzug ausleihen könne. Tom zögert. Klar, das ist verboten, das stinkt schon bei dem Gedanken nach Ärger. Aber weil er sich mit Gino so gut versteht und der ihm verspricht, das Fahrzeug pfleglich zu behandeln, willigt er ein. Am nächsten Wochenende geht es los. Tom hilft sogar mit. Und die Mehrkilometer, die Tom in der Firma erklären muss, lassen sich leicht mit Baustellen und den damit verbundenen Umleitungen begründen, so dass tatsächlich niemand etwas merkt.

Die nächsten Monate halten für Tom wenig Freizeit bereit, die Tage sind mit nach wie vor vierzehn Stunden Arbeit komplett ausgefüllt. Mitte September kündigt er.

Vor ein paar Tagen hat er einfach mal Informationsmaterial über Entwicklungshilfeprojekte in Kenia angefordert. Prompt bekommt er Post. Ungeöffnet liegt nun ein großer brauner Umschlag auf seinem Schreibtisch. Heute will er hineinschauen.

Neugierig zieht er die Prospekte heraus. Große Kinderaugen strahlen ihm entgegen und die malerischen Landschaften auf anderen Fotos sind überwältigend und wunderschön. Er blättert alles durch und saugt die Informationen auf. Dann lächelt er und stellt sich vor, einen Beitrag leisten zu können, wenn auch nur einen kleinen. Ein kleines Rad im großen Getriebe. Er schließt die Augen und atmet tief durch. Der Sprung ins Unbekannte erscheint nahe.

Die Touristen zieht es in die Naturparks, viele buchen schon zu Hause Safaris, um Wildtiere zu sehen. Elefanten, Nashörner, Giraffen, Löwen, Leoparden, Zebras werden bestaunt und mit der Kamera oder dem Handy festgehalten. Tom informiert sich seit Tagen über die Situation in Kenia. Ihm ist bewusst, dass das ganze Unternehmen aufgrund der hohen Kriminalität und der politischen Unruhen nicht ungefährlich sein wird. Dennoch löst die Möglichkeit, Menschen in Not zu helfen, etwas Gewaltiges in ihm aus. Er will etwas verändern, etwas schaffen, Menschen glücklich machen. Und das wiederum würde ihn glücklich machen. Helfen, um selbst Hilfe zu erhalten. Er kennt das Gefühl der Befriedigung, wenn er jemanden unterstützen, ein Problem lindern oder eben einfach helfen kann. Und Jule ist tatsächlich dabei, sie war sofort begeistert von dem Plan, hat Zeit und das nötige Kleingeld, um mit Tom nach Afrika fliegen zu können.

Das Leben auf dem Land ist in Kenia besonders schwierig. Durch langanhaltende Dürreperioden sind Missernten vorprogrammiert und die Menschen können oft kaum von ihrer eigenen Ernte leben. Das Land exportiert vor allem Gemüse, Obst, Fisch, Bohnen und Blumen. Aufgrund der hohen Auflagen und Kontrollen der Behörden dürfen viele andere Produkte nicht in die EU eingeführt werden, da die Pestizidkonzentration oft über der Norm liegt.

Tom und Jule melden sich bei der NGO *Live and Learn in Kenya* an. Den Kontakt haben sie über eine christliche Organisation in Berlin bekommen, die im Austausch mit Nairobi steht. Von dort aus wurden schon viele Entwicklungshelfer nach Ostafrika vermittelt. Die Aufgabe der

NGO ist es, Sensibilisierungs- und Aufklärungsarbeit in der Öffentlichkeit zu leisten. Sie wollen die Gemeinden mit ihrem Wissen im Umgang mit Daten und Internet unterstützen. Sie wollen Arbeitsgruppen bilden und gemeinsam Websites erstellen. Und auch in den Schulferien bietet *Live and Learn in Kenya* den Kindern eine sinnvolle Beschäftigung.

Tom freut sich sehr darauf, sein Wissen weitergeben zu können. Ronny wird sich während seiner Abwesenheit um Renate, die die Keniaidee belächelt hat, kümmern, das hat er Tom versprochen.

Bevor Tom nach Kenia fliegt, organisiert seine Mutter eine kleine Abschiedsparty. Sie lädt ein paar seiner Freunde ein, lässt sechs Djemben von einer Musikschule kommen und bestellt für einundzwanzig Uhr für alle Döner bei einem Imbiss. Sie weiß, dass Tom ein Herz für Trommeln hat, und hofft, ihm mit diesem Überraschungsabend eine große Freude zu machen. Ihr Plan geht auf. Als Tom genervt von einem Einsatz beim Wachschutz nur kurz nach ihr schauen will und seine Freunde mit den Trommeln sieht, kann er es kaum glauben.

»Hey, was geht denn hier ab?«

»Komm, Alter, setz dich zu uns, wir wollen endlich loslegen«, ruft Alex aus der Gruppe.

Auch Ellen ist da, sie kniet neben Alex auf dem Boden und hält eine Djembe fest im Arm. Renate zieht ihn kurz an sich und wünscht ihm viel Spaß beim Trommeln. Er ist gerührt und für einen Moment spürt er ein zartes Band zwischen sich und seiner Mutter, das er schon längst zerrissen glaubte.

Sie lässt die jungen Leute allein und geht in ihre Stammkneipe, die zwei Straßen weiter liegt.

»Wusstet ihr, dass die Trommel eines der ältesten Instrumente der Welt ist?«

»Tom, lass stecken und setz dich endlich zu uns.«

In der Gemeinschaft zu trommeln ist etwas Besonderes. Man spürt sofort den Zusammenhalt der Gruppe. Alle knien oder hocken sich auf den Boden. Alex und ein paar der anderen Jungs haben den Tisch und zwei Sessel in Renates Schlafzimmer geschoben, damit alle in dem doch recht kleinen Wohnraum Platz finden. Tom, der schon Erfahrung mit dem Trommeln hat, gibt denjenigen, die das Instrument zum ersten Mal vor sich haben, eine kurze Einführung. Dann wird gemeinsam gespielt, alle im gleichen Rhythmus. Anschließend spielt jeder ein kleines Solo, während die anderen im Takt in die Hände klatschen, bis es an der Wohnungstür klingelt. Es muss schon eine Weile geklingelt haben, denn jetzt klingelt es Sturm. Als Tom die Tür öffnet, stehen zwei Polizisten davor.

»Oh, sorry, wir sind wohl etwas laut, wir machen sofort leiser weiter.«

»Nein, wir sind nicht wegen der Musik hier, obwohl das Trommeln draußen nicht zu überhören ist und es wirklich ein bisschen zu laut ist. Wir sind wegen Ihrer Mutter hier.

Sie sitzt völlig betrunken und nur spärlich bekleidet unten im Auto. Bitte kommen Sie mit ein paar Kleidungsstücken runter, damit sie sich bedecken kann oder damit Sie ihr etwas überziehen können.«

Nicht schon wieder.

Tom geht in ihr Schlafzimmer, klettert über einen der Sessel und nimmt ihren Bademantel vom Bügel, der am Schrank hängt. Am liebsten hätte er die Beamten gebeten, sie mit auf die Wache zu nehmen, sie in einer Zelle übernachten zu lassen, um sie erst morgen dort abzuholen. Schade, dass der Tag so endet, doch die Vorfreude auf das Abenteuer in Kenia bleibt ungebrochen.

Die letzten Vorbereitungen laufen. Tom und Jule haben noch einen Termin bei einem Arzt, um sich über eventuelle Impfungen und Gesundheitsvorkehrungen zu informieren. Dort fragen sie auch nach Tabletten zur Malariaprophylaxe.

Der Hausarzt rät ihnen unter anderem, auf jeden Fall auf den Mückenschutz zu achten. »Am besten langärmlige Shirts und lange Hosen tragen, auch wenn das bei den Temperaturen dort manchmal schwierig ist. Besorgen Sie sich ein gutes Mückenschutzmittel und schlafen Sie auf jeden Fall unter einem Moskitonetz.«

Der Arzt ist sehr interessiert an den Plänen der beiden und fragt, was genau sie vorhaben. Tom erzählt, dass sie als Entwicklungshelfer nach Kenia reisen werden und dass er sich dort wahrscheinlich um Internetprobleme kümmern wird. »Es wird sicher eine aufregende Zeit«, sagt er abschließend.

Der Arzt nickt lächelnd, schaut in die Impfpässe der beiden und empfiehlt noch, einige Impfungen aufzufrischen.

In der nächsten Apotheke stellen sie sich eine kleine Reiseapotheke zusammen. Dort bekommen sie auch Tabletten zur Desinfektion des Trinkwassers, obwohl man möglichst nur Wasser aus versiegelten Flaschen trinken sollte. Abkochen wäre auch eine Alternative.

Als nächstes suchen sie eine Bank, wo sie Euro in kenianische Schillinge wechseln können. Neugierig sehen sie sich die Geldscheine an. Auf den farbenfrohen afrikanischen Scheinen sind große Persönlichkeiten abgebildet, auf einigen auch Tiere.

Tom freut sich jeden Tag darüber, dass er diese Reise problemlos finanzieren kann. Die Schufterei bei BASF hat sich gelohnt.

5. Kapitel

Kenia

Mit je einem großen Rucksack, gefüllt mit den wichtigsten Dingen für die abenteuerliche Reise, sowie Laptop und Tagebuch, machen sich Jule und Tom auf den Weg zum Flughafen. Es ist Oktober und in Deutschland schon ziemlich kalt. Wenn sie das Flugzeug in Nairobi verlassen, wird ihnen die Hitze in den Hosenbeinen hochkriechen. Sie sind voller Erwartung, voller Euphorie, voller Tatendrang, voller Begeisterung für das Projekt.

Mit Zwischenstopp und Aufenthalt landen sie nach dreizehn Stunden Flug in Nairobi. Dort erwartet sie bei einunddreißig Grad Celsius und hoher Luftfeuchtigkeit eine unangenehm feuchte Welt. Noch im Flughafengebäude ziehen sie sich um. Es kostet Tom viel Überwindung, eine kurze Hose anzuziehen, denn seine Beine sehen immer noch erschreckend aus, er schämt sich, aber der Wunsch, etwas Luftiges zu tragen, ist größer als das Bedürfnis, die Beine unter einer langen Hose zu verstecken.

In der Flughafenhalle wimmelt es von Menschen, die gemächlich hin- und herschlendern. Obwohl es sich um den größten Flughafen Zentral- und Ostafrikas handelt, herrscht hier eine Atmosphäre, die nicht von Hektik und Stress geprägt ist, wie man es von den Flughäfen europäischer Metropolen kennt. Ziemlich erschöpft, aber dennoch neugierig, schlendern Tom und Jule an den zahlreichen Geschäften des Flughafens vorbei. Afrikanische

Kleidung, Schmuck, Bücher und Duty-free-Shops, in denen unter anderem Alkohol, Tabak und Kosmetik angeboten werden. Sehr europäisch. Aber der Geruch ist alles andere als europäisch. Es riecht afrikanisch, exotisch. Es riecht nach Weihrauch, nach Gewürzen, nach Süße. Große Glasfenster geben den Blick auf landende und startende Flugzeuge internationaler Fluggesellschaften frei.

Vor dem Gebäude am Taxistand ist der Treffpunkt vereinbart. Dort warten bereits zwei Mitarbeiter der christlichen Gemeinde, um Tom und Jule abzuholen. Mit einer herzlichen Umarmung stellen sich die beiden jungen Männer vor: Nio und Tafari.

Obwohl Tom und Jule an die schlechte Luft einer Großstadt gewöhnt sind, fällt ihnen sofort der Smog auf, der wie eine Dunstglocke über Nairobi liegt. Tom ist dennoch glücklich, hier zu sein. Er greift in seine Hosentasche und zieht ein Päckchen Pall Mall heraus, das ihm sofort aus der Hand gerissen wird. Blitzschnell lässt Tafari die Zigaretten unter seiner Kutte verschwinden und macht Tom unmissverständlich klar, dass das Rauchen in der Öffentlichkeit nicht erlaubt ist. Ebenso der öffentliche Austausch von Zärtlichkeiten. Homosexualität sei ebenfalls verboten und stehe sogar unter Strafe.

Erleichtert, dass niemand die Zigaretten entdeckt hat, zwinkert Tafari Tom zu, doch sein Gesichtsausdruck zeigt, wie ernst es ist. Die Verständigung klappt perfekt, sie sprechen Englisch, die Verkehrssprache in Kenia ist aber Kiswahili. Nio erklärt den beiden, dass sie einen

Abstecher ins Arboretum, eine Art botanischer Garten, machen. Dort könne Tom unbehelligt seine Zigarette rauchen.

Zehn Minuten später sitzen sie unter einem riesigen alten Baum, der Schutz vor der Sonne und der Öffentlichkeit bietet. Tom und Jule rauchen gleich zwei Zigaretten hintereinander. Anschließend geht es weiter in die evangelische Gemeinde, wo sie herzlich, fast freundschaftlich empfangen werden, und nach einer Verschnaufpause verteilt man sie auf zwei verschiedene Orte. Jule kommt nach Kileleshwa und damit sozusagen in die bessere Gesellschaft. Tom dagegen wird mit fünf Pastoren in Ausbildung in einer ärmeren Gegend untergebracht. In der behelfsmäßigen Unterkunft, die nur mit dem Nötigsten ausgestattet ist, stellt er seinen wuchtigen Rucksack ab, schmeißt sich mitsamt seinen Klamotten aufs Bett und Sekunden später reißt ihn ein tiefer Schlaf mit sich.

Am nächsten Morgen weckt ihn Tafari, es ist noch nicht einmal sechs Uhr. Tom ist sofort hellwach und eine Viertelstunde später treffen sich die beiden zum Frühstück.

Tafari reicht ihm einen Korb mit Hefegebäck. »Bitte schön, das ist unser Mandazi, etwas Süßes.« Seine schneeweißen Zähne blitzen in seinem fast schwarzen Gesicht auf und seine Augen strahlen Freundlichkeit aus. Er wirkt ausgeglichen und zufrieden, er strahlt Ruhe aus.

Auf einem runden Beistelltisch mit wunderschönen orange-braunen Kacheln steht eine vergilbte Kaffeekanne. Der Duft, der aus der nicht gerade appetitlich aussehenden Kanne strömt, ist himmlisch. Besser kann Kaffee nicht riechen. Tom kann es kaum erwarten, ihn zu probieren.

»Wir brühen unseren Kaffee immer frisch, der wird dir schmecken. Oder bist du ein Teetrinker?«

»Nein, nein«, beeilt Tom sich zu versichern, »ein Kaffee ist jetzt genau das Richtige, darauf freue ich mich schon die ganze Zeit.«

Tafari gießt ihm eine Tasse ein und reicht sie ihm. Tom trinkt den heißen Kaffee Schluck für Schluck bis auf den letzten Tropfen und bittet um eine zweite Tasse des köstlichen Getränks. Er ist hin und weg, die berauschenden Aromen sorgen für ein Geschmackserlebnis der ganz besonderen Art ... Er nimmt sich vor, auf jeden Fall Kaffee mit nach Berlin zu nehmen.

Nach einer ausgiebigen Frühstückszeit besprechen sie die Aufgaben, die auf Tom warten. Sein Arbeitstag beginnt um sieben und endet um zweiundzwanzig Uhr. Tom soll zum einen die Gemeinde mit seinem Wissen im Bereich Informatik beim Erstellen von Websites unterstützen und beraten. Das Dorf möchte, unter anderem für Touristen, mehr Werbung machen, es will international präsenter werden. Für Tom ist dies eine eher kleine Herausforderung, doch er freut sich auf die Zusammenarbeit mit den Afrikanern in dieser gänzlich anderen Welt.

Bevor er mit seiner Arbeit beginnt, schaut er sich etwas in der Gegend um. »Krass«, denkt er laut, als er sieht, wie Arm und Reich hier voneinander getrennt sind. Er selbst wohnt am Rande der Slums und gleich nebenan liegt ein sattgrüner gepflegter Golfplatz, auf dem sich schicke Golfer mit Golfcarts von Loch zu Loch chauffieren lassen. Unterschiedlicher geht es kaum und natürlich gibt es eine unüberwindbare Mauer zwischen den beiden Bereichen. Eine Mauer, die oben mit einer Schicht Glasscherben bedeckt ist, damit niemand auf die Idee kommt, sie zu überwinden. Derartige Mauern sind in dieser Gegend üblich. Eine sichtbare Teilung der Gesellschaft. Tom hat schon davon gehört, dass gerade die Menschen in diesen armen Gegenden auf der Suche nach europäischen (vor allem deutschen) Bekanntschaften sind, weil sie sich davon Vorteile erhoffen, in finanzieller oder beruflicher Hinsicht oder auch auf ganz andere Weise.

Die Aufgabe, das Internet einzurichten, geht doch nicht so einfach von der Hand, wie Tom sich das vorgestellt hat. Hier in der Gegend ist alles sehr, sehr langsam, man braucht viel Geduld. Aber die hat man in diesem kleinen Dorf von allein. Hier schaut man selten auf die Uhr, hier läuft es so dahin. Wenn ich heute nicht komme, dann komme ich morgen oder übermorgen.

Toms zweite Aufgabe besteht darin, den Kindern in der Dorfschule während der Schulferien zusätzliche Lernstunden anzubieten, in denen er sie in Fächern wie

Mathematik, Englisch und Allgemeinbildung unterrichtet, um ihnen zu helfen, ihre Zukunftschancen zu verbessern. Die Kinder haben ihn schnell ins Herz geschlossen und sie kommen mit großer Freude zu den zusätzlichen Schulstunden. Es gelingt ihm, den Lernstoff auf lustige und unkomplizierte Art zu vermitteln. Und das macht auch ihm Spaß.

Seine blonden Strubbelhaare, er wollte sie längst in Form geschnitten haben, hängen ihm bereits über die Augen, so dass er sie während des Unterrichts mit einer Spange aus der Stirn hält. Die Kinder finden, dass das witzig aussieht. Makena, ein etwa zwölfjähriges Mädchen, möchte Tom frisieren. Sie fragt ihn, ob sie ihm kleine Zöpfe flechten darf und ob er es erlaubt, wenn sie seine Haare mit bunten Perlen verziert. Das würde ganz besonders schön aussehen, meint sie. Alle Mädchen würden sich sofort in Tom verlieben, fügt sie noch hinzu. Na, da kann Tom nicht Nein sagen. Er setzt sich auf einen der Holzstühle und lässt Makena machen. Ein anderes Mädchen zieht ein buntes Stoffsäckchen aus der Hosentasche und schüttet den Inhalt vor Tom und Makena auf einen Tisch. Viele bunte Perlen breiten sich vor ihnen aus.

Tom darf sich die Farben aussuchen und Makena macht sich einen Spaß daraus, Tom hübsch zu machen. Das Mädchen ist geschickt im Flechten, aber da sie nicht gerade sensibel an Toms Haaren herumzieht, ist er erleichtert, als sie fertig ist. Alle Kinder klatschen in die

Hände, als Tom sich mit seiner neuen Frisur vor ihnen in alle Richtungen dreht.

Die Wochen vergehen und irgendwann sind die Ferien der Kinder vorbei, sie haben wieder Unterricht bei ihren gewohnten Lehrkräften, bei denen sich das Engagement in Grenzen hält. Die Kinder vermissen Tom, dessen Tage nun auch wieder eine andere Struktur haben.

Da es mit der Einrichtung des Internets nach wie vor nur langsam weitergeht und es immer wieder zu tagelangen Ausfällen kommt, hat er zwischendurch viel Freizeit, in der er die Pastorenanwärter bei ihren Tätigkeiten unterstützt. Für Tafari und Nio stehen die zwischenmenschlichen Beziehungen im Vordergrund. Sie versuchen, zwischen verschiedenen Gruppen zu vermitteln und Konfliktprozesse in gute Bahnen zu lenken. Außerdem setzen sie sich für benachteiligte Gruppen, die Schwierigkeiten haben, ihre Rechte durchzusetzen, ein. Tom ist mit Begeisterung ebenfalls dabei.

Mit Tafari, Nio und vielen Dorfbewohnern sitzt er im Kreis.

»Heute wollen wir über die Konflikte in der Gemeinschaft sprechen«, beginnt Tafari das Tagesthema.

Anhand von Geschichten begründen sie, dass Konflikte zum Leben dazugehören. Und dass es immer Möglichkeiten gibt, sie zu lösen, positiv zu lösen. Auch, wenn man sich das anfangs manchmal nicht vorstellen kann.

»Es ist wichtig, die herannahenden Schwierigkeiten zu erkennen und anzusprechen, meistens basieren sie auf Missverständnissen und schaukeln sich langsam hoch«, hört Tom sich sagen.

Ruhig und aufmerksam ist die Dorfgemeinschaft im Thema versunken. Ein regelmäßiges Nicken durchzieht die Menge, als könnten sie über ähnliche Geschichten berichten.

Zufrieden schlendert Tom anschließend durch die staubigen Dorfstraßen. Wie recht er eben doch hatte, als es um die Missverständnisse ging, die so viel Schwierigkeiten machen können. Manchmal muss man sich das einfach vergegenwärtigen, um es wirklich zu begreifen.

Ping! Das Signal des Messengers ertönt in Toms Hosentasche. Renate. Obwohl ihm gerade gar nicht nach Infos von ihr zumute ist, überfliegt er den Text.

Alles gut bei mir. Die Toilettenspülung funktioniert schon wieder nicht, jetzt läuft die ganze Sache wieder mit dem Eimer, da musst du dann unbedingt mal nachgucken. Ich habe mir fünfzig Euro aus der Schachtel, die auf deinem Nachtschrank steht, genommen. Nur geliehen, kriegst du wieder. Und? Wie geht es euch da so?

Tom verdreht die Augen. Typisch Mutter.

Eine zweite Nachricht trifft ein.

Ach, das hatte ich ganz vergessen. Ich würde euch gern besuchen kommen, wäre das okay? Ich dachte da so an eine Woche. Über Weihnachten und Silvester.

Toms Freude hält sich in Grenzen. Gerade an diesen Tagen wollte er die Gelegenheit nutzen, um mit Jule ein bisschen die Gegend zu erkunden, da sie beide frei haben werden. Und kann das überhaupt gut gehen? Seine Mutter und Jule sind nicht gerade ein Herz und eine Seele. Sie mögen sich nicht, das hat er sofort gespürt, als Jule das erste Mal zu ihnen nach Hause kam, weil sie zusammen für eine Prüfung lernen wollten. Tom hatte seinerzeit den Verdacht, dass Renate in Jule eine Art Rivalin sah, doch das entpuppte sich als vollkommen unbegründet. Jule allerdings ist absolut gegen Alkohol und vielleicht ist es deshalb nie so richtig gut gegangen. Ab und zu kam sie zum Lernen oder einfach so vorbei und jedes Mal, wenn sie aufeinandertrafen, lag Gewitteratmosphäre in der Luft. Ein Besuch von Renate könnte also in die Hose gehen und auf diesen Hickhack hat Tom überhaupt keine Lust.

Er erinnert sich an einen Keniaurlaub, viele Jahre ist das her. Er ging damals noch zur Schule und reiste mit seiner Mutter in den Sommerferien hierher. Die Erinnerungen an diesen Urlaub sind überwiegend positiv. Sie haben viel gemeinsam unternommen und die Stimmung war bis auf ein paar kleine Vorfälle entspannt. Tom fällt der afrikanische Markt ein, auf dem Renate einen teuren Mantel aus echtem Pelz kaufte. Er wollte es ihr ausreden, wegen der Tierquälerei, aber er hatte keine Chance. Wie gekniffen war sie, als sie den Mantel sah. Mit dem Geld hätten sie locker den ganzen Urlaub finanzieren können, aber sie ließ sich nicht davon abbringen.

»Oh, von genau so einem habe ich schon immer geträumt. Und jetzt laufe ich fast daran vorbei. Den muss ich haben. Koste es, was es wolle.« Und dann war sie nicht mehr zu bremsen.

Tom überlegt hin und her, sucht nach einer Ausrede, um zu erklären, dass sie nicht kommen kann, dass es gerade überhaupt nicht passt, dass er etwas anderes geplant hat, dass er viel arbeiten muss. Da kommt auch schon eine weitere Nachricht von ihr:

Ach ja, habe schon ein Ticket. Freu mich auf dich.

Soll er sich jetzt aufregen? Er ist gerade zu erschöpft, um noch groß darüber nachzudenken. Ist ja noch eine Weile hin, er wird sich da jetzt erst mal keinen Kopf machen.

*

Die Website steht, eine bunte Collage aus Bildern und Informationen über das Dorf, lokale Initiativen und die eindrucksvolle Landschaft. Bevor die Seite online geht, möchte Tom so viele Dorfbewohner wie möglich zusammenbringen, damit sie an dem Erlebnis teilhaben können. Tafari und Nio gehen los und laden ein und dann ist es so weit. Unzählige Augen sind auf Tom gerichtet, auf seinen Zeigefinger, den er langsam auf die Entertaste schiebt und mit einem letzten Klick das Go gibt. Sofort bricht ein

Riesenjubel aus und Tom wird wie ein Held gefeiert. Eine solche Situation ist er nicht gewohnt, aber es fühlt sich gut an.

Da seine Hauptaufgabe nun erledigt ist und er Tafari und Nio im Moment nicht helfen kann, hat er kaum noch etwas Sinnvolles zu tun. So hat er viel Zeit, sich mit sich selbst zu beschäftigen. Das allerdings bekommt ihm nicht gut. An vielen Tagen läuft er stundenlang durch Nairobi und fühlt sich trotz der fröhlichen Menschen dort einsam und verloren. Ein altbekanntes Gefühl beginnt, in seinem Kopf zu keimen. Er will das nicht, kann sich aber nicht dagegen wehren. Die traumatischen Erlebnisse seiner Kindheit und Jugend haben sich in diesem fremden Land für eine Weile verabschiedet, doch nun zeigen sie, dass sie nur ein Nickerchen gemacht haben. Tonnenschwere seelische Konflikte werden nicht einfach mit dem Duft Afrikas hinaus in die Steppe getragen, wo sie sich auf Nimmerwiedersehen verflüchtigen.

Die nächsten Tage sehen alle gleich aus. Tom lungert in Nairobi herum, immer auf der Suche nach Plätzen zum Rauchen, trinkt morgens schon Bier in einem der unzähligen Biergärten der Stadt und philosophiert über den Sinn des Lebens. Dann wieder hält er sich ganze Tage im Arboretum auf, wo er eine Zigarette nach der anderen raucht. Zwischen den riesigen Bäumen kann er ausblenden, vergessen und verdrängen, mit ihnen fühlt er sich auf sonderliche Weise sogar verbunden. Die vielen Düfte der Pflanzen um ihn herum und das Rauschen der Blätter

... Es ist, als wollten die Bäume mit ihm kommunizieren. Als wollten sie ihn beruhigen. Und ein Stück weit klappt das auch.

Trotzdem fühlt er sich nicht als Ganzes, nicht vollständig anwesend, er fühlt sich stattdessen wieder einmal fremd in seinem Körper. Er denkt an Ellen und Alex, wie sie im Berlintrubel ihr Leben leben. Zwei so unterschiedliche Wesen, zu denen sich Tom hingezogen fühlt. Ellen ... Was für ein toller Mensch! Er ist dankbar für den Zufall, dafür, dass sie etwas zerstreut ist und ihren Wohnungsschlüssel damals im Treppenhaus nicht dabeihatte. Wer weiß, ob er sie sonst je getroffen hätte. Und obwohl Ellen eine eher labile Persönlichkeit ist, stärkt sie Tom allein mit ihrer Anwesenheit, ihrer ruhigen Ausstrahlung. Wie schön wäre es, wenn sie jetzt hier wäre. Tom bläst den Rauch seiner Zigarette in den Himmel, der blau und klar über der Stadt liegt.

Er schlendert durch einen Park im Stadtzentrum, *Jeevanjee Gardens*, und beschließt dann, sich noch eine Weile auf eine Mauer vor einen Brunnen zu setzen, um die Gesellschaft der Menschen zu genießen, ohne Kontakt zu ihnen aufzunehmen. Einfach nur wissen, dass sie da sind, um ihn herum sind. An diesem Platz ist immer etwas los und das Rauchen ist hier nicht verboten. Tom raucht den ganzen Tag lang.

Er sitzt so nah an der Wasserfontäne, dass er die kühle, neblige Luft spüren kann. In der einen Hand eine Zigarette, in der anderen sein Handy. Plötzlich kommen zwei junge Männer auf ihn zu. Einer fragt ihn nach einer Zigarette.

»Klar«, sagt Tom und greift in seine Hosentasche, um die Zigarettenschachtel herauszuholen, als ihm plötzlich ein dritter, den Tom gar nicht bemerkt hat, von hinten einen großen, flachen Stein gegen die Schläfe schlägt. Für einen Moment ist er benommen vor Schmerz. Da reißt ihm der Mann, der ihn um eine Zigarette gebeten hat, das Handy aus der Hand und Tom kann zunächst nicht begreifen, was passiert. Der Schlag hat solche Schmerzen verursacht, dass er sich nicht wehren kann.

»Hey, gebt mir mein Handy zurück, ihr könnt dafür mein Geld haben«, schreit er hinter ihnen her, aber sie drehen sich nicht einmal nach ihm um.

»Krasse Scheiße, ihr Idioten!«, brüllt Tom über den Platz.

Niemand nimmt Notiz von ihm. Was für eine Situation! Ohne Handy, für Tom eigentlich unvorstellbar. Als der Schmerz nicht mehr im Vordergrund steht, packt er das Problem an und macht sich auf die Suche nach einem Handyladen. Glücklicherweise findet er ein paar Straßen weiter ein Geschäft, in dessen Schaufenster akzeptable Angebote hängen. Der Verkäufer ist sofort zur Stelle und will Tom beraten, aber das ist gar nicht nötig. Tom sucht sich ein passendes Telefon aus und richtet es ein. Ein Kinderspiel für ihn.

Die Tage vergehen, die Temperaturen sind erträglich, obwohl Nairobi in Äquatornähe liegt. Auf der anderen Seite im Hochland (auf 1500 Meter Höhe) klettert das Thermometer in den Monaten Oktober bis Februar eher selten über die Dreißig-Grad-Marke. Das Gebirge um Nairobi herum ist traumhaft. Ein Blick auf die Berge kann der Seele eine Verschnaufpause verschaffen.

Als Tom eines Abends nach Hause kommt, findet er auf seinem Bett ein Päckchen von Jutta, seiner Tante aus Berlin. Erstaunlicherweise reagiert er auf dieses Paket aus der Heimat wie ein kleiner Junge auf ein Weihnachtsgeschenk. Mit einer fast vergessenen Vorfreude öffnet er den Karton. Er ist komplett mit Schoko- und Vanillepuddingpulver gefüllt. Tom freut sich riesig. Pudding ist seine Lieblingsspeise. Sofort geht er in die Gemeinschaftsküche und kocht einen Topf Schokoladenpudding. Wenig später macht er es sich auf seinem Bett bequem. Die Abendsonne taucht das Zimmer in ein warmes goldenes Licht. Der Duft des Schokoladenpuddings wirkt wie ein Beruhigungsmittel auf ihn. Er lehnt sich zurück und genießt die Kindheitserinnerungen an die Küche seiner Tante.

Zum ersten Mal seit Wochen denkt Tom bewusst an seine Mutter. Wie gut es ihm tut, so lange nicht an sie zu denken. Ab und zu meldet sie sich per WhatsApp. Sie schreibt, dass zu Hause alles in Ordnung ist und sie ihn vermisst. Ob das stimmt, kann Tom nicht einschätzen, aber es ist ihm auch egal. Zwischen ihm und ihr ist eine gewisse Distanz entstanden, nicht nur durch die räumliche Entfernung, und die tut ihm gut. Sehr gut sogar. Und jetzt hat sie sich quasi selbst eingeladen. Sie denkt wieder nur an sich.

Um sich nicht ständig mit Problemen aus seiner Vergangenheit zu beschäftigen, lenkt er sich mit weniger vertrauten Aktivitäten ab. Bei einem Spaziergang durch die Straßen der Stadt entdeckt er in der Ngong Road, in der Nähe des Nairobi Business Park, eine Pferderennbahn. Fast jeden Sonntag finden hier Pferderennen statt, bei denen mitgefiebert und gewettet werden kann. Unter den Pferdebegeisterten herrscht stets eine ausgelassene Stimmung, das gefällt ihm. Begleitet wird das Geschehen von afrikanischer Trommelmusik und ab und zu tanzen kleine Gruppen, die sogar im Rhythmus der Musik singen. Und alles ist bunt, die Menschen leuchten in ihren farbenfrohen Gewändern. Sie bewegen sich rhythmisch und lassen die Hüften kreisen, manche stampfen mit den Beinen im Takt.

Tom kann den Blick nicht von ihnen wenden. Er spürt, dass sie in dieser Ausdrucksform vollkommen mit sich im Einklang sind. Wie verzaubert reiht er sich in eine tanzende Gruppe ein und lässt sich mitnehmen in etwas Ungewohntes. Er ist fasziniert von den Bewegungen, die er den anderen einfach nachmacht, und von dem Gefühl, das sie in ihm auslösen. Später erfährt er, dass sie Yankadi und Macru getanzt haben. Tänze, die irgendwie zusammengehören. Der eine weich und fließend, der andere wild und erotisch.

Das Pferderennen interessiert Tom nicht mehr so sehr, es ist die fröhliche Gesellschaft der Menschen, die ihn fast beflügelt. Selbst wenn das letzte Pferd die Bahn verlassen hat und die Wettschalter geschlossen sind, herrscht auf dem Platz eine ausgelassene Stimmung. Und Tom ist mittendrin. Auch als es längst dunkel ist, sind sie noch in Feierlaune. Als sich die Runde langsam auflöst, geht Tom beschwingt in seine Unterkunft zurück. Die gesammelten Eindrücke lassen ihn in der Nacht kaum schlafen. Am nächsten Morgen kriecht er wie gerädert aus dem Bett und die Fröhlichkeit des Vorabends ist wie weggeblasen.

Es ist Anfang Dezember, die Temperaturen liegen tagsüber bei etwa 27 Grad. Nachts ist es etwas kühler. Für Europäer eher ungewöhnlich, vor allem, weil sich in dieser Zeit alles um einen Weihnachtsbaum und ein großes Weihnachtsessen dreht, um Geschenke und Familienfeiern. Tom ist froh, weit weg von dem deutschen Trubel zu sein. Dieses Jahr wollte er die Feiertage eigentlich vergessen, aber da seine Mutter sich angekündigt hat, wird das nicht funktionieren. Er hat nach wie vor keine Lust auf sie, er stellt sich vor, wie sie betrunken durch die Stadt läuft und für Schwierigkeiten sorgt. Er ruft sie auf dem Handy an, will ihr sagen, dass es keine gute Idee ist herzukommen und dass er ihr das Geld für das Flugticket zurückgeben wird. Aber sie lässt ihn nicht zu Wort kommen.

»Ich kann es kaum erwarten, dich zu sehen, mein Junge«, stammelt sie. Dieser eine Satz genügt, damit Tom weiß, dass sie bis zum Rand voll ist.

»Das ist gut, dann teile mir rechtzeitig deine Ankunftszeit mit.« Damit beendet er das Gespräch, das eigentlich gar kein Gespräch war.

Jetzt steht es fest. Sie kommt nach Kenia. Mit oder ohne Alkohol.

In den nächsten Tagen sind die Menschen auch hier in Weihnachtsstimmung. Sie dekorieren ihre Häuser mit bunten Girlanden, Blumen, Luftballons und grünen Blättern. Zypressen werden üppig geschmückt. Auch in Afrika ist Weihnachten ein Familienfest, nur die Geschenke fallen wesentlich kleiner aus. Tom lässt das ganze Tamtam an sich vorbeiziehen. Nun würden sie diese Tage gemeinsam verbringen. Tage, die für Tom ohne Bedeutung sind, die Renate aber sicher feierlich erleben möchte. Am liebsten würde er abhauen, weiter in den Süden Kenias.

Tafari merkt, dass Tom angespannt ist, dass er sich in sich zurückgezogen hat. Eines Abends sucht er das Gespräch mit ihm. Er sagt ihm, dass sie im Moment gut allein klarkommen, dass sie zurzeit keine Hilfe benötigen.

»Packt eure Sachen und zieht weiter, frischt eure Gedanken auf, das ist in der Ferne oft leichter als in der Heimat. Die Zeit hier im Land der Sonne kann Wunden heilen und die Gedanken auf einen gesunden Weg lenken. Du sollst wiederkommen, aber erst, wenn du dich ein bisschen sortiert hast.«

Tom will es sich überlegen. Schon eine ganze Weile grübelt er über mögliche Veränderungen nach, weiß aber nicht, wie sie aussehen könnten. Doch nun, durch den Stups von Tafari, wird er wohl in den nächsten Tagen seinen Rucksack packen und dem Dörfchen den Rücken kehren. Ja, und zurückkommen möchte er auch.

Noch zwei Tage bis zur Ankunft seiner Mutter. Tom fühlt sich wie ein gehetztes Tier, in die Ecke gedrängt. Wird sie die Berliner Kindheitsprobleme im Gepäck haben? Wird die Vergangenheit ein Thema sein? Wird sie bei ihrer Ankunft betrunken sein?

Am Flughafen herrscht heute reges Treiben, die Menschen wimmeln nur so hin und her. Plötzlich taucht sie auf. Strahlend und lachend bahnt sie sich den Weg durch die Menschenmenge.

Sie trägt einen cognacfarbenen, knielangen Ledermantel, der mit einem breiten Ledergürtel zusammengehalten wird. Dazu Stiefel in der Farbe des Mantels. Sie sieht gut aus, Tom ist überrascht. Gleich nach der Begrüßung zieht sie ihren Mantel aus und wirft ihn divenhaft, wie es mitunter ihre Art ist, Tom zu, der damit gar nicht rechnet und das gute Stück um ein Haar auf den staubigen Boden fallen lässt. Nun steht sie in einem orangefarbenen Sommerkleid vor ihm. Sie wirkt unbeschwert und gelassen, als gäbe es keine Probleme, als hätte es nie welche gegeben.

Für einen Moment freut sich Tom seltsamerweise über Renate. Und sofort merkt er, dass sie keine Alkoholfahne hat, dass sie wirklich nüchtern ist. Ihr Rückflug ist für vier Tage nach Silvester gebucht.

Irgendwie müssen wir das hinkriegen.

Als das Gepäck eintrifft, staunt er nicht schlecht. Zwei große Koffer, die kaum zu bewegen sind.

»Für die Koffer musste ich am Flughafen in Berlin noch ordentlich nachzahlen. Die sind wohl schwerer, als ich dachte.«

»Was ist denn da drin?«, will Tom wissen.

»Ganz viele Geschenke für deine Kids. Die kleinen Kinder, die du unterrichtest.«

Tom ist gerührt und schleppt die schweren Koffer zur Bushaltestelle.

Still sitzen sie kurz darauf im Bus nebeneinander, Renate schaut die ganze Zeit aus dem Fenster. Der Bus hält in der Dorfmitte, die letzten Meter müssen sie zu Fuß gehen und Tom hat ziemlich mit den Koffern zu tun.

Tafari nähert sich, begrüßt Toms Mutter freundlich, schnappt sich die beiden Koffer und bringt sie zu ihrer bescheidenen Unterkunft, einem kleinen Zimmer im hinteren Teil des Gebäudes. Es ist alles ziemlich heruntergekommen, aber sie hat keine Ansprüche und ist in dieser Beziehung sehr unkompliziert. Tafari wuchtet die bleischweren Koffer auf das schmale Bett, das nur eine mit alten Kleidern ausgestopfte Holzkiste ist.

Tom bleibt noch einen Moment stehen und beobachtet sie. Im zweiten Koffer, den sie öffnet, kommt der Pelzmantel zum Vorschein, den sie sich vor Jahren in Kenia gekauft hat. Sofort kippt die Stimmung und eine Erinnerung schießt Tom in den Kopf. Wie sie damals sturzbetrunken und nur mit diesem Mantel bekleidet, den sie nicht mal richtig zugeknöpft hatte, in einem Kaufhaus beim Klauen erwischt wurde und Tom sie abholen musste. Eine furchtbare Erinnerung. Angewidert verlässt er das kleine Zimmer.

Gleich am nächsten Tag geht er mit den Geschenken aus Deutschland in die Schule. Die Kinder sind außer sich vor Freude, als sie die vielen Präsente erblicken. Englische Kinderbücher, Brett- und Kartenspiele, Springseile, kleine Bälle, Buntstifte und Malbücher und viele Mandalas. Außerdem ein paar niedliche Stofftiere. Der Lehrer drückt ein Auge zu und beendet den Schultag, damit die Kleinen sich den Geschenken widmen können.

Es wird Weihnachten, aber die Feiertage ignorieren sie konsequent. Jule hat, genau wie Tom, für ein paar Wochen frei bekommen, auch ihr steht der Sinn nach Abwechslung, so sind sie zu dritt. Erstaunlicherweise halten sich die zwei Frauen zurück, sie wollen versuchen, die gemeinsamen Tage ohne Konflikte zu verbringen. Sie beschließen, eine kleine Reise durchs Land zu unternehmen. Nach Mombasa und wieder zurück nach Nairobi.

Als Tom Tafari von dem geplanten Trip erzählt, lächelt dieser und streicht über Toms Arm. »Das macht ihr richtig. Genau das müsst ihr tun, zu dritt. Hier wirst du im Moment nicht so dringend gebraucht, also fahrt.«

*

Die drei packen ihre Rucksäcke mit dem Nötigsten und machen sich auf den Weg. An der Bushaltestelle am Ortsausgang sind sie sich sicher, dass alles gut gehen wird. Als der klapprige Bus dann aber um die Ecke kommt, zweifeln sie plötzlich daran, jemals in Mombasa anzukommen. Ein großer Schrotthaufen auf vier Rädern. In Deutschland undenkbar. Auf dem Dach mehrere Koffer und Kisten, mit dicken Seilen verschnürt. Tom, stets frei von Vorurteilen jeglicher Art, hat ein mulmiges Gefühl im Bauch und Jule will nicht mehr nach Mombasa, jedenfalls nicht mit dieser Karre. Renate verzieht beim Anblick des Busses keine Miene.

Auch der Busfahrer ist offenbar nicht ganz koscher. Er scheint sich in einer paradiesischen Sphäre zu befinden und Tom würde jede Wette eingehen, dass der Mann Drogen genommen hat. Mit riesigen Pupillen lacht er ihnen entgegen.

Tom zieht Jule mit in das Gefährt hinein, die Fahrscheine müssen sie nicht vorzeigen, die interessieren den Fahrer überhaupt nicht. Renate setzt sich weiter hinten in den Bus. Knapp 490 Kilometer auf der Mombasa Road liegen vor ihnen, eine schreckliche Vorstellung. In acht Stunden und dreißig Minuten, werden sie, wenn wirklich alles gut geht, in der traumhaften Stadt Mombasa ankommen.

Holprig setzt sich der Bus in Bewegung und nach etwa einer halben Stunde verlassen sie Nairobi. Die Mombasa Road ist eine stark befahrene Straße, die durch eine staubige Landschaft führt. Unzählige, größtenteils bunt bemalte Matatus (Sammeltaxen) schlängeln sich – meist komplett überfüllt – durch den Verkehr und überall sieht man voll besetzte Safarifahrzeuge. Am Straßenrand reihen sich Verkaufsstände aneinander. Hier gibt es alles. Wenn sie doch nur schon am Ziel wären.

Die Busfahrt ist die reinste Höllenfahrt. Sie werden hin- und hergeschaukelt, mehrfach sieht es so aus, als würde der Bus von der steinigen Fahrbahn abkommen oder in einem der schwarzen Löcher in der Straße verschwinden. Immer wieder muss Jule sich übergeben, immer wieder in dieselbe Plastiktüte, die eigentlich für Schmutzwäsche gedacht ist. Die schwere Luft, durchtränkt vom Geruch des Schweißes, der aus allen Poren der Mitreisenden zu kriechen scheint, die vielen Menschen auf so engem Raum, die Situation ist kaum zu ertragen. Jeder atmet ein, was der andere ausatmet. Obwohl die Fenster geöffnet sind, ist die Hitze unerträglich. Wie aus einem heißen Fön bläst die Luft in den Bus. Während Jule noch mit ihrer Übelkeit und der Angst vor einem Unfall kämpft, ist Tom längst eingeschlafen, genau wie seine Mutter. Wahrscheinlich, denkt Jule und seufzt, bekommen sie von der dramatischen Fahrt nichts mehr mit.

Kurz vor dem Ziel wacht Tom auf, lehnt den Kopf ans Busfenster und schaut gedankenverloren hinaus. Am Horizont sieht er das Blau des Indischen Ozeans. Die Stadt kommt langsam näher und bald schiebt sich der klapprige Bus voller Passagiere durch die belebten Straßen Mombasas. Mehrstöckige Hotels säumen die Strandpromenade, an der sich schick gekleidete Menschen mit Sonnenhüten und großen Sonnenbrillen zulächeln. Hellwach wirkt die Stadt.

Tom steigt als Erster aus dem stickigen Bus, trotz Schlaf völlig erschöpft. Sein Hemd klebt schweißdurchtränkt am Körper. Endlich sind sie angekommen! Er breitet die Arme aus und atmet tief ein. Was für eine Atmosphäre! Afrikanisches Flair. Als Jule und Renate aus dem Bus steigen, sieht er, wie erschöpft auch sie sind. Ihre Gesichter wirken müde, sie recken und strecken sich, um die steifen Muskeln wieder zum Leben zu erwecken.

Auf den Straßen herrscht noch reges Treiben, obwohl sich der Tag dem Ende zuneigt und die Sonne schon tief steht. Es riecht nach gegrilltem Fisch und es sieht nicht so aus, als würden die Geschäfte hier um zwanzig Uhr schließen. Vor den unzähligen Lädchen stehen Händler und preisen ihre exotischen Waren an. Überall flattern bunte Stoffe und Kleider im sanften Abendwind, die Vielfalt der Farben und Muster ist überwältigend.

In der Nähe des Bahnhofs finden sie ein günstiges Hostel und dort bekommen sie sogar eine warme Mahlzeit. Gerne hätten sie sich noch etwas in der Stadt umgesehen, aber an diesem Abend sind sie zu erschöpft dafür. Nach einer kalten Dusche fallen sie entkräftet in die Betten. Morgen ist auch noch ein Tag.

*

In den nächsten Tagen erkunden sie die Stadt. Es ist Dezember, es ist warm. In der Luft liegt der schon vertraute Duft exotischer Gewürze, der sich an diesem Morgen mit der salzigen Meeresluft mischt. Gemeinsam schlendern sie durch die historische Altstadt, entdecken antike Festungen und zauberhafte handgeschnitzte Holztüren. Kulinarisch lassen sie sich mit Vergnügen auf die landestypischen Gerichte ein und das Schönste ist, dass Toms Mutter keinen Tropfen Alkohol trinkt. Es ist kaum zu glauben. Zunächst denkt er, dass sie sich nachts betrinkt, und so beobachtet er sie morgens beim Frühstück genau. Aber nichts. Es stört sie nicht einmal, wenn Tom sich ein Bier oder einen Wein bestellt. Anfangs wollte er in ihrer Gegenwart nichts Alkoholisches trinken, aber sie sagte: »Nee, nee, du musst dich nicht damit verstecken. Mir macht das überhaupt nichts aus.«

Gut gelaunt schlendern sie zu dritt gemächlich über die Märkte mit ihren arabischen Besonderheiten. Geschnitzte Holzfiguren, bunte Tücher, Schmuck und Taschen, exotische Gewürze, Krüge, Bilder und Djemben in allen Größen. Wenn sich der Tag dem Ende neigt, sitzen sie in einer der zahlreichen Bars der Altstadt. In den engen

Gassen tummeln sich Abend für Abend fröhliche, ausgelassene und mitunter tanzende Menschen.

Das pulsierende Treiben ist ein Genuss für alle. Inmitten dieses Trubels fühlen sie sich sogar auf fremde Weise verbunden. So sehr, dass Tom eines Abends seiner Mutter ins Ohr flüstert: »Es ist schön, dass du jetzt hier bist.«

Zwei Tage nach Silvester machen sie sich wieder auf den Weg nach Nairobi und diesmal nehmen sie den Nachtzug. Das dürfte weniger anstrengend werden als die Hinfahrt in der Hitze des Tages im überfüllten Bus.

Mit drei Stunden Verspätung rollt der Zug langsam aus dem Bahnhof. Draußen ist es bereits dunkel, im Abteil drückend heiß und dazu schwirren unzählige Mücken umher. Der Zug schüttelt die Fahrgäste hin und her, es rumpelt in den Abteilen. Um die oberen Schlafplätze sind Seile gespannt, damit niemand im Schlaf herausfallen kann. Wieder wird Jule übel von der unruhigen Fahrt und wieder muss sie sich mehrmals übergeben. Tom und seine Mutter rauchen noch eine Zigarette am offenen Fenster, bevor sie sich zum Schlafen hinlegen.

Ob da draußen wilde Tiere sind? Man kann rein gar nichts mehr sehen, denkt Tom noch, bevor ihn der Schlaf endgültig übermannt. Auch Renate und Jule schlafen schließlich ein.

Am frühen Morgen, als es draußen schon wieder hell ist, wachen sie fast gleichzeitig auf. Sie kriechen aus ihren Betten, erholsam geschlafen hat keiner von ihnen, und gehen in den Speisewagen, wo ein Frühstück auf sie wartet. In der Ferne ist Nairobi zu sehen und während des Frühstücks kommen sie der Stadt immer näher.

Das letzte Stück bis zum Hauptbahnhof führt durch Slums und Müllkippen, schreckliche Zustände sind es. Sie schließen die Fenster, der Geruch von Müll und stehenden Abwässern in der feuchtwarmen Luft ist beißend und kaum zu ertragen.

Am Bahnhof warten Tafari und Nio bereits auf die drei. Mit strahlenden Gesichtern stehen sie vor dem Eingang und freuen sich sichtlich, Tom erneut willkommen zu heißen.

In der inzwischen vertrauten Unterkunft warten ein gedeckter Tisch und ein warmes Essen auf sie. Tom ist gerührt, mit einem herzlichen Lächeln bedankt er sich bei den beiden und dann lauschen Tafari und Nio gespannt den Erzählungen über die Tage in Mombasa. Auch als die Dunkelheit hereingebrochen ist, bleiben sie noch eine Weile in der geselligen Runde zusammen. Irgendwann aber will Tom nur noch ins Bett und auch die anderen sind müde. Er verabschiedet sich von Nio und Tafari und geht in sein kleines Zimmer. Dreißig Sekunden später liegt er auf dem Bett. Es ist ihm egal, dass die Matratze durchgelegen und unbequem ist, Hauptsache, er schläft in vertrauter Umgebung. Er nimmt noch das Knarren des Bettes wahr, denkt, wie es wohl wäre, einen Vater zu haben, und fällt in einen unruhigen Schlaf.

*

Am nächsten Tag bringt Tom seine Mutter zum Flughafen. Ihr Gepäck ist deutlich leichter geworden. Sie hat das orangefarbene Sommerkleid angezogen, das sie auch bei ihrer Ankunft trug, den cognacfarbenen Ledermantel hat sie einer Afrikanerin geschenkt, mit der sie sich stundenlang in einer Bar unterhalten hat.

Zum Abschied umarmen sie einander.

»Es war sehr, sehr schön«, sagen sie wie aus einem Mund und müssen lachen.

Anschließend geht sie zur Schleuse. Tom mag keine Abschiede, darum dreht er sich um und geht gedankenverloren zum Ausgang. So hat er sich dieses Zusammensein nicht vorgestellt. Er hatte völlig vergessen, wie seine Mutter sein kann, wie sie ist, wenn es ihr gut geht. Mit einem Hauch von Wehmut wünscht er in diesem Moment, solche Phasen öfter mit ihr zu erleben. Es funktioniert auch ohne Alkohol. Wahrscheinlich knallt sie sich gleich in ihrer Wohnung in Berlin zu, denkt er noch. Soll sie machen.

Tafari und Nio freuen sich, als sie Tom etwas später über den Hof laufen sehen.

»Es ist schön, dass du wieder da bist«, stellt Tafari fest und Nio nickt bestätigend.

Tom setzt sich eine Weile zu ihnen und erzählt noch ein bisschen von der traumhaften Stadt Mombasa und auch davon, dass Renate sich anders benommen hat, als erwartet. Tafari weiß von ihrem Alkoholproblem, sie haben sich einmal eine halbe Nacht lang darüber unterhalten.

Trotz der Ruhephasen, die Tom in den letzten Stunden hatte, hält die Erschöpfung unvermindert an, die Müdigkeit treibt ihn in sein Bett. Dort verschläft er den restlichen Tag und die kommende Nacht.

Am nächsten Morgen findet er einen Zettel auf seinem Frühstückstisch. Er erkennt die Handschrift. Tafari.

Lieber Tom, wir werden uns heute nicht sehen. Ich bin schon sehr früh aufgebrochen und werde erst am späten Abend zurück sein. Ich möchte mit dir über etwas Wichtiges reden. Bitte richte es ein, dass wir morgen Abend zueinander finden.

Tafari

Als Tom das Café betritt, in dem sie sich verabredet haben, wartet Tafari bereits auf ihn. Er sitzt in einer ruhigen Ecke am Fenster und wedelt sich mit einer Getränkekarte Luft zu. Tom ist den ganzen Tag schon am Grübeln, was dieses Gespräch vielleicht verändern wird. Was mag Tafari Wichtiges zu erzählen haben? Ist er unzufrieden mit Tom?

»Na, was gibt es für Neuigkeiten?«, fragt Tom, kaum dass er sitzt, darum bemüht, sein mulmiges Gefühl zu unterdrücken.

Der Kellner bringt ihnen zwei Tassen Kaffee, Tafari hat bereits bestellt. Offenbar nach den richtigen Worten suchend, fängt Toms afrikanischer Freund schließlich an zu sprechen.

»Gut«, sagt er, »ich will nicht lange um den heißen Brei herumreden. Und bitte, versteh mich nicht falsch. Hier bei uns hast du das Ziel erreicht, das Internet und die Websites laufen, den Kindern hast du Eigenverantwortung und soziale Fähigkeiten nahegebracht, genauso wie übrigens den Erwachsenen. Sie haben verstanden, dass man Probleme angehen muss und sie auch oft selbst lösen kann, sie haben gelernt zu kommunizieren. Das war das Ziel dieser Mission. Und dafür danken wir dir von Herzen.« Er sieht Tom einen Moment ruhig in die Augen, bevor er fortfährt: »Tom, du bist ein ganz besonderer Mensch. Ein wertvoller Mensch und ich habe das Gefühl, dass du das in deinem Inneren nicht spürst. Du bist dir deiner selbst nicht bewusst. Ich möchte dich bitten, weil ich dich sehr schätze, das zu suchen, was dich dich selbst lieben lässt. Geh mit Jule fort, erkundet das Land oder lasst einfach irgendwo die Seele baumeln. Vielleicht in Mombasa, da hat es euch doch so gut gefallen. Wartet nicht mehr lange, bald müsst ihr zurück nach Europa, zurück nach Berlin, zurück ins alte Leben.«

Tom geht einen Moment in sich. Er versucht, diese tiefgehenden Worte Tafaris zu entschlüsseln, zu verstehen auch. Vielleicht stimmt das alles. Vielleicht verläuft sein Leben ohne Mitte. Ohne klare Ziele, ohne Fokus und immer mit der Frage nach dem Sinn. Gibt es irgendetwas, das ihn dahin bringt, wo er hingehört, wo er bleiben möchte? Wo er endlich zur Ruhe kommt?

Tafari scheint seine Gedanken lesen zu können. »Wenn du nicht weitersuchst, kannst du es nicht finden.«

»Wahrscheinlich hast du recht, Tafari. Vielleicht brauche ich einfach noch ein bisschen Zeit, um wirklich irgendwo anzukommen.«

»Glaub mir, jeder hat einen Platz, an dem er bleiben möchte. Finde du deinen.«

*

Beflügelt packt Tom zwei Tage später seine Sachen, bereit für den Aufbruch nach Mombasa. Er hat beschlossen weiterzuziehen, Jule ist dabei. Auch sie hat ihre Mission beendet.

Am Bahnhof stehen sich alle lächelnd gegenüber. Die Umarmung zwischen Tom und Tafari scheint nicht enden zu wollen und bevor Tom ihn für die anderen freigibt, flüstert er ihm noch ins Ohr:

»Danke für alles, besonders für das Gespräch vorgestern. Wie recht du hast. Ich werde suchen, bis ich gefunden habe.«

Die meiste Zeit des Tages liegen sie im Sand und schauen aufs Meer. Anfangs will Tom den Strand wegen der Scham über seine vernarbten Beine meiden. Wie soll er das erklären, wenn ihn jemand darauf anspricht?

Doch der Strand zieht ihn magisch an und so kauft er sich zwei zusätzliche leichte Hosen, die ihm bis zu den Knien reichen, und mit denen er auch ins Wasser geht.

Hier in Mombasa lernen Jule und er zahlreiche nette Leute kennen, freunden sich mit ihnen an und verbringen fast den ganzen Tag mit ihnen. Auch abends treffen sie sich und ziehen durch die bunten Bars, tanzen, trinken Alkohol und rauchen Zigaretten und Joints.

Im Taumel dieser fröhlich wirkenden Gesellschaft, immer wieder wie in Trance auf den Tanzflächen der Clubs, fühlen sich Tom und Jule wohl. Ausgelassen geben sie sich dem Treiben hin. Seit dem ersten Tag in Mombasa schart sich eine Schar von Einheimischen um Tom, die seine Nähe offenbar schätzen und die Zeit mit ihm genießen. Tom hat das gewisse Etwas. Er hat Charisma, eine Ausstrahlung, die sympathisch und anziehend wirkt, das jedenfalls hat ihm schon manches Mal jemand gesagt. Es gibt Zeiten, da ist das nicht so, da zieht sich das Charisma wie eine Schnecke in ein dunkles Haus zurück. Das sind die Zeiten, in denen er mit sich selbst nicht klarkommt. Aber sobald seine Stimmung hell ist, sprudelt es aus ihm heraus, dann entfaltet sich seine mitreißende, magnetische Persönlichkeit, dann zieht er die Blicke auf sich und steht im Mittelpunkt, obwohl er das gar nicht beabsichtigt. Diese Situationen tun ihm gut, sie wirken wie Medizin auf ihn, sie lassen ihn wieder wachsen, wenn er sich gerade vorher klein gefühlt hat.

Die Traube um Tom wächst von Tag zu Tag und Jule steht immer mehr in seinem Schatten. Als die neuen Freunde erfahren, dass er bald Geburtstag hat, sind sie ganz aus dem Häuschen und fangen sofort an, ein großes Fest zu planen. Das gefällt Tom allerdings überhaupt nicht.

»Die meinen es ernst, Jule«, sagt er, »lass uns abhauen.«

Obwohl er all diese Menschen liebgewonnen hat, will er auf keinen Fall diese große Feier. Eine Woche später flüchten sie nach einem kurzen Abschied unter dem Vorwand, früher nach Berlin zurückzumüssen, in ein Backpackerhostel direkt am Strand. Frühzeitig abgehauen, Glück gehabt.

Die nächsten Wochen dienen ausschließlich der Selbstfindung. In den letzten Jahren war Tom immerzu im Gewirr in Berlin, darauf bedacht, dass es allen um ihn herum gut ging. An erster Stelle seiner Mutter. Ständig in Hast und Eile war er. Hier ist das anders. Hier hat er alle Zeit der Welt und vor allem keine Ablenkung von außen, hier will er seine Seele reinigen. Die Gedanken und Gefühle ordnen, um die toxischen auszusortieren und sich von ihnen zu befreien. Vielleicht kann er hier endlich den Ansatz des Glücks finden. Und in einem kleinen Park in der Nähe verbringt er in stiller, gelassener Atmosphäre zufrieden seinen Geburtstag.

Zu dem Hostel gehört auch eine kleine Grünanlage, in der hier und da ein Baumhaus zu finden ist. Sie sehen aus wie Jägerstände, man kommt über eine Leiter hinein. Es sind zauberhafte Orte, perfekt, um sich einfach mal zu verkrümeln. Tom ist fasziniert von diesen Baumnestern. Jeden Morgen klemmt er seinen Laptop und sein Lederheft unter den Arm, nimmt sein Frühstück und klettert in sein Lieblingshäuschen.

Schnell wird daraus ein geliebtes Morgenritual. Schon nachts, wenn er wach ist, freut er sich auf den Morgen dort oben, dem Himmel im positiven Sinne ein Stückchen näher. Dort genießt er seinen köstlichen, intensiven kenianischen Kaffee. Anschließend schlägt er sein Lederheft auf und startet den Laptop. Mit der Hand schreibt er eine Art Tagebuch in das Heft, den Laptop nutzt er für Recherchen. Die Gedanken fließen von seinem Kopf durch seinen Körper, durch seine Finger und auf die weißen Seiten. Er befasst sich mit dem Buddhismus und mit den sechzehn Stufen der Achtsamkeit, die dazu führen sollen, tiefe Einsichten über die Natur des Geistes, des Körpers und der Realität zu gewinnen, und verschriftlicht seine Empfindungen und Erkenntnisse in dem Heft. Das Schreiben ist für ihn zur stillen Therapie geworden, ein Prozess, mit dem er ein Ventil öffnen kann, und seine Gedanken ordnen sich beinahe von selbst.

*

Eines Morgens ist sein Baumhaus besetzt. Schon als er die Leiter hochsteigt, hört er Geräusche und weiß sofort, dass da jemand ist, und das gefällt ihm gar nicht. Eine Frau, etwa in seinem Alter, sitzt dort im Schneidersitz. Ihre Dreadlocks hat sie zu einem dicken Knoten gebündelt, der auf ihrem Kopf thront. Sie ist umhüllt von einem bunten Tuch, dass sie vor der Brust zusammengeschnürt hat. Ebenso bunt ist ihr Gesicht, das sie in schrillen Farben geschminkt hat. In der einen Hand hält sie eine Zigarette und in der anderen ihr Handy.

Sie spricht Tom an, der eigentlich die Leiter schon wieder runtersteigen will, um sich ein anderes Baumhaus zu suchen. »Come to me, my name is Ruth«, sagt sie.

Er gibt nach, klettert hoch und setzt sich ihr gegenüber und sie fangen an, sich auf Englisch zu unterhalten. Erst nach einer Weile fragt Tom, wo sie wohnt.

»In Berlin«, erwidert sie.

Da bricht er in lautes Gelächter aus und sagt, dass auch er aus Berlin sei, und von da an unterhalten sie sich auf Deutsch. Die Chemie stimmt.

Jule versteht sich ebenfalls auf Anhieb mit Ruth. Sie freunden sich an und beschließen, noch eine Weile gemeinsam durchs Land zu ziehen. Ein paar Tage später packen sie ihre Rucksäcke und machen sich auf den Weg. Auch Ruth braucht Alkohol, um einigermaßen stabil durch den Tag zu kommen, und Tom spürt schon bald, dass ihn das stört. Eigentlich möchte er sich von ihr distanzieren, aber da sich schon nach dieser kurzen Zeit eine Verbundenheit entwickelt hat, entscheidet er sich nach einigem Nachdenken dafür, darüber hinwegzusehen. Es ist schließlich ihre Sache.

Immer wieder muss er an Ellen denken. Sie ist so anders als Jule und Ruth. Ab und zu kommunizieren sie per WhatsApp und immer will Ellen als Erstes wissen, ob es Tom wirklich gut geht. Nie schreibt sie, dass sie ihn vermisst oder dass sie sich darauf freut, ihn wiederzusehen. So ist Ellen. Sie hat so ein warmes Herz, so ein gutes Herz, denkt immer an andere, bevor sie an sich denkt. Und sie trinkt nicht. Tom weiß, dass Alex manchmal mit ihr ausgeht, und der Gedanke tut ihm gut, es beruhigt ihn sogar ein bisschen. Außerdem hat Alex sie tatsächlich dazu bewegen können, sich ab und zu ins Berliner Nachtleben zu trauen. Natürlich nur in seiner Begleitung, aber immerhin. Und Alex hat vor ein paar Tagen geschrieben, dass es ihr sogar gefällt. Einmal haben sie in einem Club bis in die Morgenstunden getanzt. Tanzen ist ihre große Leidenschaft, dabei kann sie sich völlig fallen lassen und ihre Gefühle ausdrücken. Im Rausch der lauten Musik verfällt sie in eine Art Trance und hier braucht sie ihre Augen nicht, nur ihre Ohren und ihren Körper, der den Rhythmus liebt.

»Alex, ich will, dass es nie aufhört, ich spüre den Bass in meinem Bauch, es ist so krass, so wunderbar. Ich will immer weitertanzen. Und ich will das auch mit Tom erleben.« Das hat Alex ihm am Telefon erzählt und Tom war tief gerührt. Wie schön, dass sie ihr Schneckenhaus verlässt und die Welt da draußen kennenlernt, auch wenn diese Welt meistens nicht rosig ist, jedenfalls nicht in Berlin. Die zarte Ellen, elfenhaft und rein. Tom empfindet große Zuneigung für sie. Und er weiß, dass Alex ein Auge auf sie hat und sie in der irren Stadt nicht allein lässt. Vor allem nicht in der Nacht.

*

Irgendwann bemerkt Tom in seiner rechten Kniekehle einen roten Ausschlag. Ob ihn etwas gestochen hat? Er benutzt mehrmals am Tag Mückenspray, aber vermutlich hat er eine Hautstelle übersehen. Er wird es beobachten. Hier gibt es Insekten, die nach einem Stich heftige Symptome auslösen und sogar gefährliche Krankheiten übertragen können.

Wie aus dem Nichts wird er wenige Tage später von starker Müdigkeit überfallen, ganz plötzlich fühlt er sich krank und schwach. Es geht ihm von Minute zu Minute schlechter. Sein gesamter Körper schmerzt, die Gelenke, die Knochen, einfach alles. Er kann sich nicht mehr auf den Beinen halten, er muss sich hinlegen. Auf der Stelle schläft er ein, wälzt sich aber von einer Seite auf die andere. Starkes unkontrolliertes Zittern und hohes Fieber reißen ihn aus dem Schlaf. Jule erschrickt, als sie ihn sieht, sie will sofort einen Arzt holen. Mit glasigen, geröteten Augen schaut er sie an. Auf seiner Stirn haben sich Schweißperlen gebildet, trotzdem zieht er sich die Decke bis zum Kinn, denn ihm ist furchtbar kalt.

»Lass mich, kein Arzt«, murmelt er. Und schon übermannt ihn wieder der Fieberschlaf.

Jule macht sich so große Sorgen, dass sie sich trotz seiner ausdrücklichen Ablehnung auf den Weg macht, um einen Arzt zu bitten, nach Tom zu sehen. Sie fragt sich durch, bis sie das nächstgelegene Krankenhaus findet, das Mombasa Hospital. Völlig außer Atem kommt sie dort an und bittet unter Tränen um Hilfe, sie sagt, es sei unmöglich, dass Tom hier auftauche, er sei nicht mehr in der Lage aufzustehen. Sofort erklärt sich ein junger Arzt bereit, sie zu Tom zu begleiten.

Mit einem schon betagten Krankenwagen sind sie wenige Minuten später zurück im Hostel. Wie tot liegt Tom in seinem Bett. Er atmet schwer und das hohe Fieber lässt ihn stark schwitzen und gleichzeitig extrem frieren. Er sieht fürchterlich aus. Es könnte ein infizierter Insektenstich sein, meint der junge afrikanische Arzt, das komme hier häufiger vor. Die Symptome, erklärt er, treten einige Tage nach dem Stich auf. Um sicherzugehen, nimmt er Blut ab, das er noch am selben Tag untersuchen lassen will. Dann könne man mehr sagen. Er erwähnt Denguefieber.

Sollte es sich wirklich um Dengue handeln, könne man davon ausgehen, dass er sich in den nächsten Tagen erholt und Medikamente gegen das Fieber und die Kopf- und Gliederschmerzen einnehmen kann. Man könne es mit einer Grippe vergleichen.

Der nette Arzt nimmt sich Zeit, Tom zu untersuchen und Jule alles zu erklären. Dann bittet er sie um eine Handynummer, damit er am Nachmittag Bescheid geben kann, und verlässt die beiden mit der Blutprobe in der Tasche.

Tom hat die ganze Zeit geschlafen, er hat nichts davon mitbekommen, dass ein Arzt da war, nicht einmal von der Blutabnahme hat er etwas bemerkt. Jule ist ein wenig erleichtert und froh, dass sie sich entschlossen hat, Hilfe zu holen. Doch als sie bis zum Abend keinen klärenden Anruf erhält, wird sie wieder unruhig. Tom schläft immer noch, seit Stunden hat er die Augen nicht geöffnet. Alle paar Minuten tupft Jule ihm die Stirn trocken, auf der sich immer wieder dicke Schweißperlen bilden.

Irgendwann klopft es an der Tür, Jule springt auf und als sie die Tür öffnet und den Arzt sieht, bricht sie in Tränen aus. Sie wirft sich in seine Arme, ihr Körper zittert vor Angst und Erschöpfung. Die Angst, dass Tom sterben könnte, raubt ihr fast den Verstand.

Der nette Arzt schaut noch einmal nach Tom und setzt sich dann zu Jule. »Die Blutprobe ist ausgewertet und das Ergebnis steht fest«, erklärt er ihr ruhig. »Es handelt sich eindeutig um Denguefieber. Wir werden sofort mit der gezielten Behandlung beginnen, damit es ihm bald wieder besser geht.«

Anschließend spritzt er Tom vorsichtig ein Medikament in den Arm und erklärt der noch immer weinenden

Jule, dass es sich um ein antivirales Mittel handelt, das die Vermehrung der Viren stoppen wird.

»Wahrscheinlich wurde er von einer infizierten Aedes-mücke gestochen. Insekten werden von Touristen leider unterschätzt, es ist sehr wichtig, sich so gut wie möglich vor ihnen zu schützen.«

Er bleibt noch eine Weile bei ihnen, legt ein paar Medikamente auf den Tisch, die Toms Symptome – das Fieber und die starken Knochen- und Gelenkschmerzen – lindern sollen. Schließlich verabschiedet er sich.

Tom hat auch diesmal nichts mitbekommen, doch das Medikament, das der Arzt ihm gespritzt hat, scheint Wirkung zu zeigen. Es sieht aus, als ob er inzwischen etwas ruhiger schläft, seine Gesichtszüge sind sichtbar entspannter und seine Atmung ist deutlich gleichmäßiger.

Die nächsten Tage verbringt er im Bett, er ist noch sehr schwach, aber es geht ihm von Tag zu Tag besser. Jule hat nicht mehr das Gefühl, ständig bei ihm sein zu müssen, also unternimmt sie etwas mit Ruth. Dann kommt der Morgen, der sich wie ein ganz normaler Morgen anfühlt. Tom ist wieder gesund. Am selben Abend, in einem afrikanischen Restaurant, stehen sie plötzlich vor einer schwierigen Entscheidung. Wann fliegen sie nach Deutschland? Fliegen sie überhaupt zurück?

Lange überlegen sie hin und her und kommen zu dem Entschluss, nach Hause zurückzukehren. Schon bald. Und als klar ist, dass es in ein paar Tagen nach Berlin geht, kommt eine leise Vorfreude auf die Heimatstadt auf. Als sie das Ticket für den Rückflug kaufen, planen sie bereits, was sie in Berlin als Erstes unternehmen wollen.

Während das Flugzeug abhebt, schaut Tom aus dem Fenster und das tut er, bis vom afrikanischen Kontinent nichts mehr zu sehen ist. Alles, was ihm jetzt von Kenia bleibt, sind schöne Erinnerungen, Erfahrungen, Freundschaften, die hoffentlich bleiben, und ein paar Tüten des herrlichen Kaffees.

6. Kapitel

2013

Alex und Ellen erwarten Tom und Jule am Flughafen Berlin-Tegel. Jule verabschiedet sich gleich, sie will nach Hause. Tom, Alex und Ellen zieht es ins Colore. Theodoris freut sich sichtlich, als Tom die Kneipe betritt. Er umarmt ihn wie ein Familienmitglied, herzt und küsst ihn.

»Setzt euch, ich bringe euch ein kühles Bier. Wie lange warst du weg, Tom? Ein ganzes Jahr?«

»Es waren nur sechs Monate, Theo. Ich freue mich auch, dich zu sehen, alter Freund.«

Beim kühlen Bier erzählt Tom von seinen Erlebnissen in Kenia, von den tollen Menschen und davon, wie er ihnen helfen konnte, und von dem Fieber, das ihn für ein paar Tage außer Gefecht gesetzt hat.

»Es ist schön, wieder zu Hause zu sein, obwohl es mir in Kenia sehr gefallen hat. Mal sehen, was Ronny zu berichten hat, wie es mit unserer Mutter so ging in der letzten Zeit.«

»Komm erst mal richtig an und mach dir nicht gleich wieder Gedanken um sie. Ich habe deinen Bruder vor etwa drei Wochen beim Einkaufen mit Renate getroffen. Wir haben kurz geredet. Bis dahin gab es keine Probleme, also sei beruhigt. Und übrigens, wenn du magst, kannst du heute bei mir übernachten, dann bist du nicht gleich komplett allein«, sagt Alex.

Tom lehnt dankend ab, er will nur noch in sein eigenes Bett. Ganz kurz bei seiner Mutter vorbeischauen und dann in seine Wohnung und schlafen. Zusammen mit Ellen macht er sich auf den Weg. Im neunten Stockwerk verabschieden sie sich und kurz danach schließt er die Wohnungstür seiner Mutter auf. Es ist still, sie scheint schon zu schlafen. Er geht zum Schlafzimmer, um nachzusehen, ob sie überhaupt da ist.

Da sieht er sie und es ist das gewohnte Bild. Sie liegt quer in ihrem Bett, ihr Kopf mit den zerzausten Haaren hängt über die Bettkante. Sie trägt noch ihr grünes Lieblingskleid, wahrscheinlich war sie in der Stadt unterwegs, hatte vielleicht eine Verabredung. Auf dem Nachttisch steht eine leere Weinflasche. Nichts hat sich verändert, alles ist beim Alten.

*

Tom ist mit Alex in der Stadt unterwegs. Die drückende, schwüle Luft macht es den Menschen an diesem Tag nicht leicht, es ist, als läge ein Deckel über der Stadt, unter dem es brodelt und der den Wasserdampf nicht entweichen lässt. Die Freunde halten sich an einem Brunnen auf, der heute Scharen von Menschen anlockt. Alle wollen sich ein wenig erfrischen, die Füße ins Wasser halten oder einfach nur die kühle, feuchte Luft auf der Haut spüren. In der Nähe der Fontäne lässt es sich aushalten. Tom und Alex bleiben eine ganze Weile dort. Sie beobachten die

Menschen um sich herum, rauchen und genießen das Nichtstun.

Als ein Grummeln am Himmel eine Wetterveränderung ankündigt, verlassen die meisten diesen angenehmen Ort, Tom und Alex aber bleiben noch. Plötzlich steigt Alex mitsamt seinen Klamotten in das kleine Becken, in dem sich vorhin noch die Kinder nass gespritzt haben, er legt sich direkt unter die sprudelnde Fontäne. Es zieht tatsächlich ein Gewitter heran und das ziemlich schnell. Schlagartig kracht ein Donnerschlag. Zwei Frauen, die gerade vorbeieilen, schreien vor Schreck auf und rennen los, um irgendwo Schutz zu finden. Der Himmel reißt auf und plötzlich schüttet es wie aus Eimern. Tom lässt sich nassregnen und Alex ist ja sowieso schon klatschnass.

Wie übermütige Teenager laufen sie kurz darauf die Marzahner Promenade entlang. Es jagen Blitze in immer kürzeren Abständen über den Himmel und schließlich wollen auch Tom und Alex sich irgendwo unterstellen. Nicht weit entfernt entdecken sie ein Haus, das komplett eingerüstet ist. Alex springt über eine untere Querstrebe des Gerüstes, übersieht dabei die obere und mit einem dumpfen Ton knallt er mit dem Kopf an die Stange. Genau in diesem Augenblick kracht ein ohrenbetäubender Donner über ihnen, Alex fällt zu Boden und glaubt im ersten Moment, vom Blitz getroffen worden zu sein. Einige Sekunden bleibt er regungslos liegen. Tom kniet erschrocken über ihm und stellt erleichtert fest, dass Alex nicht einmal blutet. Allerdings hat er durch den Aufprall eine dicke Beule am Kopf.

Tom kann sich das Lachen nicht verkneifen, macht ein Foto mit seinem Handy und als der Schmerz bei Alex nachlässt, zeigt er ihm das Bild. Beide brechen augenblicklich in schallendes Gelächter aus.

Obwohl Tom eine Bewerbung nach der anderen schreibt, bleibt die Arbeitssuche erfolglos. Frustriert verbringt er die Abende im Colore, trinkt mit Alex oder auch allein. Zum Glück kann er wieder Schichten im Wachschutz schieben, so verdient er nebenbei gutes Geld. Die Nächte sind oft gestört, richtig durchgeschlafen hat Tom schon lange nicht mehr. Und er versteht überhaupt nicht, dass er in letzter Zeit immer öfter an seinen Vater denken muss. Er kennt ihn doch nicht einmal.

Und wieder liegt er in seinem Bett, schaut aus dem Fenster und lässt seine Gedanken in die Ferne schweifen. Eine Mischung aus Trauer und Sehnsucht nach dem Unbekannten überkommt ihn.

Vielleicht sollte ich mich doch auf die Suche nach ihm machen. Vielleicht würde er sich freuen, seinen Sohn kennenzulernen. Vielleicht aber auch nicht.

*

Wie oft hat Ellen zugesehen und auf das gewartet, was passieren wird. Wie oft hat sie sich gewünscht, selbst einmal solch einen Rausch zu erleben. Einmal in den Nebel der Unvernunft einzutauchen und sich treiben zu lassen. Egal, wohin die Reise geht, ganz egal, wohin. Tom und Alex haben schon häufiger in ihrer Gegenwart gekifft, es hat sie nicht gestört. Es hat nie lange gedauert, bis die zwei nur noch am Kichern waren, und Ellen musste jedes Mal mitlachen, das Lachen der beiden ist so unglaublich ansteckend. Aber einmal möchte sie richtig dabei sein. Sie will einen Joint probieren.

Als sie Tom davon erzählt, versucht er sie davon abzubringen. Er will sie von dem Zeug fernhalten, das seiner Meinung nach nicht zu Ellen passt. Sie lässt nicht locker und so beschließen sie, einen mit Cannabis gefüllten Brownie zu kaufen, den sie unter Aufsicht essen kann. Alex kennt mehrere Leute, die so ein spezielles Gebäck besorgen oder sogar selbst backen können.

Einige Tage später, an einem Samstagabend, sitzt Ellen zwischen Tom und Alex auf dem Sofa. Die beiden Freunde nehmen sich vor, an diesem Abend nüchtern zu bleiben, um auf Ellen aufpassen zu können. Man kann im Vorfeld nie genau abschätzen, wie die Wirkung sein wird und wann sie eintritt. Tom gibt Ellen zunächst einen halben Brownie, damit sie sich vorsichtig annähern kann. Als Ellen nach eineinhalb Stunden keine Veränderung an sich wahrnimmt, bittet sie um die zweite Hälfte des Drogenkekses.

Sie sehen sich den Film *Der Hobbit: Eine unerwartete Reise* an und warten weiter. Allen war klar, dass ein

Joint schneller wirken würde als ein Space Cake oder ein Brownie, da der Stoff in diesem Fall über den Verdauungstrakt ins Blut gelangt. Als nach einer weiteren Stunde nichts Auffälliges passiert ist und Ellen immer noch nichts spürt, denken die drei, dass das Zeug bei ihr nicht wirkt und es vielleicht besser so ist. Aber Alex und Tom wollen ihr keinen weiteren Brownie geben.

»Oh, mir ist plötzlich so schwindelig«, sagte sie ein paar Minuten später.

Tom und Alex, die es sich auf dem Sofa rechts und links von ihr gemütlich gemacht haben und schon fast eingeschlafen sind, reißen die Augen auf.

»Ellen? Wie geht es dir? Was hat sich verändert?« Tom spricht ruhig mit ihr und nimmt ihre Hand.

»Alles bewegt sich. Alles. Das ist so komisch.« Ellen fängt an zu kichern. Tom und Alex zwinkern sich zu.

»Willst du tanzen?« Tom lächelt sie an und zieht sie vom Sofa.

Sofort fängt sie an, sich zu bewegen. Alex dreht den CD-Player lauter und gesellt sich zu den beiden, die sich vor Lachen nicht mehr halten können. Ellen fuchtelt mit den Armen, kichert wie ein pubertierendes Mädchen und zwischendurch ruft sie immer wieder: »Mir ist so duselig und ich find's toll.«

Tom und Alex freuen sich über ihre verrückte, aufgedrehte Freundin. Dieses zarte, zurückhaltende Wesen im ersten Rausch ihres Lebens, wild tanzend, in eine ihr völlig unbekannte Welt gepustet.

Nach einer Weile der Leichtigkeit kommt die Übelkeit. Ellen klammert sich an Tom, von einer Minute auf die andere ist die lustige Phase vorbei und plötzlich sieht sie hundeelend aus. »Ich muss kotzen!«, kreischt sie. Tom packt sie und bringt sie ins Bad. Dort lässt er sie allein. Ein paar Minuten später schleicht sie kreidebleich ins Wohnzimmer zurück.

»Ich will, dass es vorbei ist. Ich will, dass alles wieder so ist wie vor drei Stunden. Ich kann die Augen nicht schließen, alles dreht sich, ich glaube, ich werde verrückt.«

»Die Arme«, sagt Tom zu Alex.

Alex nickt und stellt fest, dass es wohl das erste und letzte Mal sein wird. Sie helfen ihr auf die Couch. Dort liegt sie mit offenen Augen und starrt an die Zimmerdecke. Zum Lachen ist ihr nicht mehr zumute. Eine Viertelstunde später fällt sie in einen Schlaf, der sie von ihrer Aufregung befreit. Als sie am nächsten Morgen aufwacht und die Augen öffnet, ist sie froh, dass alles wieder in Ordnung ist und sich nichts mehr im Kreis dreht wie in der Nacht zuvor.

»Das Zeug rühre ich nie wieder an«, sind ihre ersten Worte. »Nie wieder.«

Sie liegt noch genauso, wie Tom und Alex sie in der Nacht hingelegt haben, und es dauert eine Weile, bis sie sich wieder richtig bewegen kann.

»Mir tun alle Knochen weh, aber zum Glück funktioniert mein Kopf wieder normal. Gott sei Dank.«

Tom und Alex haben die ganze Nacht halb im Sitzen auf dem Sofa geschlafen.

»Ich denke, jetzt können wir dich allein lassen«, sagt Tom. »Wenn du Lust hast, können wir heute Nachmittag ein bisschen in der Stadt herumlaufen, vielleicht irgendwo einen Kaffee trinken«, schlägt er Ellen noch vor.

Sie strahlt über das ganze Gesicht. »Ja, Tom, sehr gerne.«

Am späten Nachmittag treffen sie sich in einem Bushaltehäuschen an der Marzahner Promenade.

»Fahren wir zum Alexanderplatz«, bittet Ellen, »ich habe Lust auf etwas mehr Trubel.«

Tom ist einverstanden. Nach ein paar Stationen mit der S Bahn steigen sie am Alex aus. Hier pulsiert das Leben. Ob an diesem Ort jemals Ruhe herrscht?

Entspannt schlendern sie durch die von Menschen belebte Gegend, die Luft ist angenehm warm und Tom legt seinen Arm um Ellens Schultern. Er bemerkt ihr leichtes Zucken, als er sie berührt.

»Wir sind Freunde, da darf man das, oder? Hast du was dagegen, wenn ich dich so halb umarme?«, fragt er.

»Nein, nein, das ist völlig in Ordnung. Es ist nur so ungewohnt für mich«, erwidert sie. Er bemerkt das leichte Zittern in ihrer Stimme und zieht sie etwas fester an sich, um ihr damit Sicherheit zu geben.

Schon seit einiger Zeit spielt Tom mit dem Gedanken, Informatik zu studieren. Für ein Studium ist es nie zu spät und die Voraussetzungen sind bei ihm gegeben, an Interesse mangelt es auch nicht. Die Berufsaussichten sind gut und das Gehalt nicht unattraktiv. Ellen ist begeistert, als er ihr jetzt davon erzählt.

»Hast du dich schon um einen Studienplatz beworben?«

»Das mache ich heute Abend. Ich treffe mich noch mit Alex im Colore, hast du Lust mitzukommen? Nur für ein Stündchen, ein bisschen quatschen.«

»Schade, ich kann nicht. Ich habe meiner Mutter versprochen, den Abend mit ihr zu verbringen.«

Sie verzichten auf Kaffee und Kuchen und kaufen zwei Portionen Pommes beim Dönerladen, setzen sich auf eine Bank am Neptunbrunnen und genießen die entspannte Atmosphäre und die Musik eines Saxophonspielers, der auf der Straße etwas Geld verdient.

Irgendwann nehmen sie die Bahn nach Marzahn. Vor dem Colore verabschieden sie sich und Ellen geht nach Hause. Alex sitzt schon an der Theke und Tom gesellt sich zu ihm. Theodoris erzählt von einer schönen Frau, die gestern bei ihm zu Gast war. Auf die Pizza, die sie bestellt hat, hat er ein Herz aus Cocktailtomaten gelegt. Das fand sie sehr amüsant, sie haben sich dann noch den ganzen Abend unterhalten. »Das könnte was werden«, meint er abschließend und lacht herzlich.

Die Freunde setzen sich an ihren Lieblingstisch, gleich neben dem Kuschelsofa. Tom erzählt von seinem Vorhaben, sich für einen Studienplatz zu bewerben.

»Mach das, Tom, das passt zu dir. Damit kannst du echt was erreichen.«

Tom nickt nachdenklich. »Du hast recht, ich sollte es einfach machen. Wenn nicht jetzt, wann dann?«

Wenig später in seiner Wohnung angekommen, setzt er sich gleich an seinen Schreibtisch und formuliert seine Bewerbung. Zufrieden und mit einem Lächeln im Gesicht, schickt er das Formular online an die Universität.

Lange liegt er anschließend im Bett und findet nicht in den Schlaf. Alle paar Minuten sieht er auf die roten Ziffern der Uhr, die auf seinem Nachtschrank steht. Die Zeit vergeht mal wieder im Schneckentempo. Und wie so oft in den letzten Nächten erscheint in seinen Gedanken das Bild eines Mannes. So stellt er sich seinen Vater vor.

Als am nächsten Morgen der Wecker klingelt, hat er das Gefühl, gerade erst eingeschlafen zu sein. Völlig übermüdet steht er im Bad vor dem Spiegel. Seine Augenringe verraten die anstrengende Nacht.

Mein Gott, sehe ich alt aus.

Tom schiebt eine Schicht nach der anderen. Im Wachschutz ist zurzeit die Hölle los. Viele Kollegen sind wegen Krankheit ausgefallen und da es an Bewerbern mangelt, könnte Tom rund um die Uhr arbeiten. Doch zerreißen kann er sich nicht. Er versucht zu helfen, wo er kann.

Wenn er vom Dienst nach Hause kommt, ist sein erster Gang der zum Briefkasten. Wie sehr er sich eine positive Mitteilung von der Uni wünscht. Eines Tages ist es so weit. Er schnappt sich den Brief der Universität, legt ihn ungeöffnet auf den Küchentisch und läuft schnell noch einmal los, um sich im Späti um die Ecke eine Flasche Bier zu kaufen. Anschließend setzt er sich mit der geöffneten Flasche an den Küchentisch, nimmt den Umschlag und öffnet ihn. Zwei Sekunden später reißt er die Arme hoch.

»Ich hab's geschafft, ich hab's geschafft!«, jubelt er und wedelt dabei stolz mit der Zulassung herum.

Schon am nächsten Tag liegt der zweite, diesmal dickere Umschlag von der Uni im Briefkasten. Darin findet er unter anderem aktuelle Ankündigungen das Studium betreffend, Terminkalender, Pläne für die Vorlesungen und alles Mögliche an Infos für die zukünftigen Studierenden.

Das Studium läuft gut, es macht ihm Spaß. Seit kurzem trifft er sich mittwochs mit einer Gruppe von Kommilitonen, die sich mit Algorithmen und Datenverarbeitung etwas schwerer tun. Mit Begeisterung gibt er sein Wissen weiter.

An mehreren Tagen der Woche ist er zusätzlich als Wachmann im Einsatz. Manchmal vom Nachmittag bis spät in die Nacht. Wäre er nicht auf den Lohn angewiesen, hätte er längst gekündigt. Zeit zum Ausruhen bleibt ihm kaum. Wenn er nicht Wache schiebt, sitzt er über seinen Büchern und lernt für das Studium. Außerdem kümmert er sich nach wie vor einmal in der Woche um die Obdach-

losen. Er ist überrascht über sich selbst und seinen Ehr-
geiz. So hat er sich noch nie erlebt.

*

Tom wundert sich schon gar nicht mehr, dass Ronny
sich mal wieder wochenlang nicht gemeldet hat. Dieser
Zustand ist inzwischen zur Normalität geworden, manchmal herrscht monatelang Funkstille zwischen den beiden.
Doch diesmal liegt eine unbehagliche Ahnung in der Luft.
Tom nimmt sich vor, am Nachmittag hinzufahren und
nach dem Rechten zu sehen.

Als er ein paar Stunden später an der Haustür seines
Bruders klingelt, wird ihm nicht geöffnet. Das Auto steht
auf dem Parkplatz und deutlich sind die Stimmen von
Ronny und Anette zu hören. Irritiert klingelt Tom jetzt
Sturm und als trotzdem niemand öffnet, geht er einfach
durch die Kellertür, die wie immer nicht abgeschlossen
ist, ins Haus.

»Hallo! Ich bin's, Tom, ich komme mal durch den
Keller, nicht erschrecken!«, macht er sich laut bemerkbar.

Niemand reagiert. Er geht durch den kleinen dunklen
Flur, es riecht wie immer nach Zigaretten und Alkohol.

*Na, da bin ich aber mal gespannt, was hier heute
wieder los ist.*

Auf der abgewetzten Couch im Wohnzimmer kauert
Ronny. Mit schmerzverzerrtem Gesicht liegt er auf der
Seite, ein dickes Kissen zwischen den Knien. Er scheint

starke Schmerzen zu haben. Selbst seine Stimme hat an Härte verloren.

»Hey, was ist passiert?«

»Drecksleiter«, stöhnt Ronny. »Ich wollte das blöde Ding schon hundertmal wegpfeifen, hätte ich es bloß getan.«

»Sag an, erzähl endlich, was los ist.«

Anette raucht eine nach der anderen und spricht kein Wort, es kommt Tom so vor, als wäre sie gedanklich ganz woanders. »Ich lass euch mal allein.« Sie steht auf und wankt hinaus. Tom schaut ihr hinterher. *Na, ganz ohne ist die auch nicht mehr ...*

Ronny beginnt zu erzählen, er spricht langsam, muss immer wieder kleine Pausen machen. Die Schmerzen scheinen immens zu sein.

»Guck mal aus dem Fenster.«

Tom schaut aus dem Wohnzimmerfenster in den Garten. Dort liegt ein Stapel Holz unter dem großen Kirschbaum, der mittig und mächtig auf dem Rasenstück steht. Ein Tisch mit Werkzeug und ein grüner Liegestuhl, der dort wohl seinen Platz für Pausen hat.

»Was hast du denn da vor?«

»Ich wollte einen Hochsitz in den Baum bauen, wo man sich einfach mal ausruhen kann. Ein stilles Plätzchen zum Runterkommen. Und dann bricht die Scheißleiter zusammen und ich knalle voll auf den Rücken. Es hat Stunden gedauert, bis ich hier auf das Sofa gekommen bin. Ein Wunder, das niemand die Bullen gerufen hat, weil ich vor

Schmerzen so geschrien habe, das muss sich furchtbar angehört haben.«

»Wieso hast du dich denn nicht gemeldet?«, fragt Tom ärgerlich, weil er völlig außen vor gelassen wurde.

»So liege ich hier schon ein paar Tage, kann mich kaum bewegen, die Schmerzen sind die Hölle.«

»Warst du beim Arzt?«

»Wie denn? Ohne Krankenversicherung. Das kann doch kein Mensch bezahlen. Das Einzige, das ich mir leisten kann, sind Schmerztabletten. Von denen schmeiße ich alle paar Stunden eine ganze Batterie ein.«

»Mensch, Ronny, vielleicht hast du dir etwas gebrochen, da muss mal jemand vom Fach draufgucken. Mist, ich weiß auch nicht, was kann man da machen? Es muss doch irgendwelche Stellen geben, wo die hingehen können, die nicht krankenversichert sind.«

»Ich glaube, mein Steißbein ist gebrochen, ich weiß überhaupt nicht weiter. Die Schmerzen machen mich noch irre im Kopf.«

»Was sagt denn Anette?«

»Ach, die ist im Dauersuff, anders scheint sie diese Situation nicht zu ertragen. Sie ist der treibende Part dafür, dass ich bloß keinen Arzt anrufe. Alles zu teuer, wir haben kein Geld für so etwas, außerdem hast du ja selbst deine Krankenversicherung gekündigt. Sieh zu, irgendwann wird es schon wieder besser werden ... Das sind ihre Worte.«

»Puh, harter Tobak. Aber das kann nicht ihr Ernst sein, sie sieht dich doch hier liegen.«

»Tom, sei mir nicht böse, aber ich möchte jetzt ne Runde schlafen, ich bin schon froh, wenn ich so richtig müde bin und für eine kurze Zeit mal einnicken kann. Das ist seit Tagen eine Seltenheit. Wenn diese Schmerzen doch bald nachlassen.«

Tom verabschiedet sich von seinem Bruder, er streicht ihm noch über den Kopf, Ronny tut ihm von Herzen leid. Was für eine verfahrene Lage.

»Ich mach mir mal Gedanken, vielleicht fällt mir irgendetwas ein, was dir helfen könnte. Mensch, da muss es doch was geben. Mach's erst mal gut und halt durch.«

Auf dem Nachhauseweg verabredet Tom sich noch – auf ein Bier im Colore – mit Alex. Sein Bruder geht ihm nicht aus dem Kopf und auch Alex ist betroffen, als er von der Geschichte erfährt.

Tom beruhigt sich erst, als Felie auf seinen Schoß springt und anfängt, seine Hand abzulecken. Er spürt ihre raue Zunge und die Bewegung ihres Köpfchens, krault sie hinter den Ohren und Felie genießt ihren Tom. Sie kuschelt sich an ihn und streckt ihre Vorderbeinchen bis zu seinem Hals hoch, so als würde ein Kind einen Erwachsenen umarmen wollen. Wie immer wirkt sie wie ein Beruhigungsmittel auf ihn.

Ach, Felie, denkt er. *Du hast es gut, hast keine Sorgen und brauchst auch keine Krankenversicherung. Wenn du mal krank bist, geht dein Herrchen einfach mit dir zum Tierarzt und dann wird es wieder.*

Sie trinken noch ein zweites Bier und machen sich anschließend auf den Heimweg. Tom hat seiner Mutter versprochen, mal wieder ein Wochenende bei ihr zu verbringen. Sie hat ihn um Hilfe beim Großeinkauf gebeten. Sie wollte sogar etwas Schönes kochen. Ab und zu willigt Tom ein, dann schläft er in seinem alten Zimmer und ist heilfroh, dass das nicht mehr sein Leben ist.

Als er bei ihr ankommt, trifft er auf Renate, die im Flur auf dem Boden liegt. Sie ist so besoffen, dass sie den Weg zur Toilette nicht mehr bewältigt hat. Sie muss gestürzt sein, sie liegt in ihrem eigenen Urin und schläft. Tom steigt über sie hinweg und geht in sein altes Zimmer. Um dieses Problem hier mag er sich heute nicht mehr kümmern. Vielmehr denkt er an Ronny, fragt sich, ob er ihm irgendwie helfen kann, ob es vielleicht eine naheliegende Lösung gibt. Er nimmt sich vor, seinen Bruder morgen nach dem Einkauf noch mal aufzusuchen. Vielleicht ist so ein Arztbesuch gar nicht so teuer, wie man denkt.

Mitten in der Nacht wird er von einem dumpfen Geräusch aus dem Schlaf gerissen. Aufgeschreckt hört er in die Dunkelheit, dann nimmt er ein Wimmern wahr. Es kommt aus dem Flur, wahrscheinlich ist Renate wach geworden und kriecht jetzt in ihr Bett. Tom kümmert sich nicht darum, soll sie doch allein klarkommen.

Der Einkauf zieht sich in die Länge. Sie steuern mehrere Kaufhallen an und schleppen anschließend die vollen Taschen in die Wohnung. Von Ronny erzählt er ihr nichts.

»Stell die Taschen einfach auf den Küchentisch, ich räume sie nachher aus. Ich bin so erschöpft, ich muss erst mal schlafen.« Mit diesen Worten legt sie sich aufs Sofa und Tom verlässt hungrig die Wohnung.

Auf dem Weg zu Ronny kauft er drei Döner mit einer Extraportion Tsatsiki. Mit rotunterlaufenen Augen öffnet Anette die Haustür.

»Es geht ihm echt dreckig, gut, dass du kommst.«

Tom setzt sich zu seinem Bruder aufs Sofa. Ronny kann nur im Liegen essen, es ist ihm unmöglich sich aufzusetzen. Der Tsatsiki läuft ihm aus dem Mund, ein schlimmer Anblick für Tom. Hilflos beobachtet er seinen Bruder, der qualvolle Schmerzen erleiden muss. Statt dass es von Tag zu Tag erträglicher wird, nimmt das Elend noch zu, schon der Gang zur Toilette ist die reinste Qual. Anette muss ihn stützen und so schleicht er Schritt für Schritt vorsichtig ins Bad. Sein Gesäß ist oben stark angeschwollen, vermutlich ist wirklich sein Steißbein betroffen. Tom beschwört ihn, einen Arzt zu rufen, wer weiß, was alles kaputtgegangen ist.

Ronny schüttelt den Kopf. »Kein Geld, hör auf damit.«

»Wenn du uns den Arzt bezahlst, oder eure Mutter, rufe ich sofort im Krankenhaus an.« Anette dreht teilnahmslos Zigaretten auf Vorrat und befüllt damit eine vergilbte

Plastikschale. Sie wirkt, als habe sie ihre Gefühle für Ronny komplett verloren.

Tom verabschiedet sich. Seinem Bruder kann er momentan nicht helfen, weil dieser sich nicht helfen lassen will. Er ist erschöpft, er möchte früh schlafen gehen. Die Grübeleien um Ronny zerren an seinen Nerven und das macht müde. Als er die Treppe hochgeht und an seiner Wohnung ankommt, sitzt Ellen vor seiner Tür, fast wie damals, als sie sich das erste Mal begegnet sind.

»Hey, Tom, alles okay bei dir? Du bist nicht ans Telefon gegangen, ich habe mehrmals versucht, dich anzurufen. Da mache ich mir natürlich Gedanken.«

»Oh, Ellen ... Bitte, sei nicht böse, aber ich mache mir gerade große Sorgen um meinen Bruder. Er ist gestürzt, wahrscheinlich hat er sich etwas gebrochen. Das Schlimme ist, dass er nicht zum Arzt geht, weil er vor Jahren seine Krankenversicherung gekündigt hat. Schöne Scheiße.«

Tom ist froh, dass Ellen da ist. Sie trinken eine Tasse Kirschtee, Ellen hat eine Packung des fruchtigen Tees mitgebracht. *Typisch Ellen ... Wie schön, dass ich sie kennengelernt habe und dass sie jetzt irgendwie zu meinem Leben gehört.*

Er erzählt ihr die Geschichte vom Baumhaus und dem Sturz von der Leiter. Auch sie wirkt ziemlich betroffen, aber da er gerade nichts für seinen Bruder tun kann, will er abwarten, bis er sich von sich aus meldet.

Ellen möchte ihn aufmuntern. In ihrer Erinnerung blitzen die Tanzabende mit Alex auf. Schon lange hegt sie den Wunsch, ein solches Erlebnis mit Tom zu teilen. Zaghaft fragt sie ihn, ob er sich vorstellen kann, einen Abend mit ihr im Nachtleben Berlins zu verbringen.

»Klar, Ellen, das machen wir, super Idee. Sag einfach, wann.«

»Oh, Tom, wie ich mich freue. Vielleicht schon bald?«

»Abgemacht. Echt, ich freue mich auch.«

Glückselig verabschiedet sich Ellen und Tom fällt kurz darauf wie ein schwerer Sack in sein Bett. Ein paar Minuten später ist er in der Schlafwelt unterwegs.

*

Im Kino läuft der Film *Baahubali: The Beginning*. Ein Abenteuerfilm aus Indien, über einen Waisenjungen mit übermenschlichen Fähigkeiten. Tom und Alex studieren im Schaufenster des Kinos das Programm und beschließen, sich diesen Film anzuschauen.

Der Saal ist fast leer und sie wählen Sitzplätze in der hintersten Reihe. Toms Gedanken driften immer wieder ab. Wie soll das mit Ronny weitergehen? Alex beginnt nach einer Viertelstunde zu schnarchen und Tom, gefangen in seiner Gedankenspirale, bekommt von dem Film auch nicht viel mit. Am Ende der Vorstellung verlassen beide still das Kinogebäude.

»Ich fahr noch mal bei Ronny vorbei.«

»Okay, melde dich.«

Helles Licht scheint durch das Wohnzimmerfenster in den Vorgarten. Tom kann vom Bürgersteig aus in den Raum schauen. Ronny liegt nach wie vor auf dem Sofa und fuchtelt wild mit seinen Armen in der Luft. Anette steht neben ihm und versucht seine Arme stillzuhalten. Was geht denn da ab?

Als nach mehrfachem Klingeln niemand die Tür öffnet, nimmt Tom wieder den Hintereingang. Er hört Ronny schon auf der Kellertreppe, er wimmert, hat kaum noch Stimme.

»Hallo! Hallo, ich komme mal rein«, ruft Tom lauthals.

Er erschrickt, als er seinen Bruder sieht. Ronny stiert ihm aus tiefliegenden Augen entgegen. Das ganze Sofa ist rot, Ronny liegt in seinem eigenen Blut und kann sich offenbar kaum bewegen.

Bevor Tom irgendetwas sagen kann, brüllt Anette: »Macht doch, was ihr wollt, lasst mich da raus. Ich gebe keinen Cent dazu. Selbst schuld. Hättest du mal mitgedacht damals, wie das irgendwann mal sein könnte, ohne Krankenversicherung.« Sie schmeißt ihre Zigarette in einen Aschenbecher, als könne sie ihre ganze Wut damit loswerden und stürmt hinaus. Die Haustür knallt so heftig zu, dass die Gläser in dem alten Eichenschrank vibrieren. Für Sekunden herrscht eisige Stille im Raum.

»Was war denn das jetzt? Ist die irre geworden?«

»Lass sie, das ist mir gerade scheißegal. Ruf einen Krankenwagen ... Ich kann nicht mehr. Guck dir das ganze Blut an, ich weiß gar nicht, wo das alles herkommt.«

Tom spürt augenblicklich Erleichterung. Endlich wird ein Arzt hinzugezogen, koste es, was es wolle. Sofort ruft er den Notdienst.

»Ronny, es wird nicht lange dauern, vielleicht zwanzig Minuten, das wirst du auch noch aushalten.«

Doch sein Bruder kann nichts erwidern, er hat sein Bewusstsein verloren. Panisch schlägt Tom ihm ins Gesicht.

»Ronny, jetzt mach keinen Scheiß! Mach die Augen auf, gleich kommt Hilfe, die müssten jeden Moment hier sein.«

Hilflos kniet Tom vor dem Sofa. Hier ist der Gestank kaum zu ertragen und er hat das Gefühl, sich gleich übergeben zu müssen. Dann reißt er die Fenster auf, wahrscheinlich wurde schon mehrere Tage nicht mehr gelüftet. Zigarettenqualm und Essengeruch, der modrige Geruch vom Sofa und der nach Bier machen ihm das Atmen schwer.

In weiter Ferne kann man die Sirene eines Rettungswagens wahrnehmen und einen Moment später auch das blaue Licht, das kreisend alles in Alarmbereitschaft versetzt. Endlich. Tom steht vor dem Haus und nimmt die Sanitäter, die mit einer Trage angelaufen kommen, in Empfang. Er begleitet sie ins Wohnzimmer. Und sie handeln schnell. Sie spritzen Ronny etwas, vermutlich ein Mittel gegen die höllischen Schmerzen. Oder etwas, damit er wieder zu sich kommt. Dann greifen sie ihn geschickt und heben ihn auf die Trage. Mit einem schmerzerfüllten Aufschrei ist Ronny zurück, er lässt alles geschehen.

Es scheint ihm jetzt egal zu sein, Hauptsache, ihm wird geholfen und das um jeden Preis.

»Wird schon«, versucht Tom, ihm Mut zuzusprechen. »Ich mach hier ein bisschen Ordnung, morgen besuche ich dich im Krankenhaus.«

»Danke, Tommy«, krächzt Ronny noch.

Als der Rettungswagen mit Blaulicht den Weg zurückfährt, muss Tom sich erst mal setzen. Angeekelt schaut er auf das Sofa. Jetzt, da sein Bruder nicht mehr auf dem riesigen Fleck liegt, wird der Gestank noch schlimmer. Trotzdem bleibt er und bringt die leeren Bier- und Weinflaschen von Anette zum nächsten Glascontainer, anschließend leert er die übervollen Aschenbecher und bringt das schmutzige Geschirr, das überall herumsteht, in die Küche. Die Fenster kippt er an, damit noch etwas von der frischen, kühlen Abendluft in das Zimmer strömen kann. Wie kann Anette das nur so verwahrlosen lassen? Und hat sie nicht gesehen, dass ihr Mann am Ende ist? Sie wird nachher bestimmt große Augen machen, wenn sie bemerkt, dass Ronny nicht mehr auf dem versifften Sofa liegt. Wie kann ein Mensch bloß so herzlos sein?

Tom zieht die Haustür hinter sich zu, erleichtert, dass sein Bruder nun in guten Händen ist. Jetzt noch ein Kirschtee bei Ellen, um etwas runterzukommen.

»Hast du noch einen Tee für mich?«, fragt er, nachdem sie ihm die Tür geöffnet hat, und freut sich, dass sie noch wach ist.

»Für dich immer, komm rein.«

Sie kuscheln sich auf das Sofa, jeder in eine Ecke und decken sich gemeinsam mit Ellens orangefarbener Decke zu. Tom spürt, dass sie sich gerade besonders wohlfühlt. Ihre Wangen sind gerötet und sie lächelt leise, aber unübersehbar.

Der Tee wirkt beruhigend. Tom spürt, wie sich sein Körper entspannt. Es ist ein so angenehmes Gefühl, dass er einschlummert, und auch Ellen hat ihre Augen geschlossen und wird sanft in den Schlaf getragen. So liegen sie zwei Stunden, beide noch ihre Teetassen in der Hand, bis Tom aufwacht. Vorsichtig verlässt er seinen Kuschelplatz, nimmt Ellen die Tasse aus der Hand und bringt sie in die Küche. Ellen schläft tief und fest. Geräuschlos verlässt er ihre Wohnung. *Was für ein liebes Wesen.*

*

Am nächsten Tag fährt er nach dem Frühstück ins Krankenhaus, in das Ronny gestern eingeliefert wurde. Er klopft an die Tür des Schwesternzimmers auf der Station, die ihm der Pförtner mitgeteilt hat, um sich nach seinem Bruder zu erkundigen.

»Er musste gestern notoperiert werden«, erklärt die Schwester, »er liegt noch auf der Intensivstation. Leider können Sie ihn im Moment nicht besuchen. Wenn Sie ein bisschen Geduld haben, können Sie mit unserem Stationsarzt sprechen, nachdem er seine Visite beendet hat.«

Tom bedankt sich für die Auskunft und nimmt auf einem alten Holzstuhl nahe des Stationszimmers Platz, um den Arzt nicht zu verpassen. Anderthalb Stunden sitzt er dort. Bei jedem Arzt, der mit wehendem Kittel und schnellen Schrittes den Flur entlanggeht, denkt Tom, dass das der Arzt ist, der ihm Auskunft über Ronny geben kann. Doch man lässt sich Zeit, obwohl alle ständig in Eile zu sein scheinen. Endlich wird er in ein Sprechzimmer gebeten.

Ein junger Arzt, kaum älter als Tom, teilt ihm mit, dass es Ronny nicht gut geht, man müsse jetzt abwarten.

»Die Notoperation hat ihm im allerletzten Moment das Leben gerettet. Sein Steißbein ist zertrümmert und die starke Blutung wies auf eine innere Verletzung hin. Als der Bauchraum offen vor uns lag, waren deutlich Metastasen in der Leber zu erkennen, außerdem ein tennisballgroßer Tumor im Darm. Den Tumor im Darm haben wir entfernt. Er muss höllische Schmerzen ertragen haben. Wie konnte er nur so lange warten ...«

Das finanzielle Problem spricht Tom nicht an, das spielt in dieser Situation auch keine Rolle mehr.

»Wann kann ich denn zu ihm?«

»Kommen Sie morgen wieder, die nächsten vierundzwanzig Stunden sind entscheidend.«

Traurig und erleichtert zugleich verlässt Tom das Krankenhaus. Er beschließt, nachher mit seiner Mutter zu sprechen, die von all dem noch nichts weiß.

Das war ja wieder mal klar. Völlig aufgelöst schreit sie in den Himmel. Ihr Sohn und überhaupt.

»Wie konntest du mir das so lange verschweigen? Wir gehören doch zusammen, wir haben nur noch uns. Der arme Junge, was hat er nur wieder gemacht?«

Tom sagt ihr, dass man jetzt erst mal abwarten müsse. Morgen werde er zu ihm ins Krankenhaus fahren. »Ich rufe dich an, sowie ich etwas Neues erfahre.«

»Ja, mach das«, weint sie in das Kissen, in das hässliche Geschenk ihrer Schwester.

In der folgenden Nacht hat Tom einen Traum, in dem er noch ein kleiner Junge ist und sein Bruder beschützend an seiner Seite ist. Zwei Brüder, zwei kleine Hände, die einander festhalten. Der Wecker beendet die Traumwelt, Tom wäre gern noch geblieben.

Er macht sich früh auf den Weg zum Krankenhaus. Zur Uni fährt er in diesen Tagen nicht, er versucht, am Abend ein wenig zu lernen, doch so richtig konzentrieren kann er sich nicht.

Ronny liegt zwar noch auf der Intensivstation, darf aber seinen Bruder empfangen. Als Tom, eingehüllt in einem blauen dünnen Kittel und Mundschutz, an das Bett tritt, bekommt er feuchte Augen. Ronny sieht furchtbar krank aus. Seine Augen liegen tief, man sieht ihm deutlich an, wie sehr er in den letzten Tagen gelitten hat und wie schwach er ist. An seinem Kopfende sind die zahlreichen Monitore hellwach. Sie blinken und piepen und zeigen genau an, wie es in seinem Körper gerade aussieht. Er ist wach und lächelt Tom aus seinem blassen Gesicht an.

»Guck nicht so ernst, das wird schon wieder. Stell dir vor, ich habe überhaupt keine Schmerzen, ich fühle mich wie neugeboren. Total schwach, aber immerhin schmerzlos.«

Tom zieht einen Hocker unter dem Bett hervor und als er sich setzt, bemerkt er, dass Ronny eingeschlafen ist. Eine ganze Weile betrachtet er seinen Bruder, sein Zustand geht ihm schrecklich nahe. Drainagen mit Auffangbeuteln für Blut, Wundwasser und Urin hängen am Bett. Tom mag sich gar nicht vorstellen, wie es unter Ronnys Decke aussieht, wie all diese Schläuche und Katheter in dem ausgezehrten Körper stecken.

Irgendwann steht er leise auf, um zu gehen. Die Betten der Patienten auf der Intensivstation sind nur mit blassgelben Vorhängen voneinander getrennt. In dem saalähnlichen Raum werden die Frischoperierten behandelt, jeder Einzelne wird hier engmaschig durch etliche Geräte überwacht. Es rauscht, piept und blinkt in allen Ecken. Auf dem Weg zur Tür sieht Tom andere Patienten, alles ältere Männer. Ronny ist hier mit Abstand der Jüngste.

Bevor Tom sich auf den Weg zu seiner Mutter macht, um ihr zu berichten, geht er ein paar Minuten in dem angrenzenden Wäldchen spazieren. Das Krankenhaus liegt direkt am Wald, beinahe im Wald. In die Bäume kehrt das Leben zurück, zart sprießt das Grün und die Narzissen leuchten ostergelb. Frühlingsatmosphäre. Tom schließt die Augen und genießt für einen Moment die Natur, während sein Bruder in einem der oberen Stockwerke in einem Überwachungsraum um sein Leben kämpft.

Schließlich verlässt er den Wald, der gemischte Gefühle in ihm ausgelöst hat. Hier möchte er auf jeden Fall mal mit Ronny spazieren gehen. Vielleicht kann er ihn in den nächsten Tagen mit einem Rollstuhl rausfahren. Das müsste doch möglich sein.

Bevor Tom zu Renate hochgeht, kehrt er kurz im Colore ein, bestellt eine Cola und holt sich Felie auf den Schoß. Die kleine Schmusekatze schnurrt beruhigend und drückt ihr Fellköpfchen an Toms Hand. Die zwei genießen sich.

Etwas später sitzt Tom in der Küche seiner Mutter und erzählt ihr von Ronnys Zustand. »Wir müssen einfach weiter abwarten, mehr können wir nicht tun«, sagt er abschließend. »Und vielleicht können wir in ein paar Tagen zusammen hinfahren, aber jetzt soll er erst mal zur Ruhe kommen. Ich hoffe nur, dass Anette von ihrem hohen Ross runtergekommen ist und ihm endlich zur Seite steht.«

Renate stellt eine Flasche Wein und zwei Saftgläser auf den Tisch.

»Nein, danke«, sagt Tom, »ich gehe jetzt. Nach Wein ist mir nun wirklich nicht.«

Auf dem Nachhauseweg kratzt er das restliche Geld aus seinem Portemonnaie zusammen, wovon er sich im Späti noch eine Schachtel Pall Mall und eine Bifi leisten kann.

*

Sieben Tage hat Ronny auf der Intensivstation gelegen, Tom hat jeden Tag an seinem Bett gesessen. Manchmal konnten sie sich unterhalten, manchmal hat Ronny nur geschlafen. Tom hat sich an den Anblick seines Bruders gewöhnt, kaum zu glauben. Er ist fest davon überzeugt, dass alles gut werden wird. Dies hier ist nur der Anfang eines neuen Weges.

Ronny meldet sich schließlich per Messenger, er wird in ein normales Zimmer verlegt. Er schreibt Tom noch die Station und die Zimmernummer. Und er schreibt, dass er sich auf ihn freut und dass er endlich mal raus an die frische Luft möchte. Tom ist froh über diese Nachricht, die er liest, als er – schon auf dem Weg ins Krankenhaus – in der Straßenbahn sitzt.

Hier sieht es zum Glück anders aus als auf der Intensivstation. Die Atmosphäre ist deutlich ruhiger, zwar ist fast alles in einem kühlen Weiß gehalten, aber wenigstens die Wände sind bunt gestaltet. Große Bilder mit Pflanzen und informative Plakate mit Gesundheitsratschlägen schmücken den Flur. Aus dem Schwesternzimmer hallt ein Lachen, das über die ganze Station zu hören ist.

Neben einer kleinen Sitzecke stehen Rollstühle. Einen davon schnappt sich Tom gleich. *Es geht aufwärts Schritt für Schritt, heute nehme ich ihn mal mit raus in den Wald.*

Ronny sitzt im Bett und lacht ihm entgegen, er sieht gleich etwas gesünder aus. In dem Dreibettzimmer stehen zwei Betten nebeneinander und das dritte hat seinen Platz gegenüber in einer Nische, direkt an einem großen Fenster. Die Nische hat Ronny für sich und es ist der schönste Platz im Zimmer. Er kann direkt vom Bett aus in den nahenden Frühling schauen. Deutlich kann man das zarte Grün der frischen Blätter erkennen.

»Darfst du die Station verlassen? Ich würde dich gern mit raus an die frische Luft nehmen.«

»Frag mal lieber kurz die Schwestern, ich weiß nicht, ob ich mit dem ganzen Gerödel allein klarkomme.«

»Ganzes Gerödel? Ich sehe nur einen Urinbeutel, damit laufen hier viele rum. Das sollte kein Problem sein.«

Ronny zieht das Deckbett zurück und schiebt das Krankenhausnachthemd zur Seite. Sein Bauch liegt nun frei und Tom ist zutiefst erschrocken. Er braucht einen Moment, um das, was er sieht, zu ordnen.

»Was ist das denn?«

»Das ist ein Stoma, ein künstlicher Darmausgang. So etwas kannte ich vorher auch nicht. Ich habe mich bis jetzt noch nicht selbst drum gekümmert, ich muss das erst mal verkraften.«

»Puh, krass. Bleibt das so?«

»Leider ja, aber sie sagen, dass man gut damit zurechtkommt, man müsse sich nur daran gewöhnen. Sogar Sport wäre mit so einem Ding möglich.«

»Ja, gut, dafür hast du ja noch mal die Kurve gekriegt.«

»Der Tumor war so groß wie ein Tennisball, den haben sie gleich entfernt und auch ein langes Stück vom Darm. Deswegen mussten sie diesen künstlichen Ausgang legen. Stell dir vor, ich habe da jetzt ein offenes Loch im Bauch. Irgendwie finde ich es gruselig.«

»Und wie funktioniert es, wenn du mal aufs Klo musst?«

»Ich kann es nicht mehr selbst steuern. Aus, vorbei, für immer. Die Ausscheidungen gelangen von selbst in den Beutel, der hier von außen über das Loch geklebt wurde.«

»Ich kann mir so etwas überhaupt nicht vorstellen.«

»Man gewöhnt sich an alles und an diese Situation hoffentlich auch. Ich muss nur darauf achten, dass der Beutel rechtzeitig gewechselt wird, damit nicht irgendwann alles rausgequetscht wird. Dann gibt es auch geruchstechnisch keine Probleme. Nun guck nicht so.«

»Und was passiert mit einem vollen Beutel?«

»Der wird in einem Eimer mit Deckel entsorgt. Bloß nicht in die Toilette werfen, haben sie gleich zu Anfang gesagt. Ich werde schon damit klarkommen.«

»Wollen wir jetzt mal rausgehen? Ein bisschen frische Luft wird uns beiden guttun.«

Tom hilft seinem Bruder in den Rollstuhl, zieht ihm eine Jacke über und deckt seine nackten Beine mit einer

Wolldecke, die am Fußende liegt, zu. Er schiebt ihn zum Schwesternzimmer und sagt dort Bescheid. Niemand hat etwas dagegen, dass sie einen kleinen Spaziergang machen.

Die frische Luft, die nach Frühling, Natur und sogar Freiheit riecht, ist das krasse Gegenteil von dem, was Tom gerade in dem Krankenzimmer in der dritten Etage erfahren hat. Ronnys Leben wird sich komplett verändern. Und das muss auch Anette akzeptieren. Es wird alles nicht mehr so einfach sein, wie es einmal war.

Tom schiebt den Rollstuhl direkt in den Wald, hier gehen zahlreiche Patienten spazieren und versuchen abzuschalten, das Krankenhausgeschehen ein wenig hinter sich zu lassen. Nach ein paar hundert Metern wird es ruhiger auf dem Weg und Tom steuert eine knorrige Holzbank an.

»Ich hoffe, du hast keine Schmerzen bei dem Geholper auf diesem Weg.«

»Nein, überhaupt nicht, mach dir keinen Kopf. Ich werde zurzeit noch zugedröhnt mit allen möglichen Medikamenten. Zeitweise habe ich das Gefühl, high zu sein. Irgendwie schwebe ich durch die Tage.«

»Hat Anette dich schon besucht?«

»Sie war ein paar Mal da und sie war sichtlich betroffen. Jetzt müssen wir sehen, wie es zu Hause weitergeht. Weiß Mutter Bescheid?«

»Ja, aber nur so halb. Ich werde ihr heute den Rest erzählen. Mal sehen, wie sie es aufnimmt. Du kennst sie ja. Vielleicht bricht sie wieder zusammen oder bestellt sich gleich eine große Flasche von dem roten Billigfusel beim Dönermann. Es hat sich nichts geändert, Bruderherz.«

Ronny legt seine Hand auf Toms Arm. So bleiben sie eine ganze Weile schweigsam und regungslos sitzen.

»Es tut mir leid, dass alles so gekommen ist«, sagt Ronny irgendwann.

»Aber du kannst doch gar nichts dafür.«

»Nein, ich meine, dass du das ganze Theater mit unserer Mutter allein an der Backe hattest. Ich habe dich einfach zu früh allein gelassen. Ich habe nur an mich gedacht. Oft hatte ich ein schlechtes Gewissen, das kannst du mir glauben.«

Tom steht wortlos auf und wendet den Rollstuhl. Während er seinen Bruder auf dem holprigen Weg zurückschiebt, sieht er Bilder, die er schon vergessen glaubte. Bilder von einem kleinen Jungen, der schnell bemerkt hat, dass seine Mutter anders ist. Er sieht Bilder davon, wie sie ihm das Klauen beigebracht hat, wie er sie beim Stehlen beobachtet hat, immer voller Angst, dass sie erwischt wird.

Am Eingang des Krankenhauses rauchen sie noch eine Zigarette, obwohl Ronny das Rauchen strengsten untersagt wurde.

Oben im Zimmer hilft Tom ihm zurück ins Bett. Ronny ist fix und fertig, auch wenn er die ganze Zeit geschoben wurde und sich kaum bewegt hat.

»Sag mal, eine Frage habe ich doch noch zu der Beutel-geschichte. Kommen denn die Ausscheidungen aus beiden Löchern gleichzeitig, also unten und aus dem Bauch?«

»Nein, unten haben sie mich zugenäht.«

Tom kann gar nicht glauben, was Ronny da sagt. Der-artige Zusammenhänge hat er in seiner Gedankenwelt nie betreten. Warum auch. Es gab keine Berührungspunkte. Etwas schockiert verabschiedet er sich. Es wird eine Weile dauern, bis er diese Vorstellung verinnerlicht hat. Am liebsten würde er jetzt ins Colore fahren, aber er hat Renate versprochen, am Abend noch kurz vorbeizukom-men, um ihr Neuigkeiten von Ronny zu bringen.

»Nun erzähl mal, was macht mein großer Junge?«

Tom berichtet, dass Ronny nicht mehr auf der Inten-sivstation liegt und dass es ihm den Umständen entspre-chend eigentlich recht gut geht. Von dem Stoma erzählt er ihr auch, doch von den Einzelheiten dieser OP, von den Folgen, mit denen Ronny nun leben muss, wird er ihr zu gegebener Zeit erzählen.

Wie erwartet bricht sie dramatisch in Tränen aus. Mein lieber Junge, mein liebes Kind, wiederholt sie dauernd. Tom hat mit einer solchen Reaktion gerechnet, trotzdem ist das jetzt zu viel an diesem Tag. Er lässt sie sitzen und geht doch noch ins Colore. Auf den Schreck des Tages braucht er ein Bier und er braucht Felie.

Da Alex heute Abend anderweitig unterwegs ist, sitzt Tom allein an der Theke. Theodoris ist mal wieder bestens gelaunt, er überlegt gerade, ob er sich mal bei einer Castingshow bewerben soll. Einmal auf einer Bühne stehen, das ist sein größter Traum. Und Felie, sie hat ihren Tom längst entdeckt und lässt sich von ihm auf den Schoß heben. Drei Flaschen Kindl, dann geht er.

In dieser Nacht hat Tom einen fürchterlichen Traum. Er träumt, dass ihm alle Körperöffnungen zugenäht werden. Nichts kann mehr aus seinem Körper heraus, er kann nicht mehr atmen, nicht mehr um Hilfe rufen. In dem Augenblick, in dem er denkt zu sterben, erwacht er. Erleichtert, dass es nur ein Traum war, denkt er im selben Moment an Ronny. Wie soll sein Bruder mit einer derart einschneidenden Veränderung fertig werden?

*

Als Ellen nicht an ihr Handy geht, beschließt Tom, zu ihr zu fahren. Er möchte sie zum Essen einladen, er möchte mit ihr einen schönen Abend verbringen und anschließend tanzen gehen. Er wundert sich selbst über die plötzliche Idee, aber er hat Ellen so sehr in sein Herz geschlossen, dass er ihr einfach eine Freude machen, sie überraschen möchte.

Im Treppenhaus hört er laute Musik, er kann sich schon denken, dass sie aus Ellens Wohnung dröhnt. Und so ist es auch. Das Klingeln kann sie nicht hören, wahrscheinlich tanzt sie über Tische und Bänke, das ist seit einiger Zeit ihre neue Leidenschaft. Tom hämmert mit beiden Händen gegen die Wohnungstür. Zeitgleich lässt er ihr Handy klingeln. Zwischen zwei Musikstücken hört sie endlich sowohl das Getöse als auch das Handyklingeln. Völlig verschwitzt öffnet sie die Tür und als sie Tom erblickt, fällt sie ihm spontan um den Hals. Etwas verwundert erwidert er ihre Umarmung.

»Hast du Lust auf einen Tanzabend?«, fragt er dann.

Mit großen leuchtenden Augen strahlt sie ihn an. »Oh, Tom, das ist aber eine Überraschung! Klar habe ich Lust. Ich gehe schnell duschen, dauert nicht lange.«

Tom freut sich darüber, dass sie sich freut. Die Überraschung ist ihm gelungen. Und irgendwie gefällt ihm seine Idee, den Abend mit ihr zu verbringen. Außerdem hat er Lust zu tanzen.

Als Ellen ausgehfertig vor ihm steht, muss er schmunzeln. Sie hat einen knallroten Lippenstift benutzt und leider etwas über die Konturen hinaus gemalt. Ganz kurz überlegt er, wie er sich verhalten soll, dann geht er ins Bad, findet ein feuchtes Kosmetiktuch im Alibert und wischt ihr vorsichtig die überschüssige Farbe von den Lippen. Wortlos lässt sie es geschehen.

Sie gehen zu Fuß, wollen erst einmal etwas essen. Die nächste Pizzeria ist nicht weit. Die Tische sind bis auf einen besetzt. Glück gehabt. Der Pizzabäcker hat alle Hände voll zu tun, das Geschäft läuft gut, es dauert eine ganze Weile, bis er eine Pizza Margherita für Ellen und eine Pizza Diavolo, extra groß, für Tom an ihren Tisch bringt. Ellen sieht glücklich aus, sie scheint im siebten

Himmel zu schweben und Tom ist gerührt. Er spürt, dass sie seine Gesellschaft in diesem Moment besonders genießt.

Auch für ihn ist dieser Abend eine hervorragende Abwechslung. Ein Kontrastprogramm zu den vergangenen Tagen. Von seinem Bruder erzählt er nichts, das passt nicht in die entspannte Atmosphäre. Außerdem möchte er mal komplett abschalten von dieser furchtbaren Krankengeschichte. Er befreit sich heute Abend davon, indem er sich auf Ellen einlässt, sieht, wie beflügelt sie wirkt. Sie hat sich verändert, ist freier und selbstbewusster geworden. Das Mausgrau hat sie aus ihrem Leben gepustet, sie trägt jetzt bunte Kleidung. Sie ist sichtbar geworden. Für Tom ist sie inzwischen eine Bereicherung seines Lebens und genau das ist er auch für sie, für ihr Leben.

Nach dem Essen suchen sie einen Tanzclub auf, der nur ein paar Straßenbahnstationen entfernt liegt und in dem Rock und Techno gespielt wird. Die Musik ist ohrenbetäubend laut, der Rhythmus ist schnell und der Bass ist im Bauch zu spüren. Eine perfekte Kombination. Ellen zieht Tom sofort auf den Tanzboden, der gerappelt voll ist. Er folgt ihr und sie lässt erst in der Mitte der Tanzfläche seine Hand los. Dann gibt er sich dem Takt der Musik hin und auch Ellen scheint sich in einer anderen Welt zu bewegen. Sie tanzt mit geschlossenen Augen. Ihre Arme wedeln auf und ab und um sie herum, als hätte sie die Kontrolle über sie verloren. Wie in Trance trifft sie perfekt den Takt, wie eine Schlange windet sie ihren Körper.

Tom hat sich längst von ihr anstecken lassen, wirft sich wie sie dem Rhythmus entgegen und lässt sich einfach mitnehmen. Sie reißen ihre Arme hoch und springen immer wieder in die Luft. Endorphine und Dopamin um sie herum, ein Rausch der Gefühle.

In dem Taumel, in dem sie sich eng beieinander zur Musik bewegen, spürt Tom mal wieder, wie sehr er sie mag. *Ellen, mein Zufluchtsort in diesem chaotischen Dasein.* Er weiß allerdings auch, dass Ellen Gefühle ganz anderer Art für ihn hegt. Gefühle, in denen eine besondere Zuneigung eine Rolle spielt. Doch das ist nicht das, was Tom in ihrer Freundschaft sieht. Eine Liebesbeziehung mit Ellen kommt für ihn nicht infrage, aber eine intensive freundschaftliche Verbindung zu ihr wünscht er sich, beständig, für immer.

Jetzt läuft Techno und die zwei legen noch einen drauf. Wie in Ekstase geben sie ihre Körper der Musik hin, anderthalb Stunden sind sie im Dauerrausch. Schweißgebadet schieben sie sich schließlich von der Tanzfläche, diesmal geht Tom voraus und führt Ellen. Sie verlassen den Club und fahren ohne viele Worte mit der Straßenbahn zurück. Tom bringt sie bis zu ihrer Wohnungstür. Nach einer kurzen Abschiedsumarmung läuft er das Treppenhaus wieder runter, nimmt gleich mehrere Stufen auf einmal, so wie früher, als er hier noch wohnte.

Auf dem Weg nach Hause macht er noch eine Bierpause im Colore. Das Tanzen war nicht ohne, eine angenehme Erschöpfung, die er schon eine Ewigkeit lang nicht mehr gespürt hat, lässt ihn sich auf seinen Schlaf freuen. Die letzten Gedanken vor dem Eintritt in die Schlafwelt gehören Ronny. So einen Abend wird sein Bruder nie wieder erleben können.

*

Das Krankenhaus wird von der Frühlingssonne angestrahlt, es sieht märchenhaft aus, wie es da am Waldrand liegt. Dass dort schwerkranke Menschen um ihr Leben kämpfen, ist bei diesem Anblick kaum vorstellbar. Tom raucht neben der Eingangstür noch eine Zigarette, bevor er sich auf den Weg zu Ronnys Station macht. Als er das Zimmer betritt, wird er von einem unangenehmen Geruch fast erschlagen. Am liebsten würde er sofort wieder raus an die frische Luft laufen. Ronny sitzt hilflos im Bett.

»Ich habe schon nach der Schwester geklingelt. Mal sehen, wie lange die mich jetzt wieder warten lassen. Guck dir das mal an … Der Scheißbeutel ist abgegangen und der ganze Mist ist überall verteil. Und das ist nicht das erste Mal.«

Tom weiß gar nicht, wie er sich verhalten soll oder was er überhaupt sagen soll. Zum Glück kommt in diesem Moment eine Schwester dazu und Tom geht aus dem Zimmer, das ist dann doch etwas zu viel für ihn. Er verlässt das Gebäude, um noch eine zweite Zigarette zu rauchen.

Meine Güte, krass. Sein ganzes Leben wird sich komplett verändern. Damit muss man erst mal klarkommen.

Als er zurück in Ronnys Zimmer kommt, hört er die Schwester zu seinem Bruder sagen: »Machen Sie sich keine Gedanken, damit werden Sie bald ganz allein fertig. Jeder Anfang ist schwer. Das ist völlig normal.«

Das große Fenster ist weit geöffnet, doch der fiese Geruch nach Kot wabert noch dominant umher.

»Los, Ronny, wir gehen raus an die frische Luft, das hält ja keiner aus hier in diesem Zimmer.«

Er hilft seinem Bruder beim Anziehen, anschließend rollt er ihn mit dem Rolli durch den langen Stationsflur und dann endlich hinaus aus dem Haus. Mit schnellen Schritten sucht er eine Sitzgelegenheit auf dem Weg, der in den Wald führt. Heute sind nicht so viele Patienten im Grünen unterwegs, deshalb finden sie schnell eine Bank, die zu einer Zigarettenpause einlädt. Tom zündet sich gleich eine an. Und bevor er seinem Bruder sagen kann, dass dieser wohl besser mit dem Rauchen aufhören sollte, hat sich Ronny schon eine Zigarette aus der Schachtel gezogen.

»Ich glaube nicht, dass du in deiner Situation rauchen solltest. Du musst jetzt an deine Gesundheit denken. Ich mache meine Zigarette wieder aus.«

»Quatsch, rede keinen Unsinn. Klar, jetzt wollen alle, dass ich mit dem Rauchen aufhöre, aber das ist schon noch meine Sache.«

Tom gibt ihm Feuer, obwohl sich alles in ihm dagegen sträubt. Dann pusten sie still den Rauch ihrer Zigaretten in die Frühlingsluft.

Ronny stupst ihn in die Seite. »Komm schon, das wird wieder. So schnell lass ich mich nicht unterkriegen.«

Es ist an der Zeit, mit Renate über alle Details zu reden. Sie sollte Bescheid wissen. Als Tom auf dem Weg zu ihr nach oben ist, würde er am liebsten zu Ellen gehen und dort bleiben.

Diesmal klingelt er, statt seinen Schlüssel zu benutzen. Sie öffnet im Bademantel die Tür, sie scheint nüchtern zu sein. Na, immerhin.

Zusammen setzen sie sich an den Küchentisch, die Kaffeemaschine brodelt vor sich hin.

Mann, Mann, Mann, wie oft habe ich ihr schon gesagt, dass das alte Ding dringend entkalkt werden muss. Dass überhaupt noch was durchläuft.

Es dauert eine halbe Ewigkeit, bis das Gebräu endlich in den Tassen landet. Und dann erzählt Tom in einem Rutsch, wie es um Ronny steht. Er erzählt von den Metastasen in der Leber, der Operation am Darm und schließlich über die Stomasache. Er erzählt, was er am Vormittag bei Ronny im Zimmer erlebt hat, dass der Beutel nicht mehr dort saß, wo er hingehört. Über den Gestank spricht er und davon, dass Ronny nicht auf den Rat der Ärzte hören will, was das Rauchen betrifft.

Renate ist völlig aufgelöst. Sie wusste nicht, dass es so ernst um ihren älteren Sohn steht und zunächst will sie es nicht glauben. Tränenüberströmt steht sie auf und holt eine Flasche Goldkrone aus dem Schrank.

»Eigentlich wollte ich heute nichts trinken, aber auf diesen Schreck ...«

Tom erträgt ihren Anblick nicht mehr, er hat sich schon so weit von ihr distanziert, dass sie ihn gefühlsmäßig nicht mehr berühren kann. Sie muss allein mit ihrem verkorksten Leben fertig werden. Er will sich von ihr nicht mehr runterziehen lassen.

»Mach's gut, ich komme wieder vorbei.«

»Tom ... Bleib doch noch.«

Da fällt auch schon die Wohnungstür ins Schloss. Er fühlt sich gut, wenn er gehen kann, das war nicht immer so. Anfangs hatte er stets ein schlechtes Gewissen, wenn er sie allein ließ, aber mittlerweile spürt er, dass es richtig ist, sich zu seinen Gunsten zu entscheiden. Er hat eine Art Selbstschutz seiner eigenen Mutter gegenüber entwickelt.

Er läuft die Treppen hinunter, an Ellens Tür vorbei. Sie hat die Musik wieder laut gestellt, wahrscheinlich bewegt sie sich in ihrer Tanzwelt. *Das zarte Mauerblümchen, wie es sich doch entfaltet hat. Jetzt lebt sie ihr Leben bunt.*

Es schüttet wie aus Kübeln, als er auf die Straße tritt. Tom läuft dicht an den Häuserwänden entlang, doch der Regenguss erreicht ihn auch dort. Nach ein paar Minuten ist er klitschnass. Und das beflügelt ihn regelrecht. Nun geht er langsam durch den Regen und es ist, als spüle der Wolkenbruch einen Teil seiner Ängste um seinen Bruder fort. Anderen Menschen scheint es genauso zu ergehen, viele gehen so gemächlich ihrer Wege, als würde es gar nicht von oben herunterprasseln. Immer wieder lächelt jemand und auch Tom hat ein Lächeln auf dem Gesicht. Als gäbe es eine freundliche Verbindung zwischen den nassen Menschen, die sich hier begegnen.

Triefend betritt Tom schließlich seine Wohnung, duscht heiß und fällt ungewohnt erleichtert ins Bett.

Sieben Tage nach der Operation wird Ronny aus dem Krankenhaus entlassen, Tom und Anette holen ihn ab. Ronny, der noch nicht aufrecht gehen kann, hakt sich bei seinem Bruder unter. Der Weg bis zum Auto ist sichtlich beschwerlich für ihn. Anette bringt die zwei nach Hause und muss dann gleich weiter zur Arbeit, sie hat nicht einmal Zeit, die beiden hineinzubegleiten.

Als die Brüder ins Wohnzimmer kommen, reißt Tom sofort die Fenster auf. Der Mief von neulich liegt noch in der Luft. Angeekelt schaut Tom sich um. Es wirkt, als hätte Anette nicht ein einziges Mal gelüftet. Oder einfach mal saubergemacht. Etliche leere Weinflaschen stehen auf und unter dem Tisch. Der Aschenbecher ist randvoll. Der verranzte Sessel steht vor dem Fernseher, daneben ein kleines Tischchen mit Fernbedienung, einem weiteren Aschenbecher und einer Fernsehzeitung. Als hätte sie tagelang nur ferngesehen … Das Sofa stinkt bestialisch, die getrockneten Blutflecke sind braun geworden. Am liebsten würde Tom seinen Bruder mit zu sich in seine Wohnung nehmen. Es ist beinahe unzumutbar, hier zu leben. Er platziert Ronny in einem Sessel und legt Anettes Fleecedecke auf die widerliche Couch. Dann hilft er seinem erschöpften Bruder, sich auf das Sofa zu legen. Tom kann gar nicht anders, er räumt auf.

»Also, ich würde das alte Sofa entsorgen und ein neues kaufen, ein gebrauchtes, eins, das nicht so stinkt und einigermaßen in Schuss ist.«

Als er die leeren Flaschen zum Glascontainer bringt, kauft er anschließend im nächsten Geschäft eine Flasche Raumduft. Angeblich soll die Flüssigkeit, wenn sie auf unangenehm riechende Gegenstände gesprüht wird, starke Gerüche neutralisieren. Gerüche nach nassem Hund, Zigaretten, muffigen Kleidungsstücken, modrige Teppichgerüche und so weiter. So ist es auf der Flasche beschrieben.

Ronny ist eingeschlafen, er liegt auf Anettes Decke, als wäre alles in Ordnung. Als würde sein Leben so weiterlaufen wie bisher. Doch nichts wird wie gewohnt weitergehen. Nichts. Nicht für Ronny. Tom vermutet, dass sein Bruder noch gar nicht richtig realisiert hat, was in der letzten Woche alles passiert ist. Oder er kann es gut verdrängen. Aber wie auch immer, irgendwie muss es weitergehen. Er muss die neue Lebenssituation akzeptieren, er hat keine andere Wahl.

Tom will ihn nicht wecken. Auf die Stirn der lächelnden Dame mit den schneeweißen Zähnen, die auf dem Titelbild der Fernsehzeitung prangt, schreibt er, dass er am nächsten Tag wieder vorbeikommt, und legt die Zeitung so auf den Tisch, dass Ronny sie nicht übersehen kann.

Auf dem Weg nach Hause ruft er bei Alex an. Er hat Lust auf ein längeres Gespräch mit ihm, am besten bei einem guten Whisky. Schön, Alex ist schon im Colore und Tom macht sich auf den Weg dorthin.

»Sag mal, was hast du denn mit Ellen gemacht? Die ist ja komplett umgekrempelt.«

Tom erzählt ihm von dem tollen Abend im Technoclub, wie verrückt sie getanzt haben und dass er das alles total genossen hat.

»Entwickelt sich da vielleicht doch etwas?«

»Nein. Sie tut mir echt gut, in ihrer Nähe komme ich runter, aber mit Liebe hat das nichts zu tun.«

Dann spricht Tom über Ronny, über all das, was in den letzten Tagen passiert ist, und darüber, dass er nicht weiß, wie es weitergehen soll. Dass er das Gefühl hat, dass Ronny den Ernst der Situation unterschätzt, dass er, wie schon so oft, alles auf die leichte Schulter nimmt. Nach dem Motto: Ach, das wird schon.

»Seine Zukunft sieht jetzt nicht so rosig aus.«

*

Die Prüfungszeit ist in vollem Gange, Tom versucht, sich auf seine Abschlussprüfungen zu konzentrieren. Leicht fällt ihm das nicht, da ihn die wachsende Sorge um Ronny zunehmend belastet. Die Angst ist riesig, dass er es doch nicht schafft, dass etwas passieren könnte. Mehrmals wollte Tom in den letzten Tagen mit seinem

Bruder telefonieren. Durch den Prüfungsstress kann er ihn gerade nicht jeden Tag besuchen. Immer war Anette am Telefon.

»Ronny schläft gerade«, sagte sie dann regelmäßig. »Du musst nicht kommen, alles okay.«

Tom ist einerseits beruhigt, aber andererseits verspürt er eine nagende Unruhe. Abends büffelt er bis tief in die Nacht über Stochastik, Algorithmen und Programmiersprachen. Und wenn er im Bett liegt, wünscht er sich sehnlichst, dass Ronny ein unbeschwertes Leben führen kann. Doch davon ist sein Bruder im Moment weit entfernt.

Als der Großteil der mathematischen Prüfungen absolviert ist, beschließen Tom und ein paar Kommilitonen, in einer Pizzeria zu Mittag zu essen. In einer lustigen Runde verbringen sie dort den Nachmittag miteinander, sie freuen sich allesamt auf einen guten Abschluss. Die Stimmung ist ausgelassen und Tom fühlt sich in der Gesellschaft der freundlichen und wohlwollenden Menschen im Augenblick vollkommen entspannt.

Nach dem Essen sind sie sich einig, die Location zu wechseln. Von der Pizzeria in den Technoclub. Es ist derselbe Club, in dem Tom neulich mit Ellen im Tanzfieber war. Auch heute wird getanzt, bis sich Schweißperlen auf der Stirn bilden. An diesem Abend ist die Tanzfläche nicht so überfüllt wie an jenem Abend mit Ellen, so hat die ganze Gruppe Platz zum Tanzen. Unbeschwert gibt sich Tom in Hochform den bassgefüllten, schnellen Rhythmen hin, während die Discokugel am Clubhimmel Hoffnungs-schimmer aufblitzen lässt.

Ronny muss zurück ins Krankenhaus, Anette hat in der Nacht eine WhatsApp geschickt. Es würde ihm nicht gut gehen und es wäre schön, wenn Tom am Nachmittag mal nach ihm schauen würde. Mehr steht da nicht. Tom hat es erst nach dem Aufwachen am Morgen gelesen. Er nimmt sich vor, nach dem Dienst im Wachschutz zusammen mit Renate ins Krankenhaus zu fahren.

Als er später mit seiner Mutter das Zimmer betritt, sehen sie, wie sich eine Krankenschwester über Ronny beugt. Renate hält sich sofort die Hände vors Gesicht, Tom greift nach ihrem Arm, um ihr Halt zu geben. Zögernd nähern sie sich dem Bett, in dem Ronny liegt. Überall ist Blut, der Beutel ist abgerissen, die große Bauchnarbe auf-gekratzt.

Ronny ist tot.

Es muss gerade passiert sein.

Die Schwester entfernt die Schläuche und schaltet den Monitor ab, mit dessen Hilfe Ronny überwacht wurde. Renate fängt an zu schreien, sie verliert völlig die Fas-sung. Auch Tom ist nach Schreien zumute, aber er will in dieser schrecklichen Situation Stärke bewahren, will der Starke an ihrer Seite sein. Er kann seinen Gefühlen nicht freien Lauf lassen, auch wenn er sich das einerseits so sehr wünscht. Es geht nicht einmal in einem solchen

Moment. In diesem grausamen Moment, den er nie vergessen wird. Niemals.

Wie ferngesteuert hält er den Blick auf seinen Bruder gerichtet. Vermutlich hat er sich den Beutel selbst abgerissen und dann die Bauchnarbe aufgekratzt. Seine blutverschmierten Hände, das Blut ist deutlich unter seinen Fingernägeln zu sehen, liegen auf der zartgelben Bettdecke. Es sieht so aus, als hätte er in den letzten Sekunden seines Lebens gekämpft. Um das Leben oder um den Tod, das wird niemand mehr erfahren. Seine Beine sind aufgequollen, wie dicke Elefantenbeine liegen sie auf dem Bett. Seine Haut hat sich gelb verfärbt, er ist kaum wiederzuerkennen. Wie ein Fremder liegt er da und Tom wünscht sich, dieser Tote wäre jemand anderes. Ein Irrtum, sie sind im falschen Zimmer, Ronny muss in einem anderen Zimmer liegen. Wie gut das wäre.

Jetzt steht ein junger Arzt am Bett, aber Tom kann seinen Blick nicht abwenden. Er hält seine Mutter im Arm, die am ganzen Körper zittert und schmerzerfüllte Laute von sich gibt, und starrt auf seinen leblosen Bruder.

»Seine Leber hat versagt. Sein Körper hatte nach der großen Darmoperation nicht mehr die Kraft, dagegen zu anzukämpfen.« Der Arzt sieht aus, als ob er es selbst nicht begreifen kann. Er deckt Ronny mit einer Decke zu. Bis zum Hals. So sind auch die großen Blutflecke nicht mehr zu sehen.

Toms Mutter sackt unter der Last der Trauer in sich zusammen. Sie rutscht an seinem Körper hinab und krümmt sich auf dem Boden. Tom kann sich nicht bewegen, stocksteif steht er da. Ein unendlicher, herzzerreißender Schmerz lähmt ihn.

Die Schwester kümmert sich nun auch um Renate. Sie hilft ihr hoch und nimmt sie mit ins Stationszimmer, redet ruhig auf sie ein und Tom hört noch, dass sie von einem Beruhigungsmittel spricht.

»Ich lasse Sie jetzt allein mit Ihrem Bruder«, sagt der Arzt leise. »Nehmen Sie sich die Zeit, die Sie brauchen. Verabschieden Sie sich.« Dann verlässt auch er den Raum.

Das Geschehene ist nicht greifbar, es fühlt sich irreal an. Verzweifelt wünscht sich Tom, dass Ronny die Augen öffnet oder seine Hand, einen Arm, einen Zeh oder irgendetwas bewegt, um zu zeigen, dass noch Leben in ihm ist. *Wir sind doch mit dem Rolli raus in den Wald gefahren, das war doch gerade erst, das hat dir gefallen. Und du hast noch unten in der Cafeteria mit einer Mitpatientin geflirtet. Beide im Rolli. Ihr wolltet euch täglich um dieselbe Uhrzeit dort treffen. Mann, Ronny, mach die Augen auf.* Den Gestank im Zimmer nimmt Tom gar nicht wahr. Die Fenster sind sperrangelweit geöffnet, draußen ist der Frühling endgültig angekommen. Nichtsahnend plustert er sich vor dem offenen Fenster auf, dazu Kinderlachen und das Bellen eines kleinen Hundes, eine Atmosphäre, die Tom das Herz in Stücke reißt.

Er setzt sich zu seinem toten Bruder ans Bett. Ein Handyklingeln holt ihn zurück in die Realität. Das Geräusch kommt aus der Nachttischschublade, es ist Ronnys Handy, das nicht aufhören will zu klingeln. Wie versteinert starrt Tom seinen Bruder an. *Hey, Ronny, da will dich jemand sprechen, mach die Augen auf und geh da endlich ran.* Nach einer Ewigkeit verstummt das Klingeln.

Renate kommt leichenblass zurück ins Zimmer geschlichen. Wie in Zeitlupe bewegt sie sich und dann will sie sich zu Ronny ins Bett legen. Tom ist am Ende, er erträgt das nicht länger. Da er seine Mutter jetzt nicht allein lassen kann, nimmt er sie fest am Arm und zieht sie aus dem Zimmer. Sie sagt kein Wort, als hätte man ihr mit einem Beruhigungsmittel gleichzeitig die Stimme genommen.

Als sie wenig später in ihrer Wohnung am Küchentisch sitzen, ist es noch immer unerträglich still. Tom ahnt, dass es die Ruhe vor dem großen Sturm ist.

»Soll ich heute hier schlafen?«

»Nein, es geht schon, geh ruhig.«

Tom hat nichts dagegen, er ist auch lieber allein. Er überlegt kurz, ob er Alex anrufen oder gleich ins Colore gehen soll, aber dann fährt er in den Wald. Inzwischen ist es stockdunkel, an diesem Abend sogar ungewöhnlich dunkel. Das Zentrum Berlins kennt so dunkle Nächte überhaupt nicht, die vielen Lichter sorgen immer für Helligkeit unter dem schwarzen Nachthimmel. Doch hier im Wald gibt es keine Laternen oder bunte Reklametafeln, keine Autoscheinwerfer und in dieser Nacht auch kaum Menschen.

Tom lässt sich auf einer alten Holzbank nieder, auf der er als Jugendlicher oft mit Ronny gesessen hat. Er starrt in die schwarze Leere. Er dachte immer, dass er im Inneren einsam sei, doch in diesem Moment fühlt er sich verloren wie nie zuvor. Es muss irgendwie weitergehen und es wird auch irgendwie weitergehen. Das wird schon, würde Ronny jetzt sagen.

Hat sich schon wieder aus dem Staub gemacht, hat mich schon wieder sitzen lassen. Am besten gehe ich gleich hinterher.

Noch in derselben Nacht ruft seine Mutter an und noch bevor Tom sich melden kann, hört er ihr Geschrei durch das Telefon. Sie schreit wie im Wahnsinn. Tom versucht auf sie einzureden, doch er dringt nicht zu ihr durch. Immer wieder ruft sie nach ihrem toten Sohn. Mit so einer Reaktion auf das Geschehen hat Tom zwar gerechnet, doch es ist noch unerträglicher, als er erwartet hat. Dramatisch und tief im Herzen schmerzend. Da er keine Chance sieht, seine Mutter am Telefon zu beruhigen, legt er auf und macht sich auf den Weg zurück nach Marzahn.

Schon unten im Hausflur hört er sie. Fürchterliche Laute gibt sie von sich. Er geht an Ellens Tür vorbei in den 21. Stock und schließt die Wohnungstür auf. Renate sitzt in ihrem dunkelblauen Bademantel auf dem Sofa. Sie scheint gerade die zweite Flasche Wein zu leeren. Der Aschenbecher ist überfüllt, dass es hier noch nie gebrannt hat, wundert Tom jedes Mal, wenn er das sieht. Der Fernseher läuft, die Wiederholung einer Traumschifffolge. Auf dem Tisch zwischen Aschenbecher, Weinflaschen, Kaffeetassen und Fernbedienungen liegt das hellbraune

Fotoalbum. Fotos von den Jungs, als sie noch klein waren, Fotos vom Urlaub am Meer, Fotos von Toms Vater. Es kostet Tom Überwindung, seine Mutter in den Arm zu nehmen, aber in diesem Moment kann er nicht anders.

In seinen Armen beruhigt sie sich langsam. Als sie nur noch schluchzt, lässt er sie los und nimmt das Album mit den Bildern aus einer anderen Zeit. Die Erinnerungen tun weh. Und ausnahmsweise, wie er zwischendurch feststellt, macht es ihm überhaupt nichts aus, dass seine Mutter die zweite Flasche gerade ausgetrunken hat und schon nach einer neuen Ausschau hält. Wenn sie sich betrinkt, ist das Ganze für sie für den Moment vielleicht erträglicher. Seite für Seite, Bild für Bild, betrachtet Tom das vergessene Familienleben. Auch zu diesen Bildern gehören Wein- und Schnapsflaschen.

Vorsichtig zieht er ein Foto von Ronny von der Seite ab. Auf dem Foto ist er mit seinem Bonanzarad zu sehen. Voller Stolz präsentiert er sein Fahrrad der Kamera. Sein Gesichtsausdruck ist keck und furchtlos. Furchtlos war er wirklich, Angst hat er nie gezeigt, er war der Coole, der Starke. Bei ihm hat sich Tom immer sicher gefühlt. Er nimmt noch ein Foto, das ihn und seinen Bruder unten im Hof auf einer Bank zeigt. In der einen Hand halten sie eine Zigarette, mit der anderen strecken sie das Peace-Zeichen in den Himmel. *Harte Jungs*, hat jemand neben das Foto geschrieben.

Tom nimmt ein drittes Foto aus dem Buch. Ein Bild von seinem Vater, das er noch nie gesehen hat. Das Foto zeigt ihn nackt, während er eine Tür öffnet und dabei völlig ungeniert dasteht, eine Zigarette im Mundwinkel, die Haare lang und zerzaust. Kein schönes Foto, doch Tom steckt es ein. Er bleibt noch, bis Renate im Sitzen auf dem Sofa eingeschlafen ist. Dann trägt er sie ins Bett und wirft eine Decke über sie. Vor einiger Zeit hätte er ihr noch ein Nachthemd angezogen und sie ordentlich zugedeckt, doch mittlerweile ist das Bedürfnis zur Fürsorge komplett erloschen.

Schweren Herzens geht er zurück zu seiner Wohnung. Er geht den ganzen Weg zu Fuß. *C'est la vie ... Scheißleben.*

Es ist fast drei Uhr morgens, als er zu Hause ankommt. Er streift sich die Schuhe von den Füßen und schmeißt sich auf sein Bett. Dankbar für die Erschöpfung und die Müdigkeit, die keinen Gedanken mehr zulassen, schläft er ein.

Im Traum begegnet er einem großen Mann mit blonden gelockten Haaren und schwarzen Augen, der ihm eine Hand reicht. Er lächelt aus einem lieben Gesicht. Immer wieder rutschen ihm Haarsträhnen ins Gesicht. Toms Herz beginnt zu rasen, er hat das Gefühl, vor einem Spiegel zu stehen. Plötzlich erkennt er den fremden Mann, es ist sein Vater. Sein Vater, an den er keine Erinnerungen hat, dessen Foto er seit ein paar Stunden in seiner Jackentasche trägt. Im nächsten Moment verpufft der Traum und Tom ist hellwach. Er holt sich das Foto aus der Jacke und betrachtet es lange, dabei sehnt er sich Erinnerungen herbei. Nichts. Null Erinnerungen. Dann übermannt ihn der Schlaf erneut.

*

Das Colore ist brechend voll. An der Eingangstür hängt ein Schild: *Freitag geschlossene Gesellschaft.* Herr Teichert, Toms ehemaliger Geschichtslehrer, feiert heute seinen 65. Alle Stammgäste der Kneipe sind da, auch einige, die Tom schon lange nicht mehr gesehen hat. Er wusste nichts von der Feier, freut sich aber, als das Geburtstagskind ihn winkend hereinbittet. Die Stimmung ist ausgelassen, für Tom gerade genau das Richtige.

Im hinteren Teil des Billardraums sieht er Alex an einem der Stehtische. Als er Tom erblickt, winkt er ihm mit seiner Bierflasche zu. Sie lassen sich am einzigen freien Tisch nieder und in diesem Moment fühlt sich Tom, als hätte ihn jede Kraft verlassen.

»Hey, Alter, was ist los? Stress mit deiner Mutter? Oder ist was mit Ronny?«

»Ronny ist tot.«

»Was?«, ruft Alex fassungslos aus.

»Er ist gestern im Krankenhaus gestorben. Du hättest ihn mal sehen sollen. Den Anblick werde ich in meinem ganzen Leben nicht vergessen.«

Bestürzt nimmt Alex einen großen Schluck aus seiner Bierflasche, dann umarmt er seinen Freund. Tom fasst sich ein wenig und erwidert die Umarmung.

»Ich komm schon klar«, murmelt er. Anschließend erzählt er von dem furchtbaren Abschied, davon, dass es so aussah, als habe Ronny bis zum Schluss gelitten, davon, dass er sich seine Narbe mit seinen Fingernägeln aufgerissen hat. Und wie seine Mutter schrie, als sie begriff, dass sie einen ihrer Söhne verloren hat.

Als Theodoris an den Tisch kommt, bestellt Tom eine Flasche irischen Whisky. Alle Getränke des Abends gehen auf Herrn Teicherts Rechnung, das ist er seiner großen Familie schuldig, wie er sagte. Jeder soll das bestellen, was er möchte. »Geld spielt heute Abend keine Rolle, Jungs und Mädels«, waren seine Worte.

»Lass uns von was anderem sprechen«, bittet Tom. »Hast du mal wieder was von Ellen gehört?«

»Nee, die habe ich schon lange nicht mehr gesehen, aber ich glaube, sie hat viel in der Praxis zu tun und dann ist sie abends sicher platt«, sagt Alex.

Tom kommt allmählich tatsächlich auf andere Gedanken, Felie, die auf seinem Schoß liegt, überträgt eine gewisse Ruhe auf ihn. Als sein Handy klingelt, ignoriert er es. Er kann sich denken, wer das ist. Nicht jetzt.

Alex ruft von der Toilette aus Ellen an. Er erzählt ihr kurz, dass Ronny verstorben ist und dass es Tom nicht gut geht. Es wäre schön, wenn sie kommen könnte, sie würde Tom jetzt bestimmt guttun, sagt er noch. Sie hat Zeit, ist zwar müde, aber will sich gleich auf den Weg machen. Alex muss ihr nur versprechen, sie anschließend nach Hause zu begleiten, dann legt sie auf. Eine halbe Stunde später betritt sie das Colore. Noch bevor Tom sie erblickt, kullern dicke Tränen über ihre Wangen. Sie ist zutiefst berührt, weil er seinen Bruder verloren hat – einen starken großen Bruder, von dem er oft geschwärmt hat. Der ein echtes Vorbild für ihn war. Sie fällt Tom um den Hals, der ihre Reaktion gar nicht einordnen kann.

»Es tut mir so leid, Tom. Alex hat es mir erzählt.«

»Ellen, ich freue mich wirklich von Herzen dich zu sehen, aber ich möchte heute Abend nicht mehr darüber reden.«

Sie hat natürlich Verständnis für seinen Wunsch und beruhigt sich schnell wieder. Tom sieht um Jahre gealtert aus. Dunkle Ränder unter den Augen verraten seine Seelenlage. Wieder klingelt sein Handy. Das Display zeigt dreizehn Anrufe in Abwesenheit an. *Nein, jetzt nicht.* Er stellt den Ton auf lautlos. Jetzt muss er sich erst einmal um sich selbst kümmern. Es ist alles dramatisch genug und noch mehr davon will er nicht.

»Prost«, sagt er. »Auf unseren alten Geschichtslehrer.«

Sie trinken sich frei. Langsam verschwinden die quälenden Gedanken und Tom fühlt sich, als hätte man ihn aus einem dunklen Loch gezogen. Gemeinsam mit Ellen und Alex verbringt er die ganze Nacht im Colore. Hier ist er nicht allein, hier hat er Freunde. Herr Teichert hat sich längst verabschiedet, doch viele Gäste sind noch da. Im Billardraum geht die Post ab, dort grölen ein paar Männer für ihren Fußballverein ... Olé BSC, olé, olé, olé, BSC olé, olé, olé. Von Müdigkeit keine Spur.

Als draußen der Tag heraufzieht, möchte der Wirt ins Bett. »Freunde, ich brauch jetzt ne Mütze Schlaf.« Und langsam leert sich die Kneipe. Auf seine Stammgäste ist Verlass.

Auf dem Nachhauseweg zieht Tom das Foto von seinem Vater aus der Tasche. »Hier, guckt euch das mal an. Kennt ihr den?«

»Nö, nie gesehen«, sagt Alex. »Der hätte sich für das Foto ruhig was anziehen können. Aber irgendwie sieht der Typ aus wie du, nur älter.«

»Das ist mein Vater. Ich hab das Foto gestern zufällig entdeckt, ich kannte es gar nicht.«

»Krass, Alter. Und? Willst du ihn kennenlernen?«

»Weiß nicht, mal sehen, vielleicht.«

Ellen betrachtet das Bild mit Wehmut im Herzen. Sie kann sich so gut in Toms Lage versetzen und er tut ihr unendlich leid. In diesem Moment spürt sie ein überwältigendes Gefühl für ihn. Wie so oft, aber diesmal ist es stärker als je zuvor. Sie weiß es schon lange ... Es ist Liebe.

Gerührt bis in jede Faser ihres Körpers, dreht sie sich zu ihm und umarmt ihn. Es ist eine intensive Umarmung, die aus tiefstem Herzen kommt. Tom lässt es geschehen. Es tut ihm gut.

»Ich helfe dir, ihn zu finden. Vorausgesetzt, du möchtest ihn treffen.«

»Ich weiß es wirklich noch nicht. Ich muss erst mal alles sacken lassen. Ich vermisse meinen Bruder, ich kann den Schmerz kaum ertragen. Danke, dass ihr bei mir seid. Mal wieder.«

Das berauschende Gefühl, das der Alkohol ausgelöst hat, hat sich aufgelöst und der Schmerz des Verlustes ist zurück. In den letzten Stunden war alles leichter zu ertragen. Jetzt, da Ellen und Alex sich von ihm verabschieden, kommt die Einsamkeit und die Trauer mit voller Wucht zurück. Genau in dem Moment, als Alex und Ellen ihm den Rücken zukehren.

In Gedanken versunken und den Blick auf seine Schuhe gerichtet, geht Tom die Strecke zu seiner Wohnung. Viele Menschen sind auf dem Weg zur Arbeit. Mit beschäftigten Mienen tippen sie auf ihren Handys herum. Einer wichtiger als der andere.

Als Tom zu Hause ins Bett fällt, denkt er noch kurz an seinen Vater. Der Wunsch ihn kennenzulernen, ihm gegenüberzustehen, wird immer größer.

*

Ein paar Stunden später klingelt es Sturm an der Haustür. Toms erster Gedanke ist … Alex. Das macht er manchmal, steht plötzlich mit einer Brötchentüte frisch vom Bäcker vor der Tür.

»Was machst du denn hier? Um diese Uhrzeit.«

Seine Mutter geht an ihm vorbei und setzt sich unaufgefordert auf sein noch warmes Bett. Ihr Gesicht ist dunkelrot und von blauen Adern durchzogen. Ihre glasigen

Augen füllen sich mit Tränen. Tom hat gerade überhaupt keinen Nerv für das, was jetzt vermutlich kommt, aber es hilft nichts. Wie erwartet reißt sie theatralisch ihre Hände vors Gesicht und ihr ganzer Körper schüttelt sich, so sehr schluchzt sie. Sie weint und kreischt abwechselnd. Immer wieder schreit sie nach Ronny. Tom hasst diese Szenen. Wie oft hat er das schon ertragen müssen! Am liebsten würde er sie aus seiner Wohnung schieben.

»Tom, du kannst mich jetzt nicht allein lassen. Ich habe doch nur noch dich.«

»Meine Güte, du musst aber allein klarkommen, ich bin nicht mehr für dich verantwortlich. Wie oft soll ich dir das noch sagen? Kapier es endlich.«

Sie schafft es, die Dramatik noch zu steigern. Sie schlägt mit ihren Fäusten gegen ihren Kopf und schreit dabei wie von Sinnen. Bis sie sich Minuten später übergeben muss. Auch damit hat Tom gerechnet, es passiert nicht das erste Mal in solch einer Phase.

Er stellt ihr einen Eimer mit Wasser und Putzmittel hin, legt einen Lappen dazu und verlässt seine Wohnung. *Irgendwann ist auch mal Schluss.*

Im nahegelegenen Park sucht er sich eine Bank und bleibt dort die nächsten Stunden sitzen. Was will seine Mutter denn noch von ihm? Wenn er jetzt wieder bei ihr einzieht, kann er sich auch gleich die Kugel geben. Aber genau das möchte sie. Er soll zurückkommen und sich um sie kümmern. Sie will, dass er immer für sie da ist.

Als er die Tür zu seiner Wohnung aufschließt, bemerkt er sofort, dass sie noch da ist. Es riecht nach Zigarettenqualm, der Fernseher läuft mit hoher Lautstärke und sie wimmert nach wie vor. Als sie Tom erblickt, springt sie auf, fällt ihm um den Hals und bittet ihn unter Tränen, sie nicht alleinzulassen.

»Das mache ich doch auch nicht. Aber ich ziehe nicht zu dir zurück, auf keinen Fall. Wenn du was brauchst, sag es mir, ansonsten musst du schon ohne mich klarkommen. Wie gesagt, wenn es Probleme gibt, meldest du dich. Und jetzt würde ich gern schlafen. Wenn du möchtest, begleite ich dich noch zur nächsten S Bahn-Station.«

»Nein, das kriege ich noch allein hin und übrigens habe ich verstanden. Du willst nichts mehr mit mir zu tun haben. Wo ist nur dein Herz geblieben, Tom.«

Das Gerede raubt ihm den letzten Nerv, deshalb holt er ihre Jacke und bittet sie zu gehen. Es ist ihm egal, wie sie sich fühlt. Und irgendwie beruhigt ihn das. Obwohl im Moment alles so traurig ist, ist das hier ein befreiendes Gefühl, ein angenehmes.

*

Trotz allem, was passiert ist, hat Tom es mit Entschlossenheit und Engagement geschafft, sein Studium erfolgreich abzuschließen. Er hat seine verbliebene Kraft in dieses Studium gesteckt, so dass ihn die Trauer um Ronny nicht komplett mitreißen konnte.

Sechs Anrufe in Abwesenheit, Anette versucht schon den ganzen Vormittag ihn zu erreichen. Er hat die Anrufe registriert, hatte aber keine Lust sie entgegenzunehmen. In geselliger Runde feiert er mit ein paar Freunden seinen Abschluss, das Ende des Studiums, und in dieser ausgelassenen Stimmung ist kein Platz für ein Problem mit Anette. Er genießt die lockere Atmosphäre und am späten Nachmittag trifft er sich noch mit Ellen und Alex im Colore. Dort lädt er die beiden zum Abendessen ein. Tom ist in Partylaune, man kann tatsächlich fröhlich sein, obwohl man eigentlich traurig ist. Aufgekratzt gibt er eine Runde für alle aus. Theodoris schließt die Eingangstür ab und hängt das Schild *Geschlossene Gesellschaft* an die Tür. Alle weiteren Getränke spendiert Theodoris, weil er väterliche Gefühle für Tom hat und sich heute natürlich ganz besonders mit ihm freut.

Toms Handy vibriert, Anette. Diesmal geht er ran, damit sie endlich Ruhe gibt. Es geht um Geld. Nicht um die Trauer um ihren verstorbenen Mann. Sie will, dass Tom sich an den Krankenhaus- und Beerdigungskosten beteiligt. Tom glaubt, nicht richtig zu hören.

»Das kannst du vergessen.« Er beendet das Gespräch. Alle weiteren Anrufe von Anette ignoriert er, wischt sie einfach weg. Irgendwann begreift sie, dass sie nicht mit ihm rechnen kann. Monate später erfährt er von einem Bekannten, dass sie die enormen Behandlungskosten nicht bezahlen konnte. Da sie ohnehin schon hoch verschuldet war, musste sie ihr Haus verkaufen. Schuldenfrei ist sie trotzdem nicht.

Ihr Problem.

Die ausgelassene Stimmung des Schulabschlusses verfliegt und die Trauer über den Verlust des Bruders schleicht wieder heran. Halt und Trost findet er nur bei Ellen und Alex, eine Familie, die für ihn da ist, hat er nicht.

Ronny hat jetzt seinen Frieden, seine Ruhe, muss sich nicht mehr durchs Leben kämpfen. Tom versucht immer wieder, sich von der Trauer um seinen Bruder abzulenken. Er will raus aus der schmerzhaften Leere, will, dass alles so weitergeht wie bisher. Auch wenn das nicht das Leben ist, das er sich wünscht.

Spaß haben mit Alex und Ellen, einfach mal was trinken gehen und mit anderen Leuten quatschen. Einfach wieder in den Tag hineinleben. Raus aus dem Trauerkarussell. Aber davon ist er noch weit entfernt.

Eines Abends, als er schon im Bett liegt, bekommt er eine Nachricht von einer Freundin, von der er schon lange nichts mehr gehört hat. Sie schreibt, dass es ihr gut geht und dass sie sich einfach mal melden wollte, um zu hören, was er so macht. Die Nachricht endet mit: *Viele Grüße aus Indien, Hella.* Ach, die liebe Hella, wie schön, dass sie geschrieben hat. Sie ist also in Indien.

Tom antwortet sofort. Er schreibt ihr von Ronny, wie furchtbar es zu Ende gegangen ist und dass er mit der Trauer um ihn gar nicht abschließen kann.

Komm nach Indien, die Erfahrungen, die du hier machen kannst, sind etwas fürs Leben, schreibt sie.

Hella lebt in der esoterischen Welt, das hat sie schon immer getan. Sie kennt sich aus mit Yoga und anderen Entschleunigungsmethoden, weiß, wie man zu innerer

Ruhe kommt und zu sich selbst findet. Tom hat das öfter belächelt, doch jetzt sehnt er sich nach diesem inneren Frieden. Ordnung im Kopf, wie schön das wäre. Die Vorstellung dieser anderen Welt, dieser möglichen Auszeit, reizt ihn ungemein.

Plopp, noch eine Nachricht von Hella: *Komm und bring Wattestäbchen und Tampons mit.*

Tom schickt nur ein Emoji zurück. Er will darüber nachdenken. Die Vorstellung lässt ihn nicht einschlafen. Die Idee abzuschalten, dabei bestimmte Grübeleien auszulöschen, gefällt ihm. Und wo könnte das am besten funktionieren als weit entfernt von dieser Stadt. Als er Alex am nächsten Tag davon erzählt, klopft der ihm auf die Schulter.

»Mach es, Tommy. Du musst unbedingt mal wieder raus hier. Und dort wärst du nicht mal allein auf dich gestellt, da ist Hella. Tauch in die Sphäre der Esoterik ein, auch wenn ich das jetzt albern finde, mach es.«

Tom entschließt sich schnell. Einen guten Abschluss hat er in der Tasche, ein Job ist noch nicht in Aussicht und durch die Schichten im Wachschutz hat er Geld auf die Seite gelegt. Warum also nicht? Er hat nichts zu verlieren. Wenige Tage später steht er in einem Reisebüro, informiert sich dort über die verfügbaren Flüge und bucht schließlich zunächst einen Flug nach Abu Dhabi. Ein Visum für Indien könnte er vor Ort bekommen, sagt die Dame am Schalter.

Lange überlegt Tom, wer sich in seiner Abwesenheit um seine Mutter kümmern könnte, da fällt ihm Jutta ein, seine Tante. Er telefoniert mit ihr, fragt, ob sie es möglich machen könnte, vielleicht einmal pro Woche bei ihrer Schwester nach dem Rechten zu sehen. Tom merkt, dass sie zögert, doch dann sagt sie zu. »Fahr, Junge, du kannst dich auf mich verlassen.«

Abends im Colore stößt er mit Ellen und Alex auf den bevorstehenden Trip an. Er ist voller Vorfreude auf das Land mit den vielen Gesichtern, auf das Land der Extreme. Alex freut sich mit ihm, Ellen allerdings sitzt bedrückt da und wünscht sich, Tom würde nicht schon wieder so weit wegfliegen. Aber vielleicht, denkt sie, bleibt er diesmal nicht allzu lange fort.

*

Mit wenig Gepäck sitzt er in der Maschine, die nun Richtung Abu Dhabi abhebt. Mit geschlossenen Augen lehnt er sich in seinem Sitz zurück, bis ein weiterer Passagier den Platz neben ihm einnimmt, ein Mann mit einem vertrauten Duft. Es ist das Rasierwasser, das auch Ronny benutzte. Tom mag seine Augen nicht öffnen, er möchte den Mann nicht sehen, er möchte sich vorstellen, Ronny säße neben ihm. Zwei Brüder Seite an Seite, wie früher. Der Schmerz ist erneut enorm, trotzdem jagt Tom in seinen Gedanken dem Duft hinterher, der eine Verbindung zu dem herstellt, was einmal war.

Als die Last der schmerzhaften Erinnerungen unerträglich wird, bittet Tom um einen anderen Platz. Der Flugbegleiter reagiert einfühlsam und ermöglicht ihm ohne Nachfragen einen Sitzplatzwechsel. Dort findet Tom aus der Melancholie heraus und kann wieder an etwas anderes denken. Er möchte sich auf das unbekannte Land, das auf ihn wartet, konzentrieren.

In über 10.000 Metern Höhe und bei minus 55 Grad Außentemperatur studiert er einen kleinen Reiseführer über Indien. Die Landessprache ist Hindi, aber man komme auch mit Englisch gut zurecht, steht da. Er übt im Kopf die Zahlen von eins bis zehn, prägt sich einige Redewendungen ein, danke, bitte, können Sie mir bitte helfen, ich suche und so weiter. Als er nach knapp sieben Stunden in Abu Dhabi aus dem Flugzeug steigt, beherrscht er schon ein paar Vokabeln auf Hindi.

Am Flughafen sucht Tom vergeblich nach dem Schalter, an dem er sein Visum bekommen kann. Ihm wird von einer höflichen Dame in der Uniform des Flughafenpersonals erklärt, dass in diesem Gebäude keine Visa ausgestellt werden. Sie hat auch keine Ahnung von einer Behörde außerhalb des Flughafens, die Tom weiterhelfen könnte.

Mist! Und nun?

Er steuert die nächst Bank an, um sich einen Plan zu machen, wie es weitergehen soll. In einer Sitzecke, die mit bunten, bestickten Kissen ausgestattet ist, lernt er schnell ein paar Leute seines Alters kennen. Alle auf der Suche nach dem Ich, nach dem Gleichgewicht von Körper, Geist und Seele. Sich selbst finden in Indien, das ist hier das Motto. Und genau das ist es auch, was sich Tom von der bevorstehenden Auszeit verspricht.

Die jungen Leute wollen noch am selben Tag nach Dubai trampen und dort ein wenig Zeit verbringen. Tom gefällt die Gemeinschaft, er schließt sich der Gruppe an. Zu fünft stehen sie am Straßenrand und recken fünf Daumen in die Höhe. Und alle freuen sich, als nach nur zehn Minuten ein Lastwagen mit Ziel Dubai hält und sie hinten auf die Ladefläche klettern dürfen. Rund 150 Kilometer liegen vor ihnen. Obwohl es wegen der vielen Schlaglöcher und Unebenheiten auf der Straße mehr rumpelt als rollt, schlafen die fünf im Nu ein, wie Babys, die im Kinderwagen geschaukelt werden.

In Dubai angekommen, sind sie froh, den Lastwagen verlassen zu können, zwei von ihnen können sich kaum noch bewegen, mit schmerzenden Knochen recken sie ihre Glieder. Tom erkundigt sich nach der Adresse der deutschen Botschaft, die anderen vier wollen ihn begleiten. Als sie vor dem beigen Gebäude des Generalkonsulats der Bundesrepublik Deutschland stehen, stellen sie fest, dass es für das bevorstehende Wochenende bereits geschlossen ist. Am Freitagnachmittag geht hier nichts mehr. Die fünf beschließen, eine Unterkunft für die Nacht zu suchen, um erst mal zu bleiben und am Montag das Visum zu besorgen. Sie finden ein günstiges Hotel am Stadtrand.

Die Nacht ist schrecklich. Das Bett mit den kleinen Krabbeltieren ist eine Katastrophe. Kakerlaken in jeder Ecke des Zimmers, die kreuz und quer über die Bodenfliesen krabbeln und klickende, raschelnde Geräusche verursachen.

Bei einem süßen Frühstück mit einer Art Hefepfannkuchen, Chebab genannt, mit Butter und Dattelsirup bestrichen, und einem starken Kaffee überlegen Tom und seine neuen Freunde, wie es mit seinem Visum weitergehen soll.

Ein Mann am Nachbartisch, der das Gespräch der jungen Leute mitbekommt, mischt sich kurz ein. »Ein Visum bekommst du auch im Supermarkt, das ist hier überhaupt kein Problem.«

Tom staunt, wer hätte das gedacht. Er bedankt sich freundlich bei dem Mann, greift deutlich entspannter nach einem zweiten Chebab und schenkt sich Kaffee nach. *Warum kompliziert, wenn es auch einfach geht.*

Nach dem Frühstück schlendert Tom gut gelaunt und mit leichten Kopfschmerzen, vermutlich vom billigen Wein am Vorabend und dem Schlafmangel, zur nächsten U Bahn-Station. In der Hand hält er einen Zettel, den ihm der freundliche Mann am Morgen zugesteckt hat. Darauf steht der kürzeste Weg zum Supermarkt, in dem Tom sein Visum bekommen soll. Und tatsächlich, eine Stunde später wird ihm das Visum in einem belebten Einkaufszentrum über den Ladentisch zugeschoben. Niemand schaut zweimal hin, alles läuft überraschend reibungslos und Tom freut sich, dass es so unkompliziert geklappt hat. Obwohl das sicher nicht legal ist.

Jetzt fehlt nur noch das Flugticket nach Neu-Delhi, aber das scheint nicht so leicht zu bekommen zu sein. Das Ticket wird ihm nur ausgestellt, wenn er einen Rück-flug nach Berlin vorweisen kann. Leider kann er nicht abschätzen, wie lange er in Indien bleiben wird. Vielleicht für immer? Wer weiß ... Aber es hilft nichts. Kein Ticket zurück nach Berlin, kein Flug nach Neu-Delhi. Gut, Tom besorgt das Ticket und so kann er seine Reise fortsetzen. Am nächsten Tag kann es losgehen nach Neu-Delhi. Das Ticket für den Rückflug nach Berlin storniert er kurz darauf wieder. Ganz hinten in seinem Kopf keimt ein zarter Wunsch, vielleicht für immer zu bleiben. Nie mehr zurück nach Berlin, eine verlockende Vorstellung. Aber Alex und Ellen?

*

Am nächsten Morgen wird Tom noch von den anderen zum Flughafen begleitet, dort verabschieden sie sich von-einander, wahrscheinlich für immer. Während des Flugs nach Neu-Delhi schläft er und von dort fliegt er direkt nach Dharamsala, wo Hella schon auf ihn wartet.

Vor dem Flughafengebäude atmet er tief durch, die Distanz zu Berlin und seinen Problemen tut ihm gut. Hella lebt schon seit einiger Zeit mit einer Gruppe von vierzehn jungen Leuten in einem Hostel in der Nähe eines Stadtparks. Sie hat sofort ein Zimmer reservieren lassen, nachdem Tom geschrieben hat, dass er kommt. Tom staunt nicht schlecht, als er erfährt, dass die Nacht umgerechnet etwa 1,50 € kostet.

Dharamsala liegt in den Ausläufern des Himalaya. Die Nächte sind so kalt, dass er sich gleich am ersten Abend eine weitere Decke geben lässt.

Tom fühlt sich sofort wohl in der Clique, mit der Hella hier lebt. Und obwohl alles stimmig ist und er gern ein Teil dieser Gemeinschaft bleiben möchte, beschließt er, ein paar Tage allein durchs Land zu ziehen. Die anderen verstehen ihn und wünschen ihm eine gute Reise. »Komm bald wieder, Tom, du passt gut zu uns«, sagt einer zum Abschied. »Du ergänzt unsere Gruppe.«

Zuerst steuert Tom ein Kloster, den Wohnsitz seiner Heiligkeit, dem Dalai-Lama, dem spirituellen und weltlichen Oberhaupt Tibets, an. Der weise Mann ist Botschafter für Respekt, Toleranz, Frieden und Menschlichkeit auf der ganzen Welt. Es ist ruhig im Kloster, die Atmosphäre ist von buddhistischer Spiritualität geprägt. Nur wenige Touristen sind hier. Tom interessiert sich nach wie vor für den Buddhismus, für den Frieden in der Welt und den Frieden und die Ruhe in seinem eigenen Leben, in seinem Sein. Wie sehr er sich danach sehnt.

Immer wieder bieten sich Männer an, Touristen mit einer Rikscha oder einem Karren, vor den sie sich selbst gespannt haben, durch die Stadt zu kutschieren. Der

Gedanke, sich von einem dieser Männer, von denen viele nicht mehr die Jüngsten sind, manche ausgemergelt und kränklich aussehen, von einer Sehenswürdigkeit zur nächsten kutschieren zu lassen, gefällt Tom überhaupt nicht. Nein, das kommt für ihn nicht infrage.

Inzwischen hat sich eine Schar von Bettlern an seine Fersen geheftet, in der Hoffnung, etwas Geld zu ergattern. Die Armut, mit der Tom hier konfrontiert wird, bedrückt ihn. Neben vielen Läden, die Kleidung, Schmuck und vor allem Kitsch verkaufen, gibt es Restaurants, Hotels, Massagepraxen und Yogaschulen. Yoga ist genau das, was Tom sich vorstellt, eine Möglichkeit, die ihn seinem Ziel ein Stück näherbringen kann. Er will das unbedingt lernen, zusammen mit Hella, seiner esoterischen Freundin aus Berlin. Die philosophische Lehre aus Indien ...

Ganz in der Nähe sieht er einen Bus an einer Haltestelle stehen. Er geht hin und erkundigt sich nach einer Fahrt durchs Land. Zuerst möchte er sich ein wenig in der Natur aufhalten, in den umliegenden Bergen. Allein sein, nur mit sich sein. Da es erst Mittagszeit ist, würde es sich noch lohnen, einen Ausflug in die Berge zu machen. Auf jeden Fall will er vor Einbruch der Dunkelheit wieder in der Stadt sein, denn dann wird es bitterkalt und eine Übernachtung im Freien wäre unmöglich.

Die kurze Busfahrt über die holprigen Straßen ist erträglich, aber was sich Tom am Straßenrand bietet, was er durch die Fenster sieht, lässt ihn erschaudern. Kamele, Pferde, die so mager sind, dass man sie unbedingt füttern will, Menschen, Autos, Fahrräder, bettelnde Frauen mit Babys auf den Armen, Dreck und Exkremente von Mensch und Tier in der Gosse. Einerseits will Tom das Land kennenlernen, will alles aufsaugen, was er sieht, andererseits ist das Elend auf den Straßen erschütternd. Seine eigenen Probleme beginnen zu schrumpfen.

Nachdem er aus dem Bus gestiegen ist, wirft er noch einen Blick auf den Fahrplan, um die letzte Rückfahrt zu überprüfen. Ein paar Stunden kann er sich nehmen, in den Wäldern, auf den Wiesen, an den Hängen und in den Bergen. Es ist wunderschön hier. Obwohl die Landschaft in dieser Zeit ihre grüne Frische verloren hat, bietet sie ein atemberaubendes Bild. Die mächtigen Berge mit den schneebedeckten Gipfeln im Hintergrund. Eigentlich wollte er sein Handy ein paar Tage ruhen lassen, aber jetzt will er Fotos von der bezaubernden Gegend machen. Zwei der Bilder schickt er mit lieben Grüßen nach Berlin zu Ellen.

Es ist Zeit für die Heimfahrt, bloß nicht den letzten Bus verpassen. Erschöpft vom Wandern sinkt er auf eine alte, harte Sitzbank im Bus. Keine fünf Minuten später schläft er ein. In Dharamsala ist Endstation. Der Busfahrer stupst ihn an und gibt ihm lächelnd ein Zeichen, dass er Feierabend machen möchte.

Jetzt noch quer durch die Stadt zu Hella und den anderen zu gehen, fühlt sich einfach nur anstrengend an. Das nächste günstige Hostel ist in der Nähe der Bushaltestelle, ideal, um in den kommenden Tagen noch ein paar Ausflüge zu unternehmen. Dort checkt er ein, gleich für ein paar Tage. Als sein Handy klingelt, lässt er es in seinem Rucksack. *Jetzt nicht.* Nach einem kleinen Snack, den er sich aus einem Automaten zieht, schmeißt er sich auf das Bett und lässt den Tag Revue passieren. Seine Gedanken springen zwischen Armut, Dreck, Gestank und dieser wunderbaren Natur, der Idylle und der klaren, frischen Luft hin und her. Krasse Gegensätze.

Zwei weitere Tage verbringt Tom in den Bergen, abgeschieden vom Rest der Welt, allein mit der Natur. Nur aufs Bauchgefühl hören, das Handy tief im Rucksack auf lautlos gestellt. Er ist ganz bei sich, gedankenlos. Berlin, Lichtjahre entfernt.

Als er am Abend des zweiten Tages zufrieden und müde ins Hostel zurückkehrt, wird er schon vor der Tür von deutschen Touristen angesprochen. In Berlin, sagen sie, sei etwas Schreckliches passiert. Vermutlich ein Anschlag. An der Gedächtniskirche am Breitscheidplatz, wo gerade ein Weihnachtsmarkt stattfindet, ist ein junger Mann mit einem Sattelzug in eine Menschenmenge gerast. Berlin knallt zurück, nicht nur in Toms Kopf, sondern in der ganzen Welt. Noch am selben Abend bekommt er eine Nachricht von seiner Mutter auf sein Handy ... Es gibt viele Tote, einer von ihnen ist Theodoris.

Der Täter hat den Fahrer des Lastwagens erschossen und ist dann mit dem LKW zu dem Weihnachtsmarkt im Berliner Zentrum gefahren, um sein Vorhaben auszuführen. Tom denkt an Ellen und Alex. Er beschließt, sie am nächsten Morgen anzurufen. Hoffentlich ist ihnen nichts passiert, hoffentlich waren sie nicht an der Gedächtniskirche. Die friedliche Stimmung, in die ihn die Natur in den Bergen versetzt hat, ist dahin. In seinem Kopf dreht sich alles, an Schlaf ist nicht zu denken. Er zieht sich einen zweiten Pullover über, mit der Dunkelheit kommt die Kälte.

Tom weiß von Hella, wo es eine Bar gibt, in der Alkohol ausgeschenkt wird. Alkoholkonsum ist in Indien verpönt, deshalb gibt es nur wenige Bars oder Restaurants, die alkoholische Getränke anbieten, aber Tom möchte sich jetzt etwas ablenken. Ständig erreichen ihn Nachrichten von Freunden aus der Heimat, die in der Aufregung noch gar nicht begriffen haben, was passiert ist. Eine Katastrophe.

In der Bar, in der offenbar deutlich an der Beleuchtung gespart wurde, kann Tom kaum die Getränkekarte entziffern, so dunkel ist es. Er spricht den jungen Mann an, der mit einer schmuddeligen Schürze durch die Tischreihen geht.

»Habt ihr ein bierähnliches Getränk?«, fragt er auf Englisch.

Der kindlich wirkende Kellner nickt lächelnd und geht wieder. Tom will sich überraschen lassen. Als er sein Glas bekommt, riecht er erst einmal an der Flüssigkeit. Es ist definitiv kein Bier. Es riecht nach Whisky, nein, es ist Whisky. Eigentlich hat Tom ein selbstgebranntes Getränk erwartet, weil er irgendwo gelesen hat, dass viele Inder ihren Alkohol illegal herstellen. Der junge Mann zwinkert ihm zu.

»Bier haben wir leider nicht, aber Whisky ist gut.«

»Oh, das ist genau das Richtige.«

Tom lässt sich den leicht öligen Tropfen die Kehle hinunterlaufen. Nach dem zweiten Glas fühlt er sich befreiter und entspannt. Er schaut sich in dem Lokal um. Seine Augen haben sich an die Dunkelheit gewöhnt. Er beobachtet die Gäste.

Natürlich gibt es in den Restaurants auch Besteck, aber die meisten Leute essen mit den Fingern. Mit der rechten Hand. Die linke Hand ist beim Essen unter dem Tisch. Sie ist für den Gang auf die Toilette zuständig. Lautes Schmatzen, Pupsen und Rülpsen sind am Tisch nicht unüblich, davon hatte Tom während seines Hinflugs in dem Reiseführer schon gelesen.

Als die Müdigkeit die Oberhand gewinnt, kehrt Tom in die Unterkunft zurück. Er schreibt noch eine Nachricht an Alex und Ellen, fragt, ob es ihnen gut geht und drückt seine Trauer um Theodoris aus. Er kann nicht glauben, dass sein alter Freund nicht mehr da ist.

Am nächsten Morgen wird Tom von der indischen Sonne geweckt, die ihm wohl schon eine Weile ins Gesicht scheint. Blinzelnd schaut er aus dem Fenster, ein tiefblauer Himmel mit strahlend weißen Wölkchen begrüßt ihn. Gleich schaut er auf sein Handy und sieht zwei Nachrichten, eine von Alex und eine von Ellen. Es geht ihnen gut. Dem Himmel sei Dank.

Das Hostel liegt auf einem Hügel, von hier oben hat Tom einen Blick auf das Viertel unten. Er sieht Kinder, die in einer schmutzigen Brühe spielen. Schon am frühen Morgen bespritzen sie sich mit dem dreckigen Wasser und scheinen sich dabei pudelwohl zu fühlen. Die Behausungen, in denen sie leben, kann man nicht als Häuser bezeichnen. Bretterbuden, die aus unerklärlichen Gründen nicht zusammenbrechen. Um die Bruchbuden herum spielt sich das Leben dieser Menschen ab. Menschen, die im schmutzigen Wasser ihre Wäsche waschen, andere mit ihren Rikschas durch die Gegend fahren, betteln und Sachen teuer an Touristen verkaufen wollen.

*

Nach einem weiteren Tag in den indischen Bergen möchte Tom zurück zu Hella und den anderen. Als er am Abend auf die kleine Gruppe trifft, die auf der Terrasse des Hostels beisammensitzt, wird er jubelnd begrüßt.

»Hey, Tom ist zurück«, ruft einer von ihnen, als er ihn auf die Gruppe zukommen sieht. Mit einem breiten Grinsen setzt sich Tom zu den anderen.

»Wir haben dich vermisst«, sagt Hella und wirft ihre Arme um ihn.

Tom zieht einen dicken Pullover aus seinem Rucksack, die kühle Abendluft lässt ihn frieren. Dann erzählt er von den letzten Tagen. Von der inneren Ruhe, die er in der traumhaften Natur, in den Bergen und in den Wäldern spüren konnte. Davon, dass die Trauer um seinen verstorbenen Bruder einen anderen Platz in seinem Herzen eingenommen hat, einen Platz, der mit schönen Erinnerungen gefüllt ist.

»Und was gibt es bei euch Neues?«, will er schließlich wissen.

Hella berichtet, dass am kommenden Wochenende ein Yoga-Festival in einem Park am Stadtrand stattfindet. »Da müssen wir unbedingt hin. Es treffen sich Yogis aus aller Welt, um zu lehren und zu lernen. Das wäre doch auch was für dich, Tom.« Sie zwinkert ihm lächelnd zu.

»O ja, ich bin dabei. Super Idee.«

»Es werden auch Workshops und Kurse angeboten. Vorn im Foyer liegen Flyer, da kannst du mal reingucken«, fügt Hella hinzu.

Trotz der Kälte bleiben sie noch eine Weile vor dem Hostel sitzen und bestellen Lassi für alle. Tom, der Lassi bevorzugt mit Minze trinkt, probiert heute einen mit Früchten. Während er das Glas mit beiden Händen umschließt und das rote Fruchtpüree beobachtet, das langsam zu Boden sinkt, merkt er, dass dieser Moment etwas in ihm auslöst. Eine tiefe Zufriedenheit breitet sich in ihm aus, als er wie hypnotisiert die bunten Farben in dem Glas verfolgt. In der folgenden Nacht schläft er tief und fest.

Eine bunte Menschenmenge trifft zusammen. Das Yoga-Festival ist in vollem Gange.

Man fühlt sich umarmt von den sanften Klängen der Sitars, die überall gespielt werden. Die Atmosphäre, die von der meditativen Musik und dem Duft von Räucherwaren noch betont wird, sorgt für innere Ruhe und Gelassenheit. Tom fühlt sich wunderbar. Er fragt sich, ob er sich schon jemals in einer solchen Tiefenentspannung befunden hat, und er ist überwältigt von der Szenerie. Die majestätischen Berge im Hintergrund, der rötliche Abendhimmel über allem, die ruhige Stimmung unter den Anwesenden ... Das ist es, denkt er. Über fünftausend Kilometer von Berlin entfernt fühlt er sich angekommen. Die gemeinsame Liebe für Yoga schafft schnell eine Verbindung unter den Leuten, die sich in vielen Grüppchen friedlich austauschen, oder gemeinsam im Takt der Musik bewegen.

Gleich am nächsten Morgen geht er los, um sich in der Stadt ein paar Bücher über Yoga zu kaufen. Er ist entschlossen, diese Form der Körperarbeit zu einem Bestandteil seines Lebens zu machen. Der gestrige Abend hat etwas in ihm ausgelöst, das er festhalten möchte.

Schnell findet er die gewünschte Lektüre, das entsprechende Angebot ist in dieser Gegend groß. Mit zwei Büchern unter dem Arm sucht er sich einen Platz in einem Park, an dem er für sich ist. Auf einer kleinen Lichtung lässt er sich nieder, vertieft sich in die Texte und die Magie des Yoga zieht ihn in ihren Bann.

Am selben Tag meldet er sich in einem Studio an und belegt dort einen Yogakurs. In den folgenden Wochen lernt er, achtsamer mit sich umzugehen und sich in Tiefenentspannung zu versetzen. Und mit der Zeit stellt sich mehr und mehr Verständnis ein, Verständnis für sich selbst. Ab und zu sieht er Alex vor sich, sieht, wie sein Freund das Streben nach spirituellem Wohlbefinden belächelt. Vielleicht sollte er diese Welt auch einmal betreten, denkt Tom.

Und die liebe Ellen ... Wenn sie wüsste, wie gut es ihm zurzeit geht, sie würde sich mit ihm freuen, da ist er sich sicher. Er möchte einen Brief an sie schreiben, besorgt sich in der Stadt Briefpapier und eine Briefmarke. Dann lässt er seine Gedanken durch den Stift auf das geblümte Papier gleiten. Er schreibt alles auf, was er in den letzten Wochen in Indien erlebt hat, obwohl sie per Handy immer wieder Kontakt hatten und er ihr dadurch schon viel mitgeteilt hat. Er beendet den Brief mit den Worten: Ich komme bald zurück.

Hella hat mal wieder eine Entdeckung gemacht. In der Nachbarstraße, auf einem großen freien Platz, findet ein buntes Fest statt. Jeder, der Lust zum Tanzen hat, ist eingeladen – so steht es auf den Plakaten, die in den Straßen hängen. Tom freut sich auf den Abend, in Gedanken sieht er es wie eine Abschiedsparty, denn seinen Rückflug nach Berlin plant er bereits für die kommende Woche.

Der Tanzabend ist wie ein Feuerwerk, lebendig, bunt und voller Lebensfreude. Die Stimmung unter den

Menschen ist überwältigend. Wie in Ekstase tanzen sie die ganze Nacht durch, mal wild, mal ruhig.

Als Tom seinen Freunden gegen Ende des Festes eröffnet, dass er sich in ein paar Tagen auf den Rückweg begeben will, sind sie zunächst traurig, verstehen aber seine Entscheidung. Und sie wünschen ihm, dass er gestärkt durch die Erfahrungen, die er in Indien gemacht hat, sein Leben ändern kann. In Berlin, wo er eigentlich keinen Ausweg sehen konnte.

Das Ticket für die Heimreise hat er sich an dem Tag besorgt, als er den Brief an Ellen zur Post gebracht hat. Während er im Flugzeug beim Start aus dem Fenster sieht und alles kleiner und kleiner wirkt, lehnt er sich zufrieden im Sitz zurück. Ich habe nicht ein einziges Mal an meine Mutter gedacht, stellt er fest, als das Land unter ihm wie eine Spielzeugwelt auf einer Modelleisenbahnplatte erscheint.

8. Kapitel
2017

»Lust auf einen Sub?« Alex stupst ihm in die Seite. Die zwei sitzen schon eine ganze Weile auf einer Mauer am Alexanderplatz und beobachten die vorbeilaufenden Menschen.

»Immer. Auf geht's.«

Sie steuern das nächste Subway-Restaurant an. Die Schlange vor dem Tresen ist lang und in Gedanken stellen sie sich schon mal ein Sandwich nach ihren Wünschen zusammen. Immer mehr Hungrige betreten den Vorraum. Die Wartenden rücken näher zusammen. Plötzlich überkommt Tom ein wohliges Gefühl. Er steht so nah an der jungen Frau vor ihm, dass er den Duft ihrer blonden Haare, die in großen Wellen über ihren Rücken fließen, wahrnimmt. Er neigt seinen Kopf weiter nach vorn, so dass er ein paar der abstehenden Härchen an seinem Gesicht spüren kann.

»Weißt du, dass deine Haare unglaublich gut riechen?«

Die junge Frau dreht sich zu ihm um, sagt nichts, sie schaut ihn nur an.

»Und weißt du, dass Düfte die Fähigkeit besitzen, Erinnerungen hervorzurufen?« Das hat er mal irgendwo gelesen, komisch, dass ihm das jetzt so unvermittelt einfällt. Nun hofft er, dass sie nicht nachfragt, an was genau er da denkt, denn es gibt keine Erinnerung zu diesem Duft. Für einen winzigen Augenblick kommt ihm die

Situation im Flugzeug in den Sinn, als der fremde Mann neben ihm saß und der fast schon persönliche Duft seines Bruders in der Luft lag.

»Und deine Haare sind der Wahnsinn«, fügt er hinzu. »So muss Glück riechen, wenn Glück einen Geruch hätte.«

Meine Güte, was rede ich für einen Blödsinn? Die muss doch denken, ich bin total bescheuert.

Auch Alex sieht ihn verwundert von der Seite an.

Tom und die fremde Frau schauen sich in die Augen. Er fühlt auf Anhieb eine Verbundenheit, eine seltsame Vertrautheit mit ihr, mit einem Menschen, den er noch nie zuvor gesehen hat. Er kann sich dieses Gefühl nicht erklären. Es muss an ihren Haaren liegen, ein anderer Grund fällt ihm nicht ein.

Sie sagt noch immer nichts, schaut ihn nur mit ihren schwarzbraunen Augen an.

»Bitte schön.« Der Mann an der Theke bittet um eine Bestellung. Die Frau dreht sich zu ihm und äußert ihren Wunsch.

»Zum Mitnehmen, bitte.«

Sie scheint es eilig zu haben. Mit ihrem Sub in der Hand wendet sie sich noch einmal Tom zu, lächelt ihn an und verlässt wortlos das Restaurant. Während Tom ihr verträumt nachschaut bekommt er eine Nachricht von Renate per SMS auf sein Handy.

Kannst du heute noch vorbeikommen? Ich habe dir etwas mitzuteilen, liest er.

Heute nicht, aber morgen könnte es klappen, gibt er als Antwort zurück. Was ist denn jetzt schon wieder? Dass er nicht zu ihr zurückziehen wird, muss doch mal in ihrem Kopf ankommen.

Am nächsten Tag macht er sich schlecht gelaunt auf den Weg nach Marzahn. Schon im Treppenhaus hört er seine Mutter husten. In letzter Zeit hustet sie immer häufiger. Als er die Wohnung betritt, bittet sie ihn in die Küche. Die Kaffeemaschine brodelt und auf dem Tisch liegt ein Kuchenpaket. Offenbar hat sie sich auf seinen Besuch vorbereitet und Tom fragt sich verunsichert, was jetzt wohl kommt. Sie schenkt Kaffee ein und zündet sich eine Zigarette an.

»Ich habe darüber nachgedacht, ein paar Stunden am Tag zu arbeiten. Ich könnte in einem Haushalt behilflich sein oder kleinere Besorgungen erledigen. Irgendwas in der Art werde ich schon finden und dann könnten wir uns wieder zusammentun. Es würde uns auf jeden Fall finanziell bessergehen.«

Tom kann sich nicht beherrschen, er verdreht die Augen. »Wie soll das denn funktionieren? Überleg doch mal. Du kriegst doch kaum dein eigenes Leben auf die Reihe. Versuch lieber erst mal, dich selbst in den Griff zu bekommen und deinen eigenen Haushalt ordentlich zu führen.«

Sie öffnet das Kuchenpaket und verteilt Sahnetorte auf zwei Teller.

»Und noch was … Ich habe Krebs. Lungenkrebs.«

»Das überrascht mich nicht wirklich, du rauchst wie ein Schlot«, gibt Tom trocken zurück, verwundert über seine spontane Reaktion. Er fühlt sich tatsächlich in keiner Weise mehr für sie verantwortlich. Das ist allein ihr Problem. Es wäre jetzt möglich, einfach aufzustehen, die Wohnung zu verlassen, in seine eigene Wohnung zu gehen und sich um seine Angelegenheiten zu kümmern – ja, das wäre jetzt möglich.

»Du wirst doch jetzt mit dem Rauchen aufhören oder es zumindest reduzieren, oder?«

»Hör auf, Tom. Das tue ich mir definitiv nicht an. Wer weiß, wie lange ich noch habe. Da werde ich jetzt ganz sicher nicht auf meine Zigaretten verzichten.«

Einerseits kann Tom sie verstehen. Warum sich in dieser Situation noch zusätzlich einem Entzug unterziehen … Doch andererseits könnte der Verzicht auf Nikotin ihre Lebenserwartung verändern. Aber letztendlich liegt die Entscheidung bei ihr.

»Wie lange weißt du das denn schon?«

»Seit gestern. Der Husten ist in der letzten Zeit immer schlimmer geworden. Ich hätte vielleicht eher hingehen sollen. Dr. Schröder hat mich zu einem Lungenarzt geschickt und dort habe ich es erfahren. Gestern. Der Tumor war deutlich zu erkennen, ein weißer Punkt auf meiner Lunge. Ich sollte gleich dableiben, zur Biopsie. Gestern Mittag haben sie mir dann den Befund mitgeteilt. Damit musst du erst mal klarkommen. Im Aufwachraum, nach der Biopsie, dachte ich noch so was wie: abwarten, ob das Ding überhaupt bösartig ist. Jetzt weiß ich es.«

Tom spürt Gleichgültigkeit, Wut und auch Mitgefühl, trotz der distanzierten Kälte, die er seiner Mutter gegenüber empfindet. Seltsam.

»Ich hoffe, du bekommst die Unterstützung, die du brauchst. Weißt du schon, wie es weitergeht?«

»Ja, nächste Woche habe ich einen Operationstermin, sie wollen keine Zeit verlieren. Und ich habe eine Riesenangst davor.«

»Das wird schon. Mach dir nicht so viele Gedanken. Verlass dich auf die Ärzte, mehr kann ich dir gerade nicht sagen. Ich muss jetzt auch los.«

Tom steht auf und streicht ihr über den Rücken. »Das wird schon«, wiederholt er. »Es tut mir wirklich leid.« Anschließend geht er.

Ein paar Stockwerke weiter unten klingelt er bei Ellen. Einmal, zweimal, sie ist nicht da, schade. Dann beschließt er, auf ein Bier ins Colore zu gehen. Alex winkt ihm von der Theke aus zu, als hätte er auf ihn gewartet.

»Ich brauche jetzt erst mal ein Bier«, sagt Tom und gibt dem Wirt ein Zeichen.

»Du siehst nicht gerade fröhlich aus«, stellt Alex fest. »Was ist los, Alter?«

»Renate hat Lungenkrebs. Tja, und nun will sie mich, wie immer, mit ins Boot ziehen, du kennst sie ja. Aber diesmal muss sie allein klarkommen. Ich werde mich um sie kümmern, klar, aber mit Abstand.«

Tom trinkt mehr Bier, als er vorhatte. Mit jeder Flasche Kindl schiebt er das Mutterproblem weiter von sich. Keine Lösung aber eine kleine Verschnaufpause für den Kopf. Noch am selben Abend, kurz vor Mitternacht, schreibt er ihr per SMS, dass er sie auf dem Weg ins Krankenhaus begleiten wird.

Sie ist noch wach und schreibt sofort zurück: *Danke, mein Junge.*

*

Immer öfter in der letzten Zeit muss Tom an seinen Vater denken. Mehrmals am Tag zieht er das Foto, das er nun ständig bei sich trägt, aus seiner Hosentasche und betrachtet es. *Sehe ich ihm wirklich so ähnlich?* Das Verlangen, eine Verbindung herzustellen, wächst. Immer wieder fragt er sich auch, ob es überhaupt gut wäre, in der Vergangenheit herumzuwühlen und Antworten auf Fragen zu finden, die ihn in der letzten Zeit so sehr beschäftigen. Er ist sich bewusst, dass ein Zusammenkommen auch schmerzhaft werden könnte.

Sein Handy ruft ihn aus seiner Gedankenwelt zurück. Ellen. Sie fragt, ob er Lust hat, auf einen Tee vorbeizukommen.

»Ja, das passt ganz gut. Ich mache mich gleich auf den Weg.«

Unterwegs überlegt er, ob er noch mal mit ihr über sein Vorhaben sprechen sollte. Darüber, dass sich etwas in ihm auf die Suche nach seinem Vater machen möchte.

Bei Ellen ist es wie immer gemütlich. Ein duftender Marzipantee steht auf einem Stövchen auf dem Wohnzimmertisch, daneben flackern Teelichte in bunten Gläsern.

Ellen schenkt ein. Eine Weile genießen sie still das warme Getränk, das eine leichte Weihnachtsstimmung herbeizaubert. Als Tom ihr von der jungen Frau bei Subway erzählt, von dem Duft ihrer langen blonden Haare, davon, dass er für einen Moment wie gefesselt von ihr war, bemerkt er sofort Ellens traurigen Gesichtsausdruck.

Er möchte ihr nicht wehtun, also wechselt er rasch das Thema und kommt zu dem, was ihm seit einiger Zeit im Kopf herumgeistert.

»Du hast doch mal das Foto von meinem Vater gesehen, kannst du dich erinnern?«

»Ja, der Mann, der dir so ähnlich sieht.«

»Weißt du, ich überlege, ob ich mich mal auf die Suche nach ihm machen sollte. So ganz sicher bin ich noch nicht, aber der Wunsch ihn kennenzulernen wird immer stärker. Ich würde gern von seiner Sicht auf unser kurzes Familienleben erfahren und überhaupt hören, was er so macht. Und wie er in den letzten Jahren gelebt hat. Vielleicht gibt es da noch Halbgeschwister, von denen ich nichts weiß. Meine Mutter redet ja nicht von ihm, sie blockt total ab, wenn ich mal was wissen will.«

Ellen findet die Idee gut. »Mach es Tom, erforsch deine Wurzeln. Ich spüre die Tiefe deiner Gefühle und ich finde es großartig, dass du diesen Schritt gehen möchtest. Ich werde dich voll und ganz unterstützen, sag mir, wenn ich irgendetwas für dich tun kann.«

Ihre Worte stärken seine Idee und wieder einmal spürt er, welch wichtigen Platz sie in seinem Leben eingenommen hat.

»Ellen, ich möchte dir noch etwas erzählen. Meine Mutter hat Lungenkrebs. Ich habe es vor zwei Tagen erfahren. Keine Ahnung, wie das ausgehen wird.«

Plötzlich kullern Tränen über ihre Wangen. »Ach, Tom ... Es tut mir unendlich weh, dass du das alles aushalten musst.«

Gleichzeitig stehen sie vom Sofa auf und umarmen sich. So ein lieber Mensch, denkt Tom. Er tupft ihre Wangen mit seinem Ärmel trocken, lächelt und sagt: »Danke, dass du meine Freundin bist.«

Ein paar Tage später betritt Tom mit einer Tüte frischer Brötchen die Wohnung seiner Mutter. Sie sitzt in der Küche, der Kaffee ist durchgelaufen, der Tisch für ein Frühstück gedeckt. Eine Tasche für den Krankenhausaufenthalt steht fertig gepackt im Flur.

Ich will gar nicht wissen, wie viele Zigaretten sie heute schon geraucht hat. Die Luft ist so dicht, dass man sie förmlich schneiden könnte. Tom legt ihr ein Brötchen auf den Teller und nimmt das Marmeladenglas.

»Du musst was essen, ich habe extra Brötchen vom Bäcker mitgebracht, sie sind sogar noch warm.«

Stumm sitzt sie da. Ihre gelben Finger, zwischen denen ständig eine Zigarette steckt, zittern.

»Ich krieg nichts runter. Geht einfach nicht.«

Tom belegt zwei halbe Brötchen mit Käse, legt sie auf ihren Teller und nimmt ihr den brennenden Stummel weg. »Jetzt iss.«

Mit hängenden Schultern greift sie nach einem halben Brötchen, hält es einen Moment lang vor sich, doch ohne abzubeißen legt sie es zurück. »Ich kann nicht.«

»Dann komm, lass uns fahren. Ich bringe dich jetzt ins Krankenhaus.«

Er nimmt die gepackte Tasche und geht schon mal vor, wie immer nimmt er die Treppe. Renate wartet auf den Fahrstuhl, der heute ausnahmsweise funktioniert.

Tom bringt sie auf ihre Station im Krankenhaus und begleitet sie zu ihrem Zimmer. Zimmer 208. Die Tasche stellt er dort aufs Bett.

»Ich lasse dich jetzt allein, ich muss los. Du schaffst das.«

Plötzlich klammert sie sich mit ihren knochigen Fingern an seine Jacke und bricht in Tränen aus. »Und wenn nicht? Was, wenn ich das nicht schaffe, Tom? Wenn ich danach nicht mehr aufwache?«

Er nimmt die Tasche vom Bett und stellt sie auf den Boden. »Leg dich erst mal hin und ruh dich noch aus, sie werden sich gleich um dich kümmern. Ich muss jetzt wirklich los.«

Er lässt sie weinend zurück und als er aus dem Gebäude tritt, wundert er sich einmal mehr über sich selbst. Hat er einen Teil seines Herzens verloren? Es kommt ihm fast so vor.

Am frühen Nachmittag des nächsten Tages erreicht ihn ein Anruf von dem Operateur, der den Tumor entfernen wollte.

»Ihrer Mutter geht es den Umständen entsprechend gut, aber leider mussten wir die Operation abbrechen. Das bösartige Gewebe befindet sich an einer äußerst ungünstigen Stelle. Es liegt dicht am Herzen. Das Risiko war zu groß.«

Tom nimmt die Nachricht still hin.

»Und nun?«, fragt er schließlich.

»Es gibt verschiedene Therapiemöglichkeiten, man muss schauen, welche am besten für ihre Mutter geeignet ist. Doch zuallererst sollte sie sich einer Chemotherapie unterziehen. Ich werde nachher mit ihr darüber sprechen. Noch schläft sie.«

In den nächsten Tagen beherrschen Tom zwei widersprüchliche Emotionen, eine Mischung aus Pflichtbewusstsein und Widerstand.

Stundenlang sitzt er am Abend vor ihrer Entlassung aus dem Krankenhaus am Küchenfenster und schaut den Kindern im Hof beim Spielen zu. Dabei versucht er, Erinnerungen an seine eigene Kindheit wachzurufen.

Unbeschwerte Momente mit Ronny fallen ihm ein, doch war die Mutter dabei? Saß sie vielleicht auf dem Rand des Sandkastens, während ihr kleiner Sohn im Sand buddelte? Tom kann sich nicht erinnern, da gibt es keine Bilder im Kopf.

*

Am nächsten Morgen, nach vier Tagen, holt Tom seine Mutter aus dem Krankenhaus ab.

Eingehakt lässt sie sich von ihm durch das Foyer ziehen. Es kommt ihm so vor, als wäre sie in den letzten vier Tagen um Jahre gealtert. Gewelkt und knöchern nimmt er sie wahr. Sie wirkt ausgelaugt und völlig erschöpft.

Noch bevor sie an der Ausgangstür angekommen sind, zieht sie eine Zigarette aus der Jackentasche. Draußen hält sie sich sofort ein Feuerzeug davor, nimmt einen tiefen Zug und bläst den Rauch mit geschlossenen Augen in die Luft. Diese Situation, dieser Ort, direkt vor der Lungenklinik, mit einem Tumor, der noch immer in ihrer Lunge wuchert ... Es ist ein groteskes Bild, bei dem überhaupt nichts zusammenpasst.

Dass ihr Zigarettenkonsum zu steigern ist, hätte Tom nicht gedacht. Doch sie raucht so viel wie nie zuvor. Und obwohl sie noch sehr schwach ist, kommt sie allein zurecht. Tom sorgt lediglich für Essen und Getränke, ansonsten hält er sich zurück.

Da sie sich in den letzten Tagen nicht bei ihm gemeldet hat, beschließt er, am Abend mal nach dem Rechten zu sehen.

Als er eintritt, sitzt sie auf dem Sofa und schaut fern. Der ganze Raum liegt in einem Nebel von Zigarettenqualm. Mit tief liegenden Augen, unter denen sich dunkle Schatten befinden, schaut sie auf. Ihr Gesicht ist farblos. Sie sieht zum Fürchten aus, aber vollkommen betrunken scheint sie nicht zu sein.

Tom setzt sich zu ihr auf die Couch und nimmt sich eine Zigarette aus der Schachtel, die auf dem Tisch liegt. Ihr Blick ist glasig. Wo ist ihre Schönheit geblieben? Von den Fotos aus dem Album weiß Tom, dass sie früher eine sehr hübsche Frau gewesen ist. Eine Frau mit einem strahlenden Lächeln im Gesicht, mit blonden lockigen Haaren und einem braunen Teint. Nun sitzt sie da, als wäre sie ein anderer Mensch.

Sie widmet sich wieder einer Talkshow. Tom schaut gedankenlos im Zimmer umher, dann holt er das Foto seines Vaters aus der Jeans und legt es auf den Tisch.

»Kannst du dich vielleicht mal einen Augenblick auf mich konzentrieren oder kriegst du das nicht mehr hin? Ich weiß, dass dir der Alkohol wichtiger ist als ich es bin, aber jetzt hör mal zu.«

»Mensch, Tommy, der Wein hilft mir zu entspannen, das Leben ist so hart. Und mein Leben ganz besonders. Ich möchte gar nicht mehr nüchtern sein, ich könnte den ganzen Scheiß überhaupt nicht ertragen.«

»Du versuchst es ja nicht mal.«

»Du kannst mal wieder gut reden. Du hast keine Ahnung und willst mir sagen, was ich machen soll. Nee, Junge.«

Sie hält sich eine Flasche Wein an die Lippen und nimmt einen ordentlichen Schluck.

»Ich habe schon mit der Chemotherapie begonnen. Weißt du, was das bedeutet? Natürlich nicht. Kannst du dir die fiesen Gedanken vorstellen, die jetzt in meinem Kopf herumwildern? Natürlich nicht. Kannst du dir vorstellen, wie das ist, wenn man eine Krebsdiagnose bekommt und nicht im Geringsten weiß, ob man den Kampf gewinnt? Natürlich nicht. Und kannst du dir vorstellen, mit einer Glatze rumzulaufen? Pah, das wäre wahrscheinlich nicht ganz so schlimm für dich. Aber für mich. Es ist ein Horrorgedanke, keine Haare mehr auf dem Kopf zu haben, in den Spiegel zu schauen oder sich den Kopf zu waschen. Ist es dann immer kalt am Kopf? Hält die Perücke? Und wenn sie draußen mal verrutscht und die Leute blöd schauen?«

Tom hat ihr zugehört und er merkt, dass ihn ihre Worte nicht berühren. Ohne auf sie einzugehen, hält er ihr das Bild von seinem Vater vors Gesicht.

»Es ist an der Zeit, ich will ihn kennenlernen. Ich will endlich diese Lücke in meinem Leben schließen.«

Sie starrt auf das Foto, auf dem ihr Toms Erzeuger nackt mit einer Zigarette im Mund zulächelt. »Lass mich mit dem zufrieden. Ich habe jetzt wirklich andere Sorgen.

Dir scheint das alles egal zu sein, du hörst mir ja nicht mal zu.«

»Ich will wissen, wo er lebt. Hast du eine Adresse von ihm?«

Sie steckt sich die nächste Zigarette an und zieht den Rauch tief in ihre kranke Lunge hinunter. »Er heißt Klaus. Er trägt den gleichen Nachnamen wie wir.«

»Ich wusste gar nicht, dass ihr verheiratet wart.«

»Das hat nicht lange gehalten. Vier Monate, dann war es aus. Nach seinem plötzlichen Abflug lag irgendwann ein Brief im Kasten, darin stand, dass er sich scheiden lassen will. Ich habe zugestimmt, was sollte das Ganze auch noch. Er im Westen und ich hier. Sicher hat er dort gleich irgendeine Westtussi kennengelernt oder kannte sie vorher schon. Wie auch immer, ist mir schon lange egal.«

Sie spricht klar und kann sich offenbar an vieles erinnern. Tom steckt das Foto ein. So einfach hat er sich das Gespräch nicht vorgestellt.

»Bis die Tage«, sagt er noch. Kurz darauf fällt die Wohnungstür hinter ihm ins Schloss. Vielleicht hätte er sie schon viel früher so direkt nach ihm fragen sollen. Nun, jetzt hat er immerhin einen Namen.

*

Das Kneipenschild des Colore leuchtet, als winke es ihm zu. Tom beschließt, noch ein Bier in seiner Stammkneipe zu trinken, bevor er sich zu Hause online auf die Suche nach Klaus machen wird.

Im Colore ist es nicht mehr wie sonst. Theodoris fehlt. Es herrscht eine ruhige, fast eine traurige Atmosphäre. Auf der Theke steht ein Bild in einem schwarzen Rahmen, es zeigt einen lachenden Theodoris. Es gibt einen neuen Wirt, der die Kneipe übernommen hat und erst mal nichts an der Einrichtung verändert hat, zum Gedenken an Theodoris. Das Bier schmeckt wie immer, doch die Stimmung ist kühler. Der neue Wirt ist nett, will aber bald alles umreißen und eine moderne Gemütlichkeit schaffen. Das einzig Vertraute, das es auch im neuen Colore geben wird, ist Felie. Die darf für immer bleiben.

Zügig trinkt Tom die Flasche aus, er hat heute Abend noch etwas vor. Zu Hause klappt er seinen Laptop auf und starrt eine Weile den Zettel an, auf den er den Namen seines Vaters gekritzelt hat. Schließlich holt er tief Luft und gibt den Namen in der Suchleiste ein. Die Suchergebnisse sind überwältigend. Seitenweise Infos, hauptsächlich Links zu sozialen Medien und veralteten Forenbeiträgen. Stunden später, es ist schon nach Mitternacht, gibt Tom die Hoffnung fast auf. Da kommt ihm plötzlich eine Idee. Dass er nicht gleich daran gedacht hat.

Er wird es mit dem alten Foto versuchen. Er speichert das Bild auf seinem Laptop und öffnet die Bildsuchfunktion. Mit zitternden Händen lädt er das Bild hoch und wartet.

Es tut sich was, plötzlich erscheinen Bilder, die dem hochgeladenen ähneln. Tom scrollt sich durch die unzähligen Ergebnisse. Schließlich bleibt sein Blick an einem Bild hängen, das ihm fast den Atem raubt. Es ist ein Foto von einem Mann, der seinem Vater auf verblüffende Weise gleicht. Die hohe Stirn, das markante Lächeln, die dunklen Augen, Tom kann es kaum fassen. Er klickt auf das Bild und weitere Informationen erscheinen. Tom macht sich Notizen. Das muss er morgen unbedingt Ellen und Alex erzählen.

An Schlaf ist nicht zu denken. Lange liegt er in seinem Bett und starrt mit offenen Augen an die Decke, obwohl es stockdunkel im Zimmer ist. Unsicherheit und Neugier beherrschen seine Gedanken. Schließlich fallen seine Augen zu und er driftet in den ersehnten Schlaf ab, mitten hinein in einen lebhaften Traum. Er sieht sich als Kind in einem riesigen Kastanienbaum sitzen. Er weint, weil er Angst hat hinunterzufallen. Da steht plötzlich ein fremder Mann unten am Baum. Er lächelt und streckt Tom eine Hand entgegen. »Komm, lass dich in meine Arme fallen, ich halte dich.« Der Arm des Mannes wird länger und länger, bis seine Hand Tom, der noch immer oben im Baum hockt, berührt. Er schießt aus dem Schlaf hoch und fühlt sich wie nach einer emotionalen Achterbahnfahrt.

Obwohl er sehr aufgewühlt ist und seine Gedanken ständig bei dem fremden Mann sind, lässt er seine Notizen mit den Rechercheergebnissen auf seinem

Schreibtisch ruhen. Er braucht erst einmal etwas Abstand von der ganzen Sache, die ihn doch ziemlich aus der Bahn geworfen hat. Er hat jetzt einen Vater. Einen Vater hatte er schon immer, aber plötzlich fühlt es sich vollkommener an. Greifbarer.

Auf ein paar Tage oder Wochen kommt es nun auch nicht mehr an. Er weiß nun, wo er lebt, falls er dort noch wohnt, falls er überhaupt noch lebt. Und falls sein Vater überhaupt der Mann ist, den Tom im Netz gefunden hat.

Am nächsten Tag holt er Ellen von der Arbeit ab. »Du wirst nicht glauben, was ich zu erzählen habe.«

Obwohl Ellen ziemlich erschöpft von ihrem Tag ist, steuern sie das nächste Café an. Tom kann es kaum abwarten und dann sprudelt es auch schon aus ihm heraus.

Er erzählt, dass es letztendlich doch recht einfach war, diesen Mann, der höchstwahrscheinlich sein Vater ist, zu finden. Es hat zwar Stunden gedauert, aber er hatte sich so eine Suche schwieriger vorgestellt. Außerdem, so erzählt er Ellen weiter, hat er sich zigmal gefragt, warum er seine Mutter nicht schon längst energischer nach seinem Vater gefragt hat. Sie hat immer gesagt, er solle sie damit zufriedenlassen, und Tom hat es jedes Mal auf sich beruhen lassen. Im Nachhinein kann er sich selbst kaum verstehen, aber wahrscheinlich war der Wunsch, den Vater kennenzulernen, nie so ausgeprägt wie jetzt.

Ellen jedenfalls freut sich sichtlich, sie hält sich immer wieder die Hände vors Gesicht und sagt wiederholt:

»Ich kann das gar nicht glauben! Es ist so toll, ich freue mich total für dich.«

Tom schlendert nach dem Treffen mit ihr noch ein wenig durch die Frankfurter Allee bis rüber zum Tierpark, dort setzt er sich auf eine Bank, steckt sich eine Zigarette an und schaut gedankenverloren den vorbeigehenden Menschen hinterher. Auf einmal läuft ein kleines Mädchen auf ihn zu, es mag etwa drei Jahre alt sein. In den Händen hält es einen leuchtend pinken Ball. Die Kleine läuft direkt auf ihn zu und wirft den Ball auf seinen Schoß. Überrascht greift er nach dem Spielzeug, während sie ihn aus ihren leuchtenden blauen Augen anstrahlt. In Erwartung auf ein Ballspiel steht sie vor ihm und hält ihre Ärmchen in die Luft. Tom wirft ihr den Ball vorsichtig zu oder legt ihn eher in ihre offenen Hände, damit er nicht wegkullern kann. Die Kleine juchzt vor Freude. Mittlerweile ist ihre Mutter an ihrer Seite, sie setzt sich zu Tom auf die Bank. So spielen sie eine Weile zu dritt mit dem bunten Ball. Schließlich beendet die Mutter das Spiel.

»Komm, mein Schatz, der Papa wartet bestimmt schon auf uns.« Sie nimmt ihre Tochter an die Hand und verabschiedet sich von Tom.

Lange schaut er ihnen hinterher, während sie sich mehr und mehr entfernen. Wie schön muss es sein, eine Familie zu haben.

Das Handy zeigt drei Anrufe in Abwesenheit. Tom hat das Klingeln gar nicht gehört, so vertieft war er in das Spiel mit der quirligen Kleinen.

Er ruft zurück, Renate ist am anderen Ende der Leitung.

»Tom, mir geht es beschissen, die Chemo macht mich fertig.«

Wieder einmal wundert er sich über sich selbst. Das kleine fremde Mädchen hat mehr Gefühle in ihm ausgelöst, als seine eigene Mutter es tut, die jetzt nicht allein sein möchte und ihn um Hilfe bittet.

»Ich komme gleich mal vorbei. Hast du schon etwas gegessen? Soll ich uns einen Döner mitbringen?«

»Bloß nicht, bei dem Geruch müsste ich mich wahrscheinlich sofort übergeben. Ich bin fix und fertig und mir ist furchtbar übel. Ich krieg nichts runter.«

In der nächsten Dönerbude an der Straße isst Tom etwas, dann macht er sich widerwillig auf den Weg zu seiner Mutter.

Sie sieht elendig aus. Das fahle Gesicht, die Schatten unter den Augen und dazu die struppigen Haare, die durch die Chemo schon büschelweise ausgehen und ihre Schultern und das Sofakissen, auf dem eben noch ihr Kopf lag, bedecken.

Das kleine Mädchen hätte sicher große Angst vor ihr. Was die Kleine wohl jetzt gerade macht?

»Tom, ich schaffe das nicht allein. Ich komme morgens kaum aus dem Bett, ich möchte nur noch schlafen, die Chemo haut mich völlig aus dem Ruder.«

Sie scheint nüchtern zu sein, das wundert Tom ein wenig. So kennt er sie kaum noch. Von seiner Recherche nach seinem Vater sagt er nichts und sie fragt auch nicht danach.

»Die Ärzte wissen nicht, ob die Chemo wirkt. Stell dir mal vor, ich mache den ganzen Mist umsonst. Wenn alles rum ist, mache ich die Augen zu. Das wär es ja.«

Emotionslos sitzt Tom ihr gegenüber. »Nimm die Therapie als Neuanfang. Hör mit der Sauferei auf und mach was aus deinem Leben. Noch ist es nicht zu spät.«

»Zu spät ist es schon lange und das weißt du auch. Ich ziehe jetzt mein Ding durch, egal was danach passiert. Im schlimmsten Fall bin ich da, wo Ronny ist, und das wäre ja eigentlich schön.

Tom hält es nicht lange aus. Als er aufsteht und zur Tür geht, schlurft sie hinter ihm her und fängt heftig an zu weinen. Sie wirft sich von hinten an ihn und hält sich so fest, dass er sich im ersten Moment nicht von ihr lösen kann. Das Schluchzen wird immer lauter, bis sie nur noch schreit.

»Lass mich nicht allein, du sollst nicht gehen. Nein, nein, nein. Ich habe doch nur noch dich.«

Tom nimmt ihre Arme und drückt sie von sich. Er schiebt sie ins Schlafzimmer.

»Versuch zu schlafen, ich komme die Tage wieder vorbei.«

Er geht schnurstracks nach Hause, genehmigt sich einen Whisky auf ex und fällt erschöpft ins Bett.

*

Am frühen Morgen macht er sich auf den Weg zum Büro des Wachschutzes, er will sich ein paar Termine holen, damit wieder Geld reinkommt. Das Büro liegt nicht weit entfernt, doch zu Fuß möchte er nicht gehen, er beschließt den Bus zu nehmen. Es sind nur ein paar Stationen.

Er hat eine Bank für sich allein und starrt aus dem Fenster, während das Berliner Morgentreiben an ihm vorbeizieht. An der nächsten Haltestelle fällt sein Blick plötzlich auf eine Frau, die ihm bekannt vorkommt. Sie steht im Bushäuschen, wartet wahrscheinlich auf den Bus einer anderen Linie. Als der Wind in ihr langes Haar weht, fällt es Tom ein. Plötzlich erinnert er sich an den wunderbaren Duft dieser Haare und an ihren faszinierenden Blick aus den dunklen Augen. Einen kurzen Moment überlegt er auszusteigen und sie anzusprechen, da schließen sich die Türen und der Bus setzt seine Fahrt fort. Mist! Ob er sie jemals wiedersehen wird? Wenn ja, wird er sie sofort ansprechen.

Mit drei Terminen in der Tasche, einen für einen wichtigen Empfang und zwei weiteren für zwei Demos, verlässt er das Gebäude. Immer wieder denkt er an die schöne Unbekannte, die von einem Hauch aus Geheimnis und Faszination umgeben ist. Wieder spürt er eine unerklärliche Aufregung keimen.

Werden sich unsere Wege erneut kreuzen? Ist das ein Wink des Schicksals?

Er hat nicht einmal einen Namen von ihr. Vielleicht sollte er öfter mit dem Bus diese Strecke fahren, vielleicht wohnt sie in der Nähe der Bushaltestelle, an der sie vorhin gestanden hat.

Er macht sich auf den Weg zu seiner Mutter, obwohl er sich innerlich dagegen sträubt. Unterwegs wirft er noch eine Bewerbung in den nächsten Briefkasten, eine Bewerbung, die schon seit ein paar Tagen fertig auf seinem Schreibtisch liegt. Das wird sowieso wieder nichts, denkt er, aber die Hoffnung stirbt zuletzt. Irgendwann ist er auch mal dran. Eine Zusage, das wäre echt der Wahnsinn. Tom als Informatiker in einem Technologieunternehmen. Irre.

Er hat Renate gesagt, dass er jetzt, in der Phase der Chemotherapie, öfter nach ihr schauen wird. Die Distanzierung zu ihr ist so weit fortgeschritten, dass nicht mal ihr Gesundheitszustand etwas daran ändern könnte. Irgendwann kam diese Erkenntnis: Distanziere dich zum eigenen Schutz. Am Anfang war es schmerzhaft, doch mit der Zeit empfand er es wie eine Befreiung. Als würde er Ballast abwerfen, um nicht selbst abzustürzen. Stabilität und Struktur im Leben hat Tom nie kennengelernt und genau das zu finden ist sein Ziel. Und die Distanz zu seiner Mutter ist einer der Schritte in eine andere Richtung.

Er hätte nicht gedacht, dass sie noch schlimmer aussehen könnte als beim letzten Besuch. Die Chemo scheint ihr schwer zuzusetzen. Sie verliert ihre Haare, in dichten Büscheln liegen sie neben ihr, kahl ist sie noch nicht, aber man sieht deutlich mehr Kopfhaut als Haare. Es wird nicht mehr lange dauern, bis sie eine Glatze hat. In ihrem Blick die pure Erschöpfung. Die Haut blass und dünn. Selbst das Sprechen scheint ihr schwerzufallen. Zusammengesackt sitzt sie auf dem Sofa. Und trotz der Auswirkungen auf ihren Körper, die so deutlich zu sehen sind, schafft sie es, zwischen ihren zitternden Fingern eine Zigarette zu halten.

»Du solltest wirklich mit dem Rauchen aufhören.«

»Pah, auf keinen Fall. Das ist im Moment das Einzige, das mich irgendwie beruhigt.«

»Du musst wissen, was du tust.«

Tom bietet ihr an, einkaufen zu gehen, was sie gern annimmt.

Als er vom Supermarkt zurückkommt und den Kühlschrank auffüllt, sagt er nebenbei: »Ich weiß, wo er wohnt. Falls das, was ich herausgefunden habe, noch so stimmt.«

»Wo wer wohnt?«

»Na wer wohl? Mein Erzeuger.«

»Wie hast du denn das herausbekommen?«

»Internet.«

»Bestell ihm bloß keine Grüße von mir, wenn du ihn siehst.«

»Hätte ich sowieso nicht gemacht. Ich muss jetzt auch los. Ruf an, wenn du was brauchst.«

Er verlässt die Wohnung.

Meine Güte, sieht sie schlecht aus.

*

Am kommenden Wochenende finden die beiden Demos statt. Eine zur Unterstützung von Umwelt und Klimaschutz und eine Flüchtlings- und Migrationsdemonstration. Beide verlaufen ruhig und problemlos. Und am Wochenende darauf hat Tom seinen Einsatz beim Empfang eines Regierungsbeamten. Auch dieser Termin verläuft ohne Vorkommnisse.

Nach dem Empfang trifft Tom sich noch mit Alex im Colore. Es ist ein schöner Abend, Ellen kommt auch dazu. Sie möchte am Samstag eine kleine Party geben, ohne Anlass, einfach nur so, und sie lädt die beiden Freunde ein. Tom und Alex freuen sich und sagen sofort zu.

»Zwei Arbeitskolleginnen, mein Nachbar von gegenüber und meine Cousine, die gerade in Berlin ein Praktikum macht, kommen auch, ich habe sie alle schon eingeladen. Es wäre schön, wenn an dem Abend eine entspannte und fröhliche Atmosphäre herrscht. Ich denke, das sollte mit diesen Gästen kein Problem werden. Und wenn ihr zwei dabei seid, kann sowieso nichts schiefgehen.«

Pünktlich um zwanzig Uhr am Samstagabend stehen Tom und Alex mit einem großen Strauß dunkelroter Rosen vor Ellens Wohnungstür und klingeln. Als die Tür geöffnet wird, halten die zwei den Blumenstrauß hoch und rufen: »Für unsere allerliebste Freundin Ellen.«

»Na, dann kommt mal rein.« Tom fällt die Kinnlade runter, wie ein kleiner Junge steht er da und kann sich weder bewegen noch etwas sagen.

»Hey, Tom, was ist?«, will Alex verwundert wissen. Er weiß ganz genau, dass Tom eigentlich nie sprachlos ist.

Nicht Ellen hat die Tür geöffnet, sondern die bezaubernde Fremde, die Tom schon seit Tagen nicht aus dem Kopf geht.

»Alles okay bei dir? Ich bin Leonie, Ellens Cousine.«

»Hi ... Ich bin Tom, ein Freund von Ellen.«

»Ah, du bist also Tom. Ellen hat mir schon so viel von dir erzählt, ach was, geschwärmt hat sie von dir. Aber ... Haben wir uns schon mal gesehen?«

»Ja, neulich, bei Subway, ich habe noch den Duft deiner Haare in meiner Nase.« Tom grinst übers ganze Gesicht.

»Stimmt, ich erinnere mich. Nun kommt erst mal richtig rein.«

Tom und Alex begrüßen Ellen, überreichen ihr die Rosen und kommen sofort ins Gespräch mit den anderen Gästen. Immer wieder schaut Tom zu Leonie und immer wieder treffen sich ihre Blicke. Es kommen noch drei weitere Hausbewohner dazu, sie haben die Musik und das Stimmengewirr im Treppenhaus gehört und einfach mal geklingelt. Ellen hat sie gleich hereingebeten. Die Musik fordert zum Tanzen auf und die kleine Fläche zwischen Sofa und Fernseher wird zur Tanzfläche. Leonie erzählt und Tom hängt an ihren Lippen. Sie unterhalten sich über Musik, Berlin und ihre Interessen. Alles um sie herum tritt in den Hintergrund.

Alex umarmt Ellen, die mit einem traurigen Gesichtsausdruck ihre Party gar nicht zu genießen scheint. »Lass ihn. Du wirst immer einen besonderen Platz in seinem Herzen haben«, sagt er zu ihr, als er sieht, wie die zwei ihre Handynummern austauschen.

Leonie erzählt, dass sie ein Praktikum in einer pathologischen Abteilung eines Berliner Krankenhauses macht. Und dass sie froh ist, in dieser Zeit hier in Berlin bei Ellen wohnen zu können. Drei Wochen wird sie noch bleiben. Dann spricht sie vom Landleben, davon, wie schön und ruhig es dort sein kann, wo sie zu Hause ist. Davon, dass alles entspannter zugeht, ohne Hektik.

»Sicher, jeder kennt jeden, so ist man eigentlich immer unter den Augen der anderen, der Nachbarn und so. Anonymität ist ein Fremdwort. Aber es hat einen familiären Touch und man hilft sich gegenseitig, wenn es Probleme gibt.«

»Das hört sich schön an, auch wenn ich mir das nicht wirklich vorstellen kann. Ich lebe schon immer in Berlin. Etwas hektisch, etwas unruhig, sehr lebendig, anonym. Wenn du hier keine Freunde hast, gehst du im Gewühl unter.«

Tom spürt ein Kribbeln im Bauch, wenn er sie anschaut oder wenn sie ihn zufällig beim Tanzen berührt. Als die Party dem Ende zugeht, wollen sie sich gar nicht trennen. Sie beschließen, sich am nächsten Nachmittag auf ein Eis in der Stadt zu treffen.

Mit dem Notizzettel, auf dem der Name und die Adresse seines Vaters stehen, macht sich Tom auf den Weg nach Spandau. Nervös schaut er aus dem Fenster des Busses und von Minute zu Minute wird ihm mulmiger. Es fällt ihm schwer, die Aufregung zu unterdrücken. Ob die Entscheidung richtig ist? Im Augenblick fühlt es sich nicht so an. Er kann jederzeit umkehren, er muss da nicht hin, denkt er, um sich zu beruhigen. Sein Herz klopft heftig, er hat das Gefühl, sein Hemd bewegt sich dabei. Dass diese Situation solch eine Reaktion in ihm auslöst, hat er nicht erwartet. Die vielen offenen Fragen könnten vielleicht heute noch beantwortet werden. All die Jahre hatte er kein Verlangen, seinen Vater kennenzulernen, doch gerade ist es das Einzige, woran er denken kann.

Am S Bahnhof Spandau steigt er aus. Hier, ganz in der Nähe, könnte er möglicherweise leben, aber eilig hat Tom es nicht. Langsam geht er die Straßen entlang, bis er vor einem gelb gestrichenen Hochhaus stehen bleibt. Mit zittrigen Knien schaut er auf die Klingelschilder, überfliegt sie, bis seine Augen an einem Schild, auf dem der Name schon fast komplett verblasst ist, hängenbleiben.

Da ist er.

Ohne noch länger zu zögern, legt Tom einen Finger auf die Taste und drückt. Es passiert nichts, erst als er sich schon umwenden und wieder gehen will, ertönt der Summer und die Haustür schnappt auf.

Oben an der Wohnungstür angekommen klingelt er erneut. Es dauert einen Moment, dann öffnet sich die Tür langsam. Vor ihm steht eine Frau, ganz in Schwarz gekleidet. Ihr Gesicht zeigt Spuren von Trauer. Als sie Tom erblickt, öffnet sich ihr Mund, mit aufgerissenen, rotunterlaufenden Augen starrt sie ihn an. Dann hält sie sich die Hände vors Gesicht und fängt bitterlich an zu weinen. Tom bleibt sprachlos mit dem Foto in der Hand im Treppenhaus stehen.

»Du bist sein Sohn. Als ich ihn kennenlernte, war er etwa so alt wie du jetzt, er hatte das gleiche Gesicht.«

Ein unbehagliches Gefühl durchströmt Tom, am liebsten würde er gehen.

»Ich bin Maria, seine Frau.«

Tom sagt noch immer nichts. Er bekommt kein Wort heraus, so sehr lähmt ihn die Situation.

»Komm erst mal rein und setz dich. Ich hoffe, du hast Zeit für einen Kaffee.«

Sie geht voran ins Wohnzimmer, ohne eine Antwort von ihm abzuwarten. Ein intensiver muffiger Geruch steigt Tom in die Nase. Es riecht nach ... ja, nach alten Leuten. Sie lässt ihn im Wohnzimmer stehen und geht in die Küche, um den Kaffee zuzubereiten. Tom fühlt sich erdrückt von der Einrichtung, die aus einem Sammelsurium von Möbelstücken aus vergangenen Zeiten besteht. Der Teppichboden mit einem dunkelroten Blumenmuster wirkt alt und verschlissen. Die Tapete in diesem Zimmer, längst aus der Mode gekommen, löst sich an einigen Stellen und lässt kalten Putz darunter zum Vorschein kommen.

Tom nimmt auf der Couch Platz, auf der er fast bis zum Boden durchsackt, so durchgesessen ist sie. Wie in einer Zeitkapsel vergangener Tage sitzt er da und wartet auf die fremde Frau, um sie endlich nach seinem Vater zu fragen.

Als sie in den Raum kommt, nimmt er ihr das Tablett mit den Kaffeetassen ab.

»Wo ist mein Vater?«, fragt er dann.

Sie setzt sich. »Dein Vater ist vor drei Tagen gestorben«, sagt sie. »Dort im Schlafzimmer, in seinem Bett. Er ist eingeschlafen und nicht mehr aufgewacht. Er hat mich einfach allein gelassen.«

Eine Weile sitzen sie sich stumm gegenüber. Dann steht sie auf und holt ein kleines Holzkistchen, das sie Tom überreicht.

»Die stand jahrelang auf dem Schrank, jetzt ist der Zeitpunkt gekommen, dass sie den Besitzer wechselt. Er hat oft gesagt, eines Tages wird er vor mir stehen. Eines Tages finden wir wieder zueinander. Sollte ich vorher sterben, gib sie ihm, falls du ihn kennenlernst.«

Tom nimmt die Schatulle, die aus dunklem Holz gefertigt und über und über mit Verzierungen geschmückt ist, öffnet sie aber nicht. Seinen Vater hat er sich irgendwie junggeblieben vorgestellt, noch mitten im Leben, vielleicht etwas sportlich. Ein Mann, der in dieser Wohnung gelebt hat, muss ein alter Mann gewesen sein. Ein alter Mann, wie einer von ganz früher.

Ist er schon so abgestumpft? Warum verspürt er jetzt keine Regung?

Er stellt noch ein paar Fragen, möchte diesen Ort dann aber bald verlassen. Außerdem redet diese Maria aus seiner Sicht von einem Fremden. Mit einer Mischung aus Bedauern und dem Gefühl, zu spät gekommen zu sein, verabschiedet er sich. Er wünscht ihr Kraft für die Trauer und für den Notfall gibt er ihr noch seine Handynummer. Warum er das gemacht hat, weiß er später selbst nicht.

Draußen auf der Straße hat ihn Berlin zurück. Hier pulsiert das helle Leben. Hier ist die Luft zwar nicht frisch, aber frischer als dort oben in der dunklen Wohnung, in der vor drei Tagen ein Mann dem Tod die Hand gereicht hat.

Im Bus auf dem Weg zurück fragt er sich, ob es die richtige Entscheidung war, seinen Vater zu suchen. Richtig oder falsch, was macht das jetzt für einen Unterschied? Den Vater gibt es nicht mehr, für Tom hat es ihn noch nie gegeben. Warum jetzt verrücktspielen oder sich im Kummer verlieren? Es ist, wie es ist, es wird sich durch die neue Erkenntnis nichts für ihn ändern. Trotzdem fühlt er plötzlich Herzweh, wenn er an die letzte Stunde bei Maria zurückdenkt.

»Es ist gut, dass du nun Bescheid weißt, Tom«, sagt Ellen am Abend im Colore. »In ein paar Tagen, wenn sich deine innere Unruhe beruhigt hat, wird es sich normal anfühlen. Wirst du mit deiner Mutter darüber sprechen?«

»Weiß noch nicht, wahrscheinlich eher nicht. Der geht es gerade echt schlecht.«

In den nächsten Tagen treten die Gedanken an seinen Vater in den Hintergrund und Tom findet sich mit der Situation ab. Außerdem nimmt Leonie, die inzwischen wieder in ihrer Heimat auf dem Land ist, immer mehr Raum in seinem Kopf ein.

*

Tom wird zu einem Bewerbungsgespräch eingeladen. Mehrmals liest er sich das Anschreiben des Unternehmens durch. Sollte es doch klappen?

Gleich am nächsten Tag wird er dort erwartet.

Das Firmengelände ist groß und wirkt auf Tom völlig unübersichtlich. Er fragt beim Pförtner nach dem Weg. Das Treffen findet in einem Nebengebäude statt und pünktlich um zehn meldet er sich an. Leicht nervös sitzt er kurz darauf vor einem dunkelblauen glänzenden Schreibtisch, auf dem nur ein Blatt Papier und ein Stift liegen, und wartet auf Herrn Deegen, der das Bewerbungsgespräch mit ihm führen wird. Tom schaut sich um. Alles ist in Schwarz und in Grautönen gehalten, nur der Schreibtisch ist blau. Die Einrichtung gefällt ihm, er empfindet die

Ausstattung des Raumes zukunftweisend, modern, kühl, aber nicht ungemütlich.

Herr Deegen begrüßt ihn, er wirkt freundlich und locker. Tom fällt auf, dass die Farben seiner Kleidung denen des Büros ähneln. Schwarze Hose, graues Hemd, schwarzes Jackett und dazu leuchtend blaue Sportschuhe.

»Ich darf doch Tom sagen?«

»Gern.«

»Ich bin Falk und hier unter anderem für die Personaleinstellungen zuständig.«

Das Gespräch läuft super. Tom spricht sicher und wortgewandt. Er gibt an, warum er meint, eine Bereicherung für das Unternehmen zu sein, erzählt, dass sich das Programmieren und algorithmisches Denken schon während des Studiums als seine Leidenschaft herauskristallisiert haben. Falk sitzt ihm mit überschlagenen Beinen gegenüber, bestimmt zwei Meter vom Schreibtisch entfernt. Notizen macht er sich nicht. Tom hat ein gutes Gefühl, er will den Job jetzt unbedingt haben.

»Vielen Dank für das nette Gespräch, Tom«, beendet Falk schließlich den Termin. »Du wirst noch in dieser Woche von uns hören.«

Beflügelt verlässt Tom das Firmengelände. *Hui, das ist gut gelaufen, hoffentlich täuscht mich mein Gefühl nicht.*

Noch in der Straßenbahn ruft er Leonie an. Von der Bewerbung sagt er nichts. Eigentlich wollte er von dem Besuch bei Maria berichten und auch von seiner kranken Mutter erzählen, doch sie sprechen über ganz andere

Themen. Sie reden, sie lachen, sie hören zu, die Spannung ist förmlich greifbar.

»Irgendwie habe ich darauf gewartet, dass du dich meldest, Tom. Ich muss gestehen, dass ich in der letzten Zeit viel an dich gedacht habe.«

»Ich habe auch sehr viel an dich gedacht und bin richtig glücklich, dass wir uns kennengelernt haben. Und ich hoffe sehr, dass wir uns noch besser kennenlernen.«

»Ja, Tom, das wünsche ich mir auch.«

Das Handy noch immer am Ohr betritt er seine Wohnung. Sie sprechen über ihre Lieblingsbücher und Lieblingsfilme, übers Essen und Kochen, tauschen sogar Rezepte aus. Sie erzählen sich lustige Anekdoten und Peinlichkeiten. Sie reden über persönliche Werte, Gefühle und die Sicht auf das Leben. Dabei merken sie gar nicht, wie die Zeit vergeht. Nach ganzen sieben Stunden verabschieden sie sich.

»Bis morgen, Leonie, schlaf schön.«

»Bis morgen, Tom. Ich wünsche dir eine gute Nacht.«

Sie schicken einander noch Herzchen per WhatsApp, bevor Tom liebestrunken versucht einzuschlafen.

Und er bekommt den Job, er kann sofort anfangen. Am Montag geht es los. Die Zusage liegt schon nach vier Tagen im Briefkasten. Auf diese freudige Nachricht spendiert Tom am Abend im Colore eine Runde für alle Gäste. Alex freut sich mit ihm.

»Es scheint so, als hättest du es geschafft. Vergeig das bloß nicht.«

»Ich werde mich bemühen.«

*

Auf dem Bahnsteig läuft Tom wie ein aufgeregter kleiner Junge, der auf den Weihnachtsmann wartet, hin und her. Als der ICE langsam näher kommt, beginnt sein Herz zu rasen. Nach unendlich vielen Stunden am Telefon kann er sie nun endlich in seine Arme schließen. Er kann es kaum erwarten, sie zu spüren, ihr Haar zu riechen und ihr in die Augen zu sehen.

Sie springt aus dem Zug und schaut sich suchend um. Tom, der sie sofort erspäht hat, läuft auf sie zu, schnappt sie von hinten und wirbelt sie herum. Sie schließen einander in die Arme und stehen noch so, als der Zug den Bahnhof schon längst wieder verlassen hat.

Wie zwei Turteltäubchen verbringen sie die Zeit. Tom fühlt sich in ihrer Nähe so wohl wie noch nie zuvor in seinem Leben. Dieses wohlige Gefühl verleiht im Flügel, das will er nicht mehr missen. Sie spazieren durch den Tierpark, umrunden das Brandenburger Tor und er hat nichts dagegen, mit einem roten Sightseeing Bus eine Stadtrundfahrt zu machen, obwohl das eigentlich nicht so sein Ding ist. Am Abend gehen sie Italienisch essen, vor zwei Tagen schon hat er in dem Restaurant einen Tisch bestellt.

Das Wochenende verfliegt nur so. Am Sonntagabend bringt er Leonie wieder zum Hauptbahnhof. Eng umschlungen stehen sie am Gleis, am liebsten würde Tom die Zeit anhalten. Aber am Montag beginnt für beide eine neue Arbeitswoche. Nächstes Wochenende wollen sie sich wiedersehen. Wieder in Berlin.

Am nächsten Morgen betritt Tom das große moderne Haupthaus. Bevor er sich am Empfang meldet, schaut er sich interessiert um. Auch hier, wie schon im Nebengebäude, herrscht eine futuristische Atmosphäre, schwarz und anthrazit im Vordergrund mit leichten hellgrauen Momenten und immer wieder Gegenstände in leuchtendem Blau. Die Dame am Empfangstresen winkt ihm zu, es sieht so aus, als hätte sie bereits auf ihn gewartet.

»Du musst Tom sein. Ich habe dich schon angemeldet, gleich kommt jemand und begleitet dich zu deinem Arbeitsplatz.«

Tom wundert sich noch, dass sie einfach so Bescheid weiß, als schon ein Mann auf ihn zu eilt. »Hi«, sagt er, »ich bin Micha. Komm mit, ich möchte dich unserem Team vorstellen.«

Er ist sehr freundlich und nimmt Tom damit etwas von der Aufregung, die in ihm brodelt. Auch die neuen Kollegen empfangen ihn herzlich und auf seinem Schreibtisch steht bereits startklar ein Computer.

»Du wirst es hier lieben. Unser Team ist total kreativ und wir haben viel Raum für Innovation. Und unsere Projekte sind wirklich spannend.«

Tom kann es noch gar nicht glauben, aber es scheint tatsächlich alles zu passen.

In einer Stunde ist ein Meeting angesetzt, zu dem auch Tom eingetragen ist. Micha führt ihn noch ein bisschen im Unternehmen herum und stellt ihm verschiedene Kollegen vor. Anschließend treffen sich alle zu diesem Meeting.

Tom sitzt mit den anderen an einem großen ovalen Holztisch zusammen. Wieder kriecht leichte Aufregung in ihm hoch, doch als der Chef des Unternehmens sich dazusetzt und die Diskussion beginnt, ist Tom voll dabei. Er bringt sogar schon Ideen ein. Aufmerksam hören ihm alle zu und schätzen seine Beiträge.

»Tom, das ist eine großartige Idee. Willkommen im Team. Wir freuen uns, dass du hier bist. Ich hoffe, das Du ist in Ordnung. Wir duzen uns hier alle und ich würde es begrüßen, wenn du dich damit auch wohlfühlst«, sind die freundlichen Worte des Geschäftsführers.

»Danke. Natürlich ist das in Ordnung.«

Als Tom nach seinem ersten Arbeitstag das Gebäude verlässt, fühlt es sich für ihn so an, als hätte er endlich seinen Traumjob gefunden.

*

Da er die letzten Anrufe seiner Mutter auf dem Handy einfach weggewischt hat, will er heute mal nach ihr schauen. Beflügelt und bester Laune springt er die vielen Stufen zu ihr hoch, betritt die Wohnung, geht direkt ins Wohnzimmer. Erschrocken schaut er sie an. Sie liegt zugedeckt auf dem Sofa, scheint zu schlafen. Mit offenem Mund liegt sie da. Im ersten Moment denkt Tom, sie lebt nicht mehr. Dann öffnet sie ihre Augen, die sich tief in ihren Höhlen befinden. Ein furchtbarer Anblick. Da liegen Haut und Knochen mit einem Gesicht ohne Leben. Nicht mal der Fernseher läuft.

»Die Scheißchemo«, flüstert sie mit einer Stimme, die ihm fremd vorkommt.

Puh, er muss sich erst mal setzen.

»Was wolltest du denn? Du hast versucht mich anzurufen.«

»Ach, vergiss es einfach. Ich mache sowieso nicht mehr lange.«

»Hör auf so zu reden. Die Chemotherapie muss doch bald vorbei sein.«

»Du musst es ja wissen. Du kümmerst dich doch überhaupt nicht um mich? Ich rufe dich an, du ignorierst mich. Was soll ich denn da denken? Ist ihm doch egal, was mit mir ist, das denke ich. Wahrscheinlich freut er sich, wenn er mich los ist. Also lass mich jetzt in Ruhe, ich will schlafen.«

»Hast du heute schon was gegessen?«

»Lass mich, ich kriege nichts runter. Geh jetzt.«

Tom schaut nach, ob sie noch etwas Essbares in der Küche hat. Natürlich nicht. Ohne etwas zu sagen, geht er einkaufen und füllt den Kühlschrank auf, legt frisches Obst in den Obstkorb und stellt Wasserflaschen auf den

Küchentisch. Dann kocht er eine Tasse Kräutertee, räumt Platz dafür frei und stellt die Tasse auf den Wohnzimmertisch. Sie ist wieder eingeschlafen. Wie elend sie aussieht.

Er bleibt noch eine Weile stehen, den Blick auf seine schlafende Mutter gerichtet. Ein Gefühl des Mitleids, auf das er wartet, stellt sich nicht ein. Er geht und er weiß, dass er ihr nichts von dem Besuch bei Maria erzählen will. Warum auch? Es wird sie sowieso nicht interessieren. Und außerdem ist er froh, dass dieses Thema nun keine große Rolle mehr spielt.

Ein paar Wochen sind vergangen und seine Arbeit macht ihm Spaß wie am ersten Tag. Er bekommt Lob und Anerkennung und das tut ihm gut. Tief in seinem Inneren beginnt etwas zu keimen. Selbstbewusstsein.

Jeden Abend telefoniert er mit Leonie. Sie treffen sich so häufig wie nur möglich. Mal in Berlin, mal in ihrer Heimat auf dem Land, in einem kleinen Dorf in der Nähe von Bremen. Die Entfernung ist groß, bald zu groß. Sie beschließen, dass Leonie zu Tom nach Berlin zieht. Eine neue Arbeitsstelle zu finden, ist für sie kein Problem. Sie arbeitet in einer Histopathologie und bekommt problemlos in einem größeren Krankenhaus in Berlin ein Jobangebot. Auch Toms Wohnung ist nicht zu klein für zwei.

Leonie lernt Toms Freunde kennen und trifft sich regelmäßig mit ihrer Cousine. Anfangs hat Ellen sich ein wenig zurückgezogen, weil es ihr schwerfiel, Toms Glück zu sehen, zu erleben, wie er sich verhält, wenn er verliebt ist. Mittlerweile ist es nicht mehr ganz so schmerzlich, wenn die beiden Hand in Hand auftauchen. Sie möchte, dass es Tom gut geht, dass er glücklich ist, und für Leonie wünscht sie sich das natürlich auch.

Seiner Mutter stellt Tom Leonie ebenfalls vor. Renate geht es mittlerweile etwas besser, die Chemotherapie liegt hinter ihr. Auf ihrem Kopf zeigen sich leichte Stoppeln, ihre Haare wollen zurückkommen. Jetzt, da sie sich ein wenig erholt hat, trinkt sie auch wieder. Tom hat Leonie bereits von den Problemen seiner Mutter erzählt und es ist gut, dass sie beim ersten Besuch vorbereitet ist.

Sie haben Kuchen mitgebracht, Renate hat Kaffee gekocht und sie sitzen zu dritt im Wohnzimmer. Nach dem Kaffeetrinken holt Toms Mutter eine Flasche Likör aus dem Schrank und bietet ihrem Besuch ein Glas an. Beide lehnen ab, dafür trinkt sie in der nächsten Stunde eine halbe Flasche allein aus. Und obwohl er mit Leonie über ihren Alkoholkonsum gesprochen hatte, schämt er sich in diesem Moment für seine Mutter.

»Leonie, ich mag dich, du scheinst ein gutes Mädchen zu sein«, sagt sie und Tom bemerkt ein Leuchten in ihren Augen, während sie spricht.

Er nimmt Leonies Hand und zwinkert ihr zu.

»Ich habe mir schon lange eine liebe, nette Schwiegertochter gewünscht. Ihr seht glücklich aus. Ich freue mich für euch.

»Ist gut, Mutter«, unterbricht Tom sie. »Wir wollen jetzt nicht rührselig werden.«

Der Abschied fällt ungewohnt herzlich aus. Renate umarmt erst Leonie und dann ihn. Er kann mit dieser Zuneigung nichts anfangen, kann sie nicht einordnen oder verstehen. So lässt er sich von seiner Mutter umarmen, ohne die Umarmung zu erwidern. Wäre Leonie nicht dabei, wäre es zu solch einer Situation nicht gekommen, da ist er sich sicher.

Immer wieder fahren die beiden aufs Land, um Zeit mit Leonies Familie zu verbringen. Dort fühlt sich Tom im liebevollen Miteinander sofort wohl.

Wenn sie nach einem Landwochenende zurückkehren, scheint Berlin nicht mehr seine Heimat zu sein. Zunehmend zieht es die beiden in die Natur, in das kleine Dorf, in dem Leonie aufgewachsen ist, in dem jeder jeden kennt. Wo man sich grüßt und wo man sich die Zeit nimmt, miteinander zu sprechen, beim Spaziergang durchs Dorf oder am Gartenzaun. Man ist füreinander da, man hilft sich gegenseitig, es ist ein Nehmen und Geben. Und nicht nur Leonies Familie, sondern auch Freunde und Nachbarn schließen Tom auf Anhieb ins Herz. Es ist, als hätte er den Platz gefunden, nach dem er schon so lange gesucht hat. Wochenlang überlegen sie, wie ihre gemeinsame Zukunft aussehen könnte. Tom könnte im Homeoffice arbeiten, sich von Berlin entfernen, das wäre überhaupt kein Problem, sagt sein Chef. Und so beschließen sie, die Stadt zu verlassen. Leonie muss zwar wiederum ihren Job kündigen, aber sie hat Glück und kann in ihre alte Stelle in einem Bremer Krankenhaus zurückrutschen.

Die Suche nach einem neuen Zuhause, nach einem gemeinsamen Zuhause mit Leonie an seiner Seite, hat bald Erfolg. Sie finden ein kleines Haus etwa zwanzig Kilometer von Leonies Heimatdorf entfernt, bezugsfertig, mit einem Gärtchen hinter dem Haus. Tom ist überglücklich, wie ein nicht enden wollender Rausch fühlt sich das alles für ihn an.

So soll es bleiben. Genau so soll es bleiben. Jetzt bin ich dran mit leben.

An seine Mutter denkt er selten, sie ist in seinem Kopf weit nach hinten gerückt. Wenn sie anruft, hält er die Gespräche kurz und knapp. Ein längeres Telefonat darüber, dass dies und das Mist ist, das ständige Gejammer, würde ihn nur demotivieren.

Vor dem Umzug organisieren Ellen und Alex eine kleine Abschiedsparty für die zwei und ein letztes Mal treffen sich alle im Colore. Sogar Herr Teichert freut sich für Tom, er erzählt, dass er damals in Bremen studiert habe, dass Bremen eine tolle Stadt sei und er die zwei dort gern mal besuchen würde, um Erinnerungen aufzufrischen. Irgendwann mal.

*

Sie nehmen nur wenig aus der Berliner Wohnung mit, viele Dinge haben sie im Vorfeld übers Internet verkauft.

Am Ende passt alles in einen mittelgroßen LKW. Ein paar Möbelstücke und eine Handvoll Kartons, gefüllt mit den restlichen Sachen aus Toms Leben. Vorn in der Ablage über dem Handschuhfach liegt die verschnörkelte Schatulle, die Tom von Maria erhalten und in die er noch immer nicht reingeschaut hat. Dafür muss erst noch der richtige Zeitpunkt kommen.

Auf dem Weg zur Autobahn liegt das Colore, dort hält Tom kurz. »Warte hier, Leonie, ich habe eine Idee. Du wirst dich freuen.«

Er geht in die Kneipe, begrüßt den Wirt und verabschiedet sich gleichzeitig. Und dann hat er noch eine Frage: »Darf ich Felie mitnehmen? Das Landleben wird ihr sicher gut gefallen. Mal Mäuse fangen und so.«

Der Wirt muss nicht lange überlegen. Mit einem Augenzwinkern klopft er Tom auf die Schulter. »Nimm sie mit, du bist ihr bester Freund.«

Tom beugt sich hinunter zu Felie, die mit erhobenem Schwanz schnurrend um seine Beine streift, und nimmt sie auf den Arm. Er freut sich auf Leonies Gesicht, wenn er das Schmusekätzchen auf ihren Schoß setzt. Und Leonie ist wirklich außer sich vor Freude, auch sie hat sich längst an Felie gewöhnt und sie liebgewonnen. Während der langen Autofahrt hält sie die Kleine, die anfangs ängstlich zittert, im Arm. Erst als Leonie ihre Strickjacke um sie legt, beruhigt sie sich, bis sie schließlich eingekringelt wie ein Wollknäul einschläft.

Die Fahrt verläuft problemlos, ohne Stau oder Unfälle. Nach fünfeinhalb Stunden sind sie am Ziel, etwas erschöpft und doch aufgeregt. Ein paar Minuten bleiben sie noch im LKW sitzen. Sie parken direkt vor dem Haus und lassen den Anblick auf sich wirken.

»Leonie, das ist unser gemeinsames Zuhause«, sagt er leise. »Ich kann es kaum glauben.«

Auch ihr fällt es schwer, das alles zu realisieren. Sie hält Felie im Arm und kann ihren Blick nicht vom Haus wenden.

Gedankenversunken sieht Tom das kleine Mädchen mit dem pinken Ball im Vorgarten herumspringen. Lächelnd schüttelt er den Kopf über sich, weil er jetzt an die Kleine denken muss.

»Komm, wir gehen rein.« Er hält den Hausschlüssel hoch und küsst ihn. »Komm, Leonie.«

Hand in Hand betreten sie das Haus. Zwei Wochen Urlaub, zwei Wochen Zeit, es einigermaßen gemütlich einzurichten. Renovieren müssen sie nicht viel.

Zwei Tage später kommen Alex und Ellen, um den beiden zu helfen. Sie staunen nicht schlecht, als sie sehen, wie ruhig und idyllisch Tom und Leonie von nun an leben werden. Und sie packen mit an. Im Baumarkt in der Nachbarstadt werden sie schon freundlich begrüßt, dort suchen sie Farbe und Bilder für die Wände aus und alles, was noch benötigt wird.

Leonie entpuppt sich als Dekoqueen. Mit größter Hingabe versucht sie, in der kurzen Zeit eine behagliche

Atmosphäre zu schaffen. Als sie gerade dabei sind, das Wohnzimmer in einem hellen Pistaziengrün zu streichen und lauthals ihr gemeinsames Lieblingslied singen, vibriert Toms Handy in seiner Hosentasche. Kurz überlegt er, die unbekannte Rufnummer einfach wegzuwischen, geht dann aber doch ran.

»Wenn Sie sich noch von Ihrer Mutter verabschieden wollen, kommen Sie.«

Ein Arzt aus einem Krankenhaus. Tom hat nicht verstanden, aus welchem.

»Was ist denn passiert?«

»Ihre Mutter hat nicht mehr viel Zeit. Sie wird sterben, vermutlich in den nächsten Stunden. Kommen Sie, wenn Sie sie noch einmal sehen wollen. Ihre Lunge arbeitet nicht mehr und das Herz pumpt nur noch schwach. Es sieht wirklich so aus, als wolle sie von uns gehen, sie sagte, dass sie einschlafen möchte. Für immer. Und sie bat mich, Sie zu informieren.«

Tom wusste nicht, dass sie im Krankenhaus liegt und wie es um sie steht. Selbst in dieser Situation bleibt er ruhig und wieder einmal wundert er sich über die Kälte in sich, wenn er an sie denkt. »Ich komme«, sagt er, »aber ich brauche ein paar Stunden, der Weg ist lang.«

Vielleicht würde er es später bereuen, wenn er jetzt nicht zu ihr fährt. Wahrscheinlich zum letzten Mal.

Alex und Ellen bieten sofort an, mit Tom und Leonie zurück nach Berlin zu fahren. Sie packen ihre Sachen und eine halbe Stunde später sind sie schon auf dem Weg. Die

Autobahn ist frei, es herrscht kaum Verkehr. Alex fährt zügig, niemand weiß, wie schnell die Zeit abläuft. Stumm und ohne eine Miene zu verziehen, schaut Tom die ganze Fahrt über aus dem Fenster, dabei drückt er Leonies Hand so sehr, dass es ihr zeitweise wehtut. Sie sagt nichts. Ein bedrückendes Gefühl von Schwermut macht sich im Auto breit, für alle spürbar.

Vor dem Krankenhaus umarmen Ellen und Alex wortlos ihren Freund. Dann macht sich Tom mit Leonie an der Hand auf den Weg. Als sie das Krankenhaus betreten und der charakteristische Geruch nach Desinfektionsmitteln Tom umhüllt, wollen seine Beine nicht weiter. Er fühlt sich zurückkatapultiert zu dem Tag, an dem sein Bruder starb und er zu spät kam.

»Komm«, sagt Leonie behutsam.

An der Info wird ihnen die Station und das Zimmer mitgeteilt. Das Zimmer, in dem Toms Mutter die letzten Stunden ihres Lebens verbringt.

Tom betritt das Krankenzimmer allein. Da liegt sie. Ihr Kopf ist tief ins Kissen gesackt, sie sieht aus wie eine Hundertjährige. Wenn nicht an dem Bett das Etikett mit ihrem Namen kleben würde, hätte er seine eigene Mutter nicht erkannt. Sie schläft, ihr Brustkorb hebt und senkt sich nur ganz leicht. Ihr Atem ist flach und mühsam.

Tom steht vor dem Bett. Bitterkalt fegen die Erinnerungen an sein vergangenes Leben an ihm vorbei.

Während er so in Gedanken versunken dasteht, öffnet sie ihre Augen. »Ich wusste, dass du kommst«, flüstert sie.

Er kann sie kaum verstehen. Ihre dünne Hand bewegt sich zitternd, sie streckt ihre knochigen Finger in seine Richtung. Am liebsten würde er weglaufen, aber er nimmt ihre Hand und hält sie fest.

»Ja, ich bin da, Mama.«

Dann schließt sie ihre Augen und spricht kein Wort mehr. Sie scheint zu lächeln. Zwei Stunden sitzt er so da, ohne sich zu bewegen, ihre Hand in seiner. Zwei Stunden, in denen er eine zarte Verbindung zu ihr spürt.

Ein Arzt, der regelmäßig nach ihr schaut, nickt ihm lächelnd zu. Er scheint sich zu freuen, dass Tom rechtzeitig angekommen ist.

Als er erneut nach ihr sieht, legt er seine Hand auf Toms Schulter. »Sie ist eingeschlafen und sie wird nicht mehr aufwachen. Es ist schön, dass Sie bei ihr waren.«

Tom möchte ihre Hand loslassen, sie neben ihren Körper legen, doch er ist nicht in der Lage, seine eigene Hand zu öffnen. Der Arzt, der noch anwesend ist, bemerkt es und spricht ruhig auf ihn ein.

»Sie wollte nicht mehr, sie war bereit. Ihr Körper war zu schwach, um zu kämpfen, das wusste sie. Sie war in der letzten Zeit öfter bei uns. Sie hatte wiederkehrende Schwächeanfälle, bei denen sie jedes Mal rechtzeitig den Notarzt rufen konnte.«

Das alles hatte Tom nicht gewusst.

Endlich kann er seine Hand öffnen und ihre loslassen. Abrupt dreht er sich um und verlässt das Zimmer, ohne noch einmal nach ihr zu sehen. Draußen wartet Leonie auf ihn. Sie muss ihn nur ansehen, um sofort Bescheid zu wissen, und schließt ihn in ihre Arme. Wortlos streichelt sie sein Gesicht.

Minutenlang stehen sie so da, bis Leonie das Wort ergreift: »Obwohl sie dir nicht mehr am Herzen lag, hast du es dir nicht nehmen lassen, dich von ihr zu verabschieden. Tom, ich bewundere dich für deine Stärke.«

»Ich muss hier raus, lass uns gehen.«

»Warten Sie«, ruft der nette Arzt hinter den beiden her. »Das ist für Sie, Ihre Mutter bat mich, Ihnen das zu geben. Sie fürchtete, dass sie ihren Tom, wie sie immer sagte, nicht mehr sehen würde.«

Er überreicht Tom ein kleines Engelchen aus Porzellan. Ihr Glücksbringer, der jahrelang auf ihrem Nachtschrank in ihrem Schlafzimmer stand und einen Brief dazu. Der kleine Engel ist mal für dich, hat sie vor vielen Jahren gesagt. Obwohl er damals erwidert hat, dass er ihn nicht haben will, hat er ihn jetzt in der Hand. In seiner rechten Hand, in der er eben noch die Hand seiner Mutter hielt. Er steckt das Engelchen in seine Hosentasche, aber er hätte es auch dem Arzt schenken können, weil ihm so gar nichts daran liegt. Den Brief steckt Leonie in ihre Handtasche.

Sie fahren mit dem Zug zurück nach Bremen. Als er vor der Haustür seinen Schlüsselbund aus der Hosentasche zieht, denkt er nicht an das Engelchen, das zwischen den Schlüsseln hängt. Es fällt auf den Boden, ein Ärmchen und das kleine Näschen brechen ab. Zerbrochen liegt es vor seinen Füßen.

Er zuckt mit den Schultern. »Nicht schlimm. Ich mochte den noch nie.«

Leonie nimmt die Teile auf und steckt sie ein. Später legt sie sie zusammen mit dem Brief der Mutter auf die Holzschatulle, die mittlerweile im Wohnzimmer einen Platz in einem Regal gefunden hat. Tom hat noch immer nicht hineingeschaut. Und den Brief hat er auch noch nicht gelesen.

»Weißt du Leonie«, sagt er am Abend, als sie erschöpft von den Ereignissen im Bett liegen. »Du hast recht, ich habe es mir nicht nehmen lassen, mich von ihr zu verabschieden. Sie ist schließlich die Frau, die mir das Leben geschenkt hat.«

*

Es dauert nur ein paar Wochen und aus dem leeren Haus ist ein kuscheliges Nest geworden.

Als es innen so gut wie fertig ist und nur noch hier und da ein paar Kleinigkeiten fehlen, geht es draußen weiter. Sie pflanzen einen Kirschbaum und legen ein Gemüsebeet an. Sie integrieren Beleuchtung für stimmungsvolle Abende und schaffen eine gemütliche Sitzecke. Außerdem pflanzen sie Blumen, vor allem rote und lila Petunien.

Als Tom eines Abends im Wohnzimmer auf dem Fußboden sitzt und sich im Raum umsieht, froh über das, was sie schon alles geschafft haben, bleibt sein Blick an dem verschnörkelten Holzkistchen hängen. *So, nun bist du dran.*

Er nimmt es vom Regal und lässt sich damit wieder auf dem Boden nieder. Noch eine ganze Weile sitzt er so da und überlegt, was wohl darin sein könnte und ob der Inhalt etwas in ihm auslösen wird. Schließlich hebt er den Deckel und zum Vorschein kommen alte Fotos. Fotos, die seinen Vater in verschiedenen Lebenssituationen zeigen. Als Kind, als Jugendlicher, an seinem Hochzeitstag, mit Tom als Baby auf dem Arm. Fotos, auf denen seine Eltern zu sehen sind, mit glücklichen Gesichtern.

Abermals fragt sich Tom, warum er sie verlassen hat. Auf den Bildern sieht es nach einem harmonischen Zusammenleben aus. Eine Antwort wird ihm niemand mehr geben. Unter den Fotos findet er ein orangefarbenes Gummikätzchen, mit einem Gesicht wie dem von Felie.

Wie aus dem Nichts kullern Tränen über seine Wangen. Das niedliche Gummikätzchen weckt eine tief verborgene Erinnerung in ihm. Als kleiner Junge hat er es über alles geliebt, es überallhin mitgenommen und eines Tages war es plötzlich verschwunden. Obwohl er damals erst drei Jahre alt war, erinnert er sich gut an das Spielzeugtier. Wie kommt es in diese Kiste? Tagelang haben sie es damals in der Wohnung gesucht.

Auf dem Boden der Schatulle klebt ein Papierfetzen, darauf steht:

Mein lieber Sohn, deine Kiki, so hast du dein Kätzchen genannt, hat in meiner Tasche gelegen, die ich damals mitgenommen habe. Sie muss wohl beim Spielen hineingefallen sein. Monate später fand ich sie dort, in einer Falte.

Tom wischt sich die Tränen aus dem Gesicht. Das kleine Kätzchen stellt er auf seinen Nachtschrank. Als Glücksbringer. Anschließend greift er nach dem Briefumschlag, den der Arzt ihm überreicht hat. Langsam öffnet er ihn ...

Lieber Tom,
es fällt mir schwer, die richtigen Worte zu finden, wenn wir uns gegenüberstehen, daher versuche ich es auf diesem Weg. Ich hoffe, dass du diese Zeilen liest, auch wenn du vielleicht gerade wütend auf mich bist.

Mir ist bewusst, dass ich dich durch mein Verhalten immer wieder verletzt habe. Deine Wut und deine Skepsis mir gegenüber sind vollkommen verständlich und ich akzeptiere sie. Niemand hat es verdient, so behandelt zu werden, wie ich dich behandelt habe, und es tut mir von Herzen leid für all die Momente, in denen ich dich enttäuscht und verletzt habe. Ich weiß, dass meine Worte und Taten Spuren hinterlassen haben, die nicht einfach zu heilen sein werden. Das alles schmerzt mich sehr, zumal mein größter Wunsch immer war, eine liebevolle Mutter für dich zu sein. Ich wünschte, ich könnte die Zeit zurückdrehen und vieles ungeschehen machen ... Das geht nicht, wie wir beide wissen, und trotzdem oder gerade deshalb will ich dir versichern, dass meine Reue tief und aufrichtig ist. Mir ist klar,

*dass Worte allein nicht ausreichen, um den Schmerz
zu lindern, den ich verursacht habe. Dennoch hoffe ich,
dass wir mit der Zeit eine Möglichkeit zur Heilung und
Vergebung finden können.*

*Ich möchte dir auch mitteilen, dass ich mir sehr wün-
sche, irgendwann Großmutter zu werden. Es liegt
mir am Herzen, dir zu zeigen, dass ich mich ändern
und eine positive Rolle in der Familie spielen kann.
Vielleicht schaffen wir es, gemeinsam an der Verwirk-
lichung dieses Wunsches zu arbeiten. Und vielleicht
können wir gemeinsam einen Neuanfang wagen, wenn
wir beide bereit dazu sind. Ich bin es heute schon.
Deine Mutter*

Er faltet das Papier zusammen. Wann hat sie diesen
Brief geschrieben? Und wann hatte sie vor, ihn Tom zu
übergeben? Diese und so viele andere Fragen bleiben
unbeantwortet. Aber es spielt keine Rolle mehr. Es ist zu
spät. Kein Neuanfang, keine Chance, einander näher zu
kommen, und auch kein Enkelkind. Für alles ist es zu
spät.

Wäre es ihm möglich gewesen, ihr zu verzeihen, die
Vergangenheit hinter sich zu lassen? Den Groll loszu-
werden, der ihn noch immer umklammert?

Tom weiß es nicht.

Vielleicht wird er eines Tages in der Lage sein, zu
vergeben – einen Schritt in Richtung Frieden mit seiner

Mutter zu gehen, als Geschenk an sich selbst. Doch die Frage bleibt:

Hätte ich ihr jemals die Chance gegeben, diesen Frieden auch für sich zu finden?

*

Nun gibt es niemanden mehr aus seiner Familie. Nun ist die Zeit gekommen, eine eigene Familie zu gründen.

Leonie und Tom heiraten. Acht Monate später wird ihre Tochter geboren.

Ellen und Alex, die Patentante und der Patenonkel, teilen die Freude über das fröhliche, bezaubernde Wesen und jeden kleinen Meilenstein, den die Kleine erreicht, mit ihnen. Inmitten von Spielzeug, Kinderbüchern und fröhlicher Kindermusik entsteht eine Welt voller Zärtlichkeit und Wärme.

Die Liebe, die Tom nun erfährt, geht weit über das hinaus, was er je für möglich gehalten hat. Die unsichtbare Verbindung, die zwischen ihnen besteht, wächst stetig und wird zu einem unschätzbaren Anker in seinem Leben. In der Einfachheit des Familienlebens entdeckt er eine Fülle von Glücksmomenten, die er sich nie erträumt hätte.

Nachwort

Liebe Leserinnen, liebe Leser
Die Geschichte von Tom bedeutete für mich nicht nur das Schreiben von Zeilen, sondern auch und vor allem eine Reise durch das Labyrinth eines Lebens. Eine Reise, bei der ich jemanden auf der Suche nach einem Zuhause begleiten durfte. Und während Tom durch die Wirren seines Lebens navigierte, wurde mir klar, dass er nicht nur gegen äußere Widerstände kämpfte, sondern auch gegen Dämonen in sich selbst.
Immer wieder griff er auf seiner Reise auf seine inneren Ressourcen zurück – auf Kräfte, die in ihm schlummerten und darauf warteten, entfesselt zu werden. Diese inneren Ressourcen, seien es Mut, Entschlossenheit oder Empathie und Intelligenz, erwiesen sich als Schlüssel für sein Überleben und seinen Triumph.
Toms Geschichte ist somit nicht nur eine Geschichte der äußeren Suche, sondern auch ein Zeugnis dafür, dass wir alle eine ungeahnte Kraft in uns tragen. In den dunkelsten Momenten, in denen äußere Hilfe vielleicht nicht greifbar ist, können unsere inneren Schätze uns leiten und stärken.

© Foto: Thorsten Hasse

Die Autorin

Marion Bergmann wurde 1963 im Leinebergland geboren, wo sie heute noch lebt. Schon früh entdeckte sie ihre Leidenschaft für das Schreiben. Neben ihrer Tätigkeit als Autorin arbeitet sie seit vielen Jahren in einer onkologischen Rehaklinik, was ihre Perspektive auf das Leben und das Schreiben prägt.

Ihre Inspiration schöpft sie unter anderem aus den Fahrradtouren quer durch Deutschland, bei denen sie die Ruhe der Natur genießt und ihre Gedanken schweifen lässt.

Mit Tom, ihrem dritten Buch, ergänzt sie ihre bisherigen Werke *Diagnose: Die Krankheit mit K.* und *Immer wieder mittendrin.*

Kontakt: marionbergmann-leinetal@web.de